IL MIO CUORE TI APPARTIENE

Alessio Puleo

IL MIO CUORE TI APPARTIENE

DeAGOSTINI

Prima edizione settembre 2012
www.deagostini.it
Redazione: corso della Vittoria 91, 28100 Novara

Prefazione

Una notizia improvvisa. Micidiale. Di quelle che non lasciano scampo e non vorresti mai ascoltare. E ti domandi cosa faresti se capitasse a te.

Così nasce l'empatia tra il lettore e Giorgio Luciani. Lui, un uomo come tanti, sulla quarantina, un italiano che abita all'estero, con una bella famiglia, un bel lavoro in banca, sta per vivere un incubo.

Tutto scorre normalmente, o almeno così lui cerca di fare in modo che sia. Da anni. Da quando è nata sua figlia Ylenia, oggi bella e diciottenne. E poi la vita decide di confondere ancora le carte e cambiare gioco. Lui, colpito al cuore in tutti i sensi, è costretto nell'arco di qualche ora a reinventarsi una vita, la sua, per sperare che i giorni che attendono lui e la sua famiglia siano ancora tanti. E possibilmente felici. Per difendere una figlia. Salvarla. Farle credere fino in fondo che la vita è bella. Per rincorrere qualcosa che agli altri sembra ormai impossibile raggiungere.

Un filo di speranza. Debole. Ma l'unico possibile. Ecco il nucleo di questo romanzo, la spinta iniziale che muoverà le vicende. Difficile andare controcorrente quando le chances sembrano finite. Difficile dare un colpo di spugna a tutto e ricominciare altrove, lontano, in Toscana, Cecina per la precisione, all'inizio senza nemmeno poter dare delle spiegazioni, senza sapere se ne varrà davvero la pena. Una scommessa contro il tempo, una condanna a morte contro cui non è possibile appellarsi perché nessuna legge terrena può regalare quel tipo di giustizia. Un uomo solo, il suo coraggio, la nostra partecipazione emotiva. Di fronte a lui un altro uomo, scaltro, capace di colpire senza pietà nel momento di maggior fragilità, si fa portavoce di un'offerta terribile, quelle che sembrano frutto solo della fantasia di uno scrittore di thriller o della voce di un cronista al telegiornale. Invece reale, concreta, attuale, presentata sul vassoio d'argento dello sciacallaggio. Una soluzione veloce, quasi indolore, una possibilità impensata di mettere la parola fine a tutto quel male. E allo stesso tempo inaccettabile. Uomo che leggendo odiamo perché per trasposizione ci immaginiamo nella stessa posizione di Giorgio, vestendoci delle sue stesse rabbia e incredulità. Barattare una vita con un'altra. Inconcepibile. Oltre i nostri schemi mentali. Assurdo. Ma sono proprio la vita e le sue iperboli, gli estremi cui spesso si spinge, i cambi di rotta improvvisi i coprotagonisti con Giorgio di questo libro. Lo accompagnano in ogni pagina, costringendo noi a riflettere su quanto sia labile e fragile la nostra esistenza, preda di un attimo che può cambiare tutto.

Molti i personaggi cui è facile affezionarsi per la verità delle reazioni emotive. La figlia diciottenne, Ylenia, bella, divertente e nel pieno delle scoperte della vita, inconsapevole dello scherzo che la vita stessa le sta giocando. La scuola. Gli amici. L'amore di un principe che porta in dono il regalo più semplice e prezioso: una conchiglia. Un principe che le ha rubato il cuore, quel cuore così fragile. Un diario rosa su cui annotare tutto. Ad esempio un nuovo amore. Un principe diverso, ora, nuovo, figlio del litorale toscano, di nome Alessandro Cutrò detto Ale, scanzonato e ironico, generoso e unico. Capace di amarla come nessuno mai, di combattere anche contro l'impossibile per lei, di farla ridere fino in fondo.

La moglie, Ambra, attiva, dolce, innamorata, accanto a Giorgio da tempo, compagna e appoggio insostituibile di un'avventura che scava a fondo e porta alla luce reconditi aspetti umani troppo spesso sopiti e latenti, madre affettuosa che appoggia la figlia nelle sue difficoltà comuni e non. E infine lui, Giorgio, combattivo suo malgrado, alla ricerca della soluzione migliore, finché non arriverà il vero eroe di questa vicenda a regalargli la risposta. La più inattesa. La più bella e assoluta.

E il gioco della vita continua e decide l'ennesimo capovolgimento di ruoli, il sacrificio estremo che mette a confronto l'amore per qualcuno e la fine di se stessi. Una fine da reinterpretare però alla luce di un gesto magnifico per cui nessun grazie è mai troppo, una scelta che richiama all'attenzione del lettore una problematica di grande attualità su cui non si riflette mai abbastanza.

Descrizioni attente, ampie, precise, desiderio di contestualizzare al meglio l'ambiente che fa da sfondo alla vicenda. Si percepisce un ampio background di letture che costituisce per l'autore un bagaglio da cui partire e prendere spunto per la costruzione della trama e soprattutto dello stile.

Una storia onesta, raccontata con passione e semplicità, impegno e partecipazione da Alessio Puleo.

Il mondo adulto, con le sue problematiche e priorità, fatte spesso di quelle che sembrano sciocchezze, si confronta con la paura più antica di tutte, quella del cambiamento improvviso. E nel farlo capisce di colpo che quelle non erano sciocchezze ma dinamiche normali, importanti, sue. Erano la vita nella sua quotidianità non eclatante, certo, ma così preziosa da far tremare ogni certezza nel momento in cui tutto sta per finire.

Una storia di amore puro e coraggio grande, spontaneo, lontano dai clamori, per ricordarci che ogni vicenda, anche la più triste e definitiva, porta con sé delle risposte e una nuova spinta a ripartire. Sta a noi, sempre, trasformare il dolore in occasione di riflessione e voglia di sognare ancora.

Federico Moccia

1.

Ospedale Sant'Elia, Bogotà. Colombia.

Silenzio nella stanza. Il signor Luciani si guardava intorno, cercando di allentare la tensione. Entrava poca luce dalla finestra, probabilmente per via delle tende troppo scure che impedivano ai raggi del sole di penetrare all'interno.

I mobili erano in mogano, pesantemente intagliati, sicuramente d'epoca.

Grossi quadri alle pareti, tutti in stile diverso, sistemati lì a casaccio, qualcuno anche un po' storto, sembravano prendersi a pugni l'uno con l'altro.

Su un tavolino nell'angolo, accanto a un piccolo Buddha di legno, riposava la statuetta della Madonna con l'acqua benedetta.

Infine, steso sul pavimento, un pesante tappeto persiano rendeva la stanza ancor più cupa e ingombra.

«È strano» pensò «che un medico abbia così poco gusto nell'arredamento».

Ma in fondo non era compito suo occuparsi dei mobili.

Un leggero ticchettio rompeva il silenzio: un vecchio orologio in un angolo della scrivania, magari anche quello acquistato per caso.

Osservò per un secondo l'uomo che gli stava seduto davanti. Aveva la fronte corrugata ed era intento a esaminare alcuni fogli. Sembrava quasi non curarsi di lui.

Nel tentativo di calmarsi si alzò in piedi, si avvicinò alla finestra e con una mano scostò la tenda, quasi a voler scoprire un nuovo mondo.

Mentre si massaggiava i muscoli irrigiditi della spalla guardò fuori, sulla strada. Le automobili sfrecciavano sull'asfalto, con la fretta di andare chissà dove, a fare chissà cosa. Sul marciapiede i pedoni aspettavano pazientemente che il semaforo diventasse verde per attraversare. Una madre stava consolando un bimbo che piangeva, magari voleva un giocattolo nuovo. Alcune ragazze ridevano e scherzavano davanti alla vetrina di un negozio di abbigliamento. Avevano sulle spalle gli zaini della scuola, probabilmente si accingevano a tornare a casa dopo ore e ore di noiose lezioni, o magari si trovavano da un'amica per studiare insieme.

Sprazzi di vita lontani, cullati dalla musica del tempo, vite che non ci appartengono ma che, per un motivo o per l'altro, si incrociano con la nostra. Già, la nostra.

Il signor Luciani si rese conto che il suo fiato aveva appannato la sottile lastra di vetro, impedendogli di continuare a spiare, e abbassò la tenda come un sipario.

Si chiese che ora fosse e guardò l'orologio: le 16.47.

Erano passati più di dieci minuti da quando era entrato in quella stanza. Chissà quanto avrebbe dovuto aspettare ancora.

A un tratto, un sospiro alle sue spalle ruppe quel silenzio snervante. Era il segnale che aspettava.

Voltandosi, si accorse che il dottor Kovacic lo stava guardando con aria piuttosto preoccupata.

Sospirò anche lui, poi finalmente si fece forza ed esclamò: «Allora, dottore?».

Così dicendo, tornò a sedersi accanto alla scrivania.

«Purtroppo quello che sto per dirle non le piacerà. Ho analizzato attentamente i risultati degli ultimi esami, e...».

Seguì qualche secondo di silenzio. Il signor Luciani si rese conto che il medico stava cercando le parole adatte per affrontare il discorso e cominciò a giocare nervosamente con i bottoni della giacca.

Osservò attentamente quell'uomo con barba e capelli brizzolati, cercando tra le rughe del suo volto una speranza. Ma non la trovò.

«Mi dispiace» continuò il dottore «ma non c'è più nulla da fare. Sarò sincero, non le rimane molto da vivere».

Giorgio Luciani impallidì improvvisamente, sentì il terreno sgretolarsi sotto i piedi, cercò di restare calmo, ma per quanto si sforzasse non riuscì a evitare che la voce gli tremasse, mentre chiedeva: «Quanto... quanto tempo?».

«Cinque... sei mesi al massimo. Non di più. Il male avanza velocemente e anche se sembra che non vi sia alcun sintomo in realtà gli esami parlano chiaro. Ormai la situazione si è molto aggravata, il cuore è visibilmente compromesso. Abbiamo già fatto tutto il possibile, davvero, non rimane altro. A meno che...».

Il dottor Kovacic si interruppe, titubante. Non era sicuro se continuare il discorso.

L'aria nella stanza si faceva sempre più pesante, quasi irrespirabile, e la tensione non consentiva a Luciani di mantenere la sua solita compostezza.

«A meno che?» esplose, spazientito da tanta esitazione. «Continui dottore, la prego, a meno che... cosa?».

Il medico, che comprendeva bene lo stato d'animo dell'uomo, decise di andare avanti.

«Be', ecco, a dire la verità una possibilità ci sarebbe, ma non vorrei regalarle false speranze, in fondo è davvero difficile trovare un cuore in così poco tempo, e poi bisogna considerare che...».

Il dottor Kovacic si bloccò di nuovo e cominciò a cercare nervosamente qualcosa nel cassetto della scrivania.

Quell'ennesima interruzione provò ulteriormente i nervi del signor Luciani. Incapace di restare seduto, si alzò di colpo e tornò alla finestra. Non gli sarebbe piaciuto per niente quel che gli stava per dire, se lo sentiva in cuor suo. Così, quasi a voler esorcizzare una risposta che si preannunciava definitiva, scostò nuovamente la tenda e con voce tremante disse: «Insomma dottore, non riesco a seguirla, cosa sta cercando di dirmi, c'è una speranza?».

«La prego, si calmi e mi ascolti...» rispose lo specialista richiudendo il cassetto, rammaricato di non aver trovato ciò che stava cercando.

«In realtà sì, anche se remota, una possibilità ci sarebbe: si potrebbe tentare un trapianto. Ma, come le stavo dicendo, bisogna tenere in considerazione il fatto che purtroppo nel nostro Paese i donatori di organi sono molto pochi, e dunque è già difficile trovare un cuore quando si ha tempo. Figurarsi nel vostro caso, quando è questione di pochi mesi! L'unica speranza sarebbe quella di andare all'estero, ma in questo caso subentrerebbe il problema della nazionalità».

«Il problema della nazionalità?» gli fece eco l'uomo «A cosa si riferisce?».

«Mi spiego meglio. Anche se dovesse trasferirsi in un Paese con un maggior numero di donatori, la precedenza viene comunque garantita ai cittadini, per cui le possibilità aumenterebbero, sì, rispetto a quelle che ha qui, ma non così tanto da poterci sperare davvero. Insomma, quello che sto cercando di dirle è che ormai solo un miracolo può aiutarla. Sono desolato, ma la situazione è questa».

In silenzio, il signor Luciani si voltò e tornò a guardare fuori dalla finestra. Una brezza fredda faceva vibrare il vetro, senza penetrare all'interno della stanza.

Alzò gli occhi al cielo, un cielo grigio scuro che minacciava pioggia, ornato di nuvole nere bordate dalla luce rossastra del sole che si prepara al tramonto.

Mentre nella sua mente ritornavano e si ripetevano, come in un vortice impazzito, le parole del dottore, un tremito lo pervase in tutto il corpo, quasi si rifiutasse di collaborare.

Sforzandosi di mantenere un'apparente lucidità, senza voltarsi, decise di dar voce a quell'idea che gli ronzava nella testa ma che non trovava il coraggio di esprimere, forse per paura di perdere anche l'ultima speranza.

«Com'è la situazione in Italia?» chiese stringendo i pugni.

«Come, scusi?» rispose il dottore, che non capiva dove l'altro volesse arrivare.

«Voglio dire, qual è la situazione in Italia riguardo alla donazione di organi?» ripeté.

«Be', ecco, se non sbaglio l'Italia è tra i paesi con un alto numero di donatori. Ma perché mi fa questa domanda?».

Giorgio Luciani non rispose.

Guardò il suo debole riflesso sul vetro della finestra. Un uomo come tanti, sulla quarantina, un onesto lavoratore che aveva una famiglia a casa ad aspettarlo, una moglie e una figlia meravigliosa che amava più di ogni altra cosa al mondo.

La vita, tutto sommato, fino a quel punto era stata ricca di soddisfazioni. Si trovò a rimpiangere momenti che adesso sembravano lontani e irripetibili. Sapeva bene che quella serenità per cui lui e la sua famiglia avevano tanto lottato ormai era persa per sempre.

Fu il rumore delle gocce di pioggia che tamburellavano insistenti sul vetro a riscuoterlo dai suoi pensieri. Un suono per lui solitamente rilassante e piacevole adesso gli appariva triste e minaccioso.

Senza alzare lo sguardo da terra tornò alla scrivania e raccolse le sue cose dalla sedia, il cappotto e la ventiquattrore, dalla quale estrasse l'ombrello.

La figlia, mentre lui era già sulla porta, l'aveva inseguito sulle scale di casa per porgerglielo, preoccupata che piovesse e che lui potesse bagnarsi.

«Papà! Non vorrai prenderti un raffreddore...» aveva esclamato con le mani sui fianchi e la faccia uguale a quella che aveva sempre la mamma quando lo rimproverava.

Le aveva dato un bacio sulla guancia e l'aveva stretta forte, ringraziandola.

Un piccolo, impercettibile sorriso si dipinse sul volto del signor Luciani, mentre, guardando negli occhi lo specialista, gli chiese: «Lei crede nei miracoli?».

Il medico non rispose alla domanda e alzò le spalle, come per dire che non lo sapeva. Luciani, ormai sulla soglia, disse semplicemente: «Io sì. Io e la mia famiglia siamo di nazionalità italiana».

Si richiuse la porta alle spalle, scese i pochi gradini che portavano in strada e si avviò verso casa.

Gocce di lacrime amare si mischiavano alla pioggia di quel triste pomeriggio di gennaio.

2.

«Pronto?».

«Ciao Ylenia!».

Quella telefonata aveva acceso una piccola luce dentro di lei...

«Ciao! Dammi un secondo che cambio telefono!» disse Ylenia rivolta al ragazzo che, studiando privatamente l'italiano con la prospettiva di una futura laurea in Lingue, approfittava di ogni momento per fare esercizio con lei.

E, come da copione, dall'altra stanza si sentì urlare: «Tesorooo... Chi è al telefono?».

«È per me, mamma, è Ashley!».

Ylenia poggiò una mano sul ricevitore mentre urlava alla madre. Un leggero rossore le si dipinse sulle guance. Non era bello mentire alla mamma, lo sapeva bene, ma non aveva voglia di spiegarle chi c'era davvero in linea, che aspettava, paziente, di raccontarle che aveva segnato due goal durante la partita di calcetto a scuola. Sperando che lei ci credesse. E che, per festeggiare, o forse solo per mitigare i sensi di colpa, voleva portarla al molo a prendere un gelato.

«Salutamela... e dille di venire a cena da noi domani, insieme ai suoi genitori!». La voce della mamma si faceva pericolosamente sempre più vicina.

«Certo, non ti preoccupare, ci penso io, sta' tranquilla».

Ormai non era più necessario urlare, dato che la mamma l'aveva raggiunta in salotto.

«Vado a parlare di sopra, in camera mia».

Sorriso smagliante a trentadue denti, il sorriso di chi sta dicendo una bugia. Innocente, è vero, ma pur sempre una bugia.

«Ok, come preferisci».

La donna osservò attentamente la figlia che correva su per le scale, nascondendo a sua volta un piccolo sorriso.

Certo, anche lei era stata adolescente. Anche lei aveva tenuto nascosto a sua madre il destinatario delle chilometriche lettere che scriveva, ossia il suo attuale marito.

Un classico. Sicuramente aveva capito. O forse no, forse se l'era bevuta. Chissà. Come sanno essere misteriosi i genitori.

Durante i momenti dedicati allo studio, nel silenzio della sua cameretta, quante pagine aveva riempito di cuori e promesse da spedire a Giorgio. Ambra tornò un attimo con il pensiero a quando sua madre, simulando indifferenza, le passava come per caso alle spalle per dare un'occhiata furtiva a ciò che lei scriveva al fidanzato. Svelta, metteva una mano a coprire il foglio e le sue parole d'amore segrete, provando un imbarazzo presumibilmente simile a quello di Ylenia pochi istanti prima.

La donna aspettò che la ragazza si fosse allontanata lungo le scale e alzò l'altro ricevitore cordless. Anche le sue guance si tinsero di rosso, e non era il fard. Ma cosa stava facendo? Si metteva a origliare le conversazioni come quando era ragazza e il telefono squillava per la sorella...

Si affrettò a riattaccare e fece dietrofront, pensando che avrebbe chiamato lei la mamma di Ashley per quell'invito a cena. Ashley era la più cara amica di Ylenia, un'amicizia esclusiva come solo a quell'età è possibile. Sembravano in sintonia su tutto, una simbiosi quasi perfetta: anche se in quel momento non era certo lei al telefono.

Del resto, cosa poteva pretendere? Sua figlia aveva un bel fisico, era alta, slanciata, mora e con gli occhi verde smeraldo. Portava i capelli liscissimi, corti sulle spalle, e aveva un aspetto talmente fragile che sembrava dovesse rompersi da un momento all'altro.

Era proprio per questo che suo padre Giorgio la definiva "la mia meravigliosa bambola di porcellana": bella, dolce e fragile.

Era cambiata in pochissimo tempo. Fino a pochi mesi prima sembrava ancora una bambina, mentre adesso, sbocciata in tutta la sua meravigliosa bellezza, era diventata una donna, giovane e affascinante. Era normale che avesse degli ammiratori. Anche lei li aveva avuti, alla sua età!

Sorridendo al ricordo della giovinezza, tirò fuori il cellulare dalla tasca per fare quella telefonata, ma se ne dimenticò appena tornata in cucina, quando guardò il grande orologio appeso alla parete – odiava quel fastidioso e insistente rumore di lancette – e si chiese come mai il marito tardasse tanto. Di solito avvertiva, se c'era qualche intoppo.

Pensò per un attimo di chiamarlo per controllare che fosse tutto a posto. Menu. Rubrica. E ora? Ah, sì!

I nomi scorrevano veloci lungo il display a colori. Chissà perché la figlia insisteva sul fatto che dovesse avere un cellulare all'ultimo grido, ipertecnologico, se lei a malapena riusciva a fare qualche chiamata, spesso e volentieri senza successo. Non c'era nulla da fare, non era mai andata d'accordo con la tecnologia.

Ah, i bei tempi delle lettere scritte a mano... Si doveva riflettere prima di scrivere, si cercavano le parole più complicate e altisonanti, le metafore più azzeccate. Si passavano le ore ad accartocciare fogli che riempivano il cestino o il pavimento, mentre quelli bianchi giacevano sul tavolo in attesa di essere riempiti.

Ma ormai, con le e-mail e i messaggini, la carta da lettera profumata di lavanda con i disegnini era stata riposta negli scaffali della memoria.

Premette con l'indice il tasto a sinistra e si portò il cellulare all'orecchio, in attesa di udire parlare il marito. Rimase piuttosto sorpresa quando una vocina femminile e un po' spigolosa la informò gentilmente che il telefono poteva essere spento o non raggiungibile.

Un tuffo al cuore. Che fosse successo qualcosa? Qualcosa di grave? Ma no! Cercò di non preoccuparsi, già altre volte aveva avuto difficoltà a mettersi in contatto con Giorgio. Come una bimba iniziò a fare l'imitazione della vocina del telefono: "L'utente da lei chiamato...". Immaginò che lo avessero trattenuto all'appuntamento di lavoro al quale doveva andare quel pomeriggio, dunque non c'era nulla di cui darsi pensiero. Imprevisti del genere si presentavano spessissimo nel suo campo, e lei ormai lo sapeva bene.

Riuscì a tranquillizzarsi e ripose il cellulare in tasca, iniziando a sminuzzare le patate e le carote e a canticchiare allegramente uno dei suoi motivi preferiti, come faceva sempre quando trafficava ai fornelli.

Era ormai quasi ora di cena quando il marito rientrò, ma lei era tanto indaffarata e assorta nei propri pensieri da non accorgersi della porta d'ingresso aperta e poi richiusa né di lui, che l'aveva raggiunta in cucina.

«Giorgio!» esclamò, non appena lo vide. «Finalmente! Mi ero preoccupata! Ho provato a chiamarti, ma il tuo cellulare era spento. La cena è quasi pronta. Com'è andata? Ti sei bagnato? Hai visto che tempo? Meno male che Ylenia ti ha dato l'ombrello, altrimenti ti saresti...».

Si interruppe bruscamente quando si accorse degli occhi gonfi e arrossati del marito e della sua aria stanca e sconsolata. Era stata talmente intenta a girare lo stufato nella pentola da non averlo degnato di uno sguardo.

«Ma...» riprese, preoccupata e spaventata al tempo stesso. «Che cos'hai? È successo qualcosa?».

Dopo essersi asciugata le mani nel grembiule rosso e blu, si avvicinò a lui carezzandogli dolcemente la guancia gelata.

L'uomo non rispose. Si tolse il cappotto, poggiò la ventiquattrore sul pavimento e abbracciò la moglie, facendola quasi soffocare.

«Non adesso, Ambra, ti prego» le sussurrò in un orecchio. «Di' a Ylenia che sono molto stanco e che voglio riposare. Ti aspetto di sopra, dopo cena. Non ho fame. Non ho voglia di mangiare. Voglio solo stare un po' da solo. Ho bisogno di riflettere».

La signora Luciani rimase un po' sorpresa. Ebbe la tentazione di chiedere subito al marito di cosa si trattasse, ma decise di rispettare le sue scelte, limitandosi ad annuire e a baciare Giorgio, che in silenzio salì le scale e si chiuse nella sua stanza.

Aveva girato tutto il pomeriggio per la città, senza meta, in cerca di risposte, in cerca del coraggio necessario, ma soprattutto in cerca di qualcuno che potesse aiutarlo. In fondo sì, lo sapeva già. Solo Dio avrebbe potuto. E nessun altro. Lo sapeva bene. Ma dove trovarlo? Lui, che ha così tanto da fare, avrebbe mai ascoltato le preghiere di un pover'uomo? Forse, chissà, avrebbe potuto dargli quelle risposte e quel coraggio. Certo, perché Lui è Colui che tutto può. Forse, nel silenzio della sua camera, se glielo avesse chiesto, Lui lo avrebbe ascoltato. Peccato ricordarsi di Lui solo in questi momenti. Ma pazienza. Doveva tentare. Si lasciò andare a una profonda e lunga meditazione.

Senza sapere bene cosa pensare, dopo averlo seguito con lo sguardo, Ambra raccolse le cose del marito e le portò nell'ingresso. Appese il cappotto all'attaccapanni, poggiò la ventiquattrore accanto al mobiletto delle chiavi e infilò l'ombrello nel portaombrelli, meravigliandosi che il marito, di solito così preciso e meticoloso, lo avesse lasciato lì a gocciolare sul pavimento. Ritornò immediatamente in cucina per prendere uno straccio, poi raggiunto l'atrio asciugò per terra.

Intanto Ylenia aveva finalmente terminato la sua conversazione, in verità piuttosto animata per via di quel calcetto del cavolo che gli portava via tanto di quel tempo, decisamente troppo. Il calcetto che in realtà aveva un altro nome, e per giunta due gambe, due braccia, capelli lisci, biondi e lunghi, e un cuore che batteva all'impazzata ogni volta che lui faceva goal dentro di lei. Ma questo Ylenia certo non poteva saperlo.

Con la faccina ancora imbronciata era tornata in salotto e si era rituffata nella lettura della rivista che aveva lasciato sul divano. Un po' annoiata e avvilita dal brutto tempo e dalla tipica cocciutaggine maschile, avendo sentito i passi della madre in corridoio la raggiunse nell'ingresso, sbadigliando e strascicando i piedi. Sorpresa di trovarla inginocchiata sul pavimento le chiese cosa stesse facendo, ma soprattutto a che ora avrebbero cenato.

«Dai, vieni!».

Ambra si alzò da terra, la prese per mano e si diresse verso la cucina.

«La cena è quasi pronta. Mi aiuti a preparare la tavola? E non camminare in quel modo, lo sai che lo detesto! Non è per niente elegante!».

«In quale modo, scusa?».

«Strascicando i piedi sul pavimento, lo sai bene! Allora, ci pensi tu ad apparecchiare?».

«Uffa! Ma quando ti deciderai a prendere una cameriera? Ce l'hanno tutte le mie compagne! E non credo che papà non possa permetterselo, anzi!».

«E poi che farei io tutto il giorno? Mi annoierei, non credi? Te l'ho spiegato mille volte che a me non piace avere in casa qualcuno da comandare e che amo prendermi cura delle mie cose. Sono fatta così. Forse anche tu dovresti iniziare a darti da fare, visto che a malapena sai cuocerti un uovo sodo. È ora che impari almeno a cucinare... Come farai quando ti dovrai sposare?».

«Ok! Ok! Non preoccuparti, mi comprerò uno di quei corsi in dvd o imparerò tutto da te a una settimana dalle nozze! Per ora il tempo c'è, non è il caso che ti allarmi tanto. Ho compiuto diciott'anni il mese scorso, direi che è inutile fasciarsi la testa prima di rompersela, giusto? E ora andiamo a mangiare, per favore? Sto morendo di fame! Ma... papà? Non è ancora tornato? Ho visto le sue cose di là, nell'ingresso, ma non l'ho sentito rientrare».

«È arrivato poco fa, ma è salito in camera perché si sentiva poco bene. Con questo tempo e con questa pioggia, si sarà preso un bel raffreddore!».

«Lo sapevo che si sarebbe ammalato. Se non fosse stato per me che gli ho dato l'ombrello, si sarebbe pure bagnato come un pulcino!».

«In effetti, ultimamente è un po' distratto. Non so cosa gli stia succedendo, forse sta lavorando un po' troppo in questo periodo».

Ambra ripensò, un po' preoccupata, all'espressione del marito quando era rientrato. Di sicuro c'era qualcosa che non andava.

«Consideriamo il lato positivo, almeno stasera ci risparmiamo quegli antipatici giochi a premi che guarda lui all'ora di cena in TV!» disse Ylenia tirando fuori dal cassetto le posate e disponendole sulla tavola.

«Hai proprio ragione, non so come faccia a piacergli tanto quella roba. E guai se se lo perde una sera...».

«Davvero! Che palle!».

Ridendo, Ambra diede una piccola pacca sulla nuca alla figlia, poi prese la pentola fumante da sopra il fornello e la portò a tavola, attenta a non scottarsi.

«Dai, andiamo a mangiare, che è meglio. E vedi di evitare queste frasi davanti a tuo padre! Sai bene cosa pensa delle tue espressioni colorite...».

«E che palle! Ho solo detto che palle!».

Ylenia allargò le braccia e alzò gli occhi al cielo.

«Ecco, appunto».

«Mamma mia, come siete all'antica!».

Madre e figlia si sedettero al tavolo, l'una ridendo e l'altra sbuffando. Poi Ambra riprese, mentre riempiva i piatti di stufato: «Raccontami un po' cos'hai fatto oggi».

«Niente di particolare... solita vita, solite cose, solita noia» rispose la ragazza un po' imbronciata. «Mai qualche novità, qualcosa di diverso...».

La donna sorrise a quell'affermazione e pensò che in effetti la loro vita, ultimamente, era un po' monotona. Di sicuro nessuna delle due avrebbe mai immaginato come la loro intera esistenza sarebbe drasticamente cambiata nel giro di poco.

«Mamma, accendi la TV per favore. C'è quel programma a quest'ora, come si chiama? Quello con tutti i gossip sui vip che papà non ci fa mai vedere, perché a lui non piace» esclamò Ylenia con la bocca piena, dandosi pugni sul petto per evitare di strozzarsi.

Ambra non capì una parola di quello che le stava dicendo la figlia, e si affrettò a riempirle il bicchiere d'acqua per aiutarla a buttare giù il cibo.

Alla fine, per fare più in fretta e senza aver ancora ingoiato il boccone, Ylenia si alzò e, afferrato il telecomando, accese la TV.

La cena proseguì così, tra frivolezze, pettegolezzi e molte risate complici tra madre e figlia, con alcune parolacce di troppo, rigorosamente seguite da qualche piccola sberla sulle mani e sulla nuca in libero sfogo, data l'assenza di Giorgio.

Dopo cena Ylenia aiutò la mamma a rimettere a posto. Sparecchiò la tavola e sistemò le stoviglie nel lavello, spazzò per terra e poi si dileguò, temendo ulteriori incombenze.

La donna lavò e asciugò i piatti con cura, pulì con altrettanto impegno tutta la cucina e quando ebbe finito si tolse il grembiule, preparò un vassoio con il cibo per il marito e lo raggiunse al piano di sopra.

Lo trovò sdraiato sul letto, le mani dietro la testa e lo sguardo perso in direzione del soffitto. La luce tenue dell'abat-jour lasciava la stanza un po' in ombra, insieme al suo volto. Non si era tolto né i vestiti né le scarpe, aveva gli occhi chiusi e sembrava quasi che dormisse. Ma lei sapeva che non era così, e dopo più di vent'anni di matrimonio non era il caso di rimproverarlo per essersi sdraiato sul letto con le scarpe.

La donna posò il vassoio sul comodino e si sedette sul letto accanto al marito, che si spostò per farla accomodare.

«Amore...» lo chiamò delicatamente, a voce bassa, posandogli una mano leggera sulla spalla. «Ti ho portato qualcosa da mangiare».

Con un sorriso tirato, Giorgio rispose che avrebbe mangiato più tardi.

«C'è qualcosa che non va? Sei molto strano oggi» chiese lei, sempre più preoccupata.

Era piuttosto singolare che suo marito non avesse appetito, capitava davvero di rado e quando succedeva c'era sempre di mezzo qualcosa di grave.

«No, sta' tranquilla, è solo un po' di stanchezza».

«E come mai hai gli occhi rossi e gonfi?».

«Non è nulla, solo un po' di raffreddore» mentì lui, cercando di evitare lo sguardo di sua moglie. «Dai, cerchiamo di dormire, sono molto stanco» aggiunse per sfuggire all'interrogatorio.

Lei annuì semplicemente, poco convinta della risposta e del suo atteggiamento. In silenzio, i due si prepararono per dormire.

Ambra spense l'abat-jour. Rimase solo la luce della luna a illuminare la stanza.

Passarono molte ore, e Giorgio continuava a girarsi e a rigirarsi in quel letto che sembrava pieno di chiodi, soffocato da una coperta che lo opprimeva come fosse di cemento. Tentava di trovare un po' di sollievo e conforto almeno nel sonno, ma nulla quella notte avrebbe potuto rasserenarlo, dopo la terribile verità di cui era venuto a conoscenza.

3.

Che notte terribile! Cazzo, che incubi! Case senza scale, ascensori che si bloccavano, tetti che crollavano...

Giorgio rimase un attimo fermo davanti alle scale. Cosa scegliere? Come salire in ufficio? Dopo i sogni di quella notte... Scale o ascensore?

Alla fine decise per l'ascensore. Aveva dormito molto poco e molto male, non aveva voglia di affrontare quei gradini che, seppur pochi, quella mattina sembravano interminabili. Mentre premeva il pulsante rosso con il 2 in rilievo, si ripassava nella mente il discorso che si era preparato. Ma tanto, alla fine, era certo che avrebbe improvvisato. Un po' come faceva all'università prima di un esame importante.

Adesso però era diverso, un esame si può sempre ripetere, questa volta invece aveva un'unica occasione e non poteva assolutamente permettersi di gettarla al vento. Neanche un piccolo errore, altrimenti sarebbe stata la fine.

Una volta raggiunto il secondo piano, percorse l'intero corridoio con passo lento e sguardo fisso al pavimento, fermandosi solo davanti all'ultima porta. Infilò la mano nella tasca destra dei pantaloni per cercare la chiave del suo ufficio e si guardò intorno.

Avrebbe potuto descrivere quel posto minuziosamente anche a occhi chiusi: la moquette sul pavimento che calpestava tutti i giorni ormai da anni, i quadri alle pareti che raccontavano ognuno una storia diversa, le grandi piante negli angoli del corridoio che una bella ragazza si curava di annaffiare e l'intonaco ingrigito dal tempo. E poi i colleghi, i più simpatici e i più odiati che, come ogni dettaglio di quell'edificio, avevano costituito un pezzo più o meno importante della sua vita.

Sospirò prima di girare la chiave nella toppa, dopodiché abbassò la maniglia, aprì la porta e di colpo si fermò, come se avesse preso improvvisamente una decisione diversa. Esitò qualche istante, poi chiuse la porta, senza entrare nella stanza. Tornò indietro per il corridoio, ne percorse un breve tratto e si diresse verso una scrivania lì vicino. Udendo quei passi, la donna seduta dietro alzò il viso e vedendolo avvicinarsi sorrise.

Quando l'uomo fu sufficientemente vicino gli disse: «Buongiorno direttore! Sono arrivati i fax che aspettava. Li porto subito nel suo ufficio!».

«No» rispose secco lui. «Li guarderò più tardi. Piuttosto, è già arrivato il presidente?».

La signorina Cinthia, la segretaria di Giorgio Luciani, rimase piuttosto stupita dalla risposta dura e fredda del suo direttore, dal momento che di solito era una persona cortese ed educata. Dopo l'iniziale sorpresa, si affrettò a rispondere che il presidente era arrivato da poco e che avrebbe potuto trovarlo in ufficio.

«La ringrazio» le rispose, tornando rapidamente sui suoi passi.

Una volta dentro, adagiò la ventiquattrore su una sedia, appese il soprabito e si sedette alla sua scrivania con i gomiti sul tavolo e la testa tra le mani, senza sapere bene cosa fare e cosa pensare.

Un pugno sbattuto con forza sulla scrivania, frutto della disperazione, fece cadere una cornice con la foto di tutta la famiglia, uno scatto preso in occasione di un compleanno di Ylenia. In quell'immagine la bambina sorrideva, felice di stare in posa davanti alla macchina fotografica abbracciata ai suoi genitori.

Al ricordo di quella giornata, un debole sorriso spuntò anche sulle labbra di Giorgio, un sorriso che presto si tramutò in un'espressione dura, determinata.

In quel momento, come se avesse trovato finalmente dentro di sé la forza di cui aveva bisogno, Luciani si alzò e si recò dritto all'ufficio del presidente.

Non esitò un secondo, bussò in modo deciso ed entrò.

«Buongiorno presidente!» esclamò, e l'altro rispose al saluto.

Si avvicinò poi al superiore che, intento a sorseggiare un caffè, lo invitò a sedersi e a berne uno con lui.

«Due zollette, giusto?» chiese, mentre toglieva il coperchio alla zuccheriera.

«Oggi tre, grazie!».

«Come mai? C'è qualcosa che deve addolcire?» domandò divertito il presidente, stupito del cambiamento, mentre porgeva la tazzina al collega.

Giorgio Luciani si prese qualche secondo prima di rispondere. Non sapeva bene cosa dire, né come impostare il discorso. Cercava le parole più adatte, frugava nella mente per trovare il modo migliore di comunicare la sua decisione.

«Devo rendere più dolce la mia partenza» disse alla fine, semplicemente.

Il presidente rimase qualche secondo a guardarlo con aria interrogativa e Giorgio, pur di sfuggire ai suoi occhi, iniziò a rigirarsi tra le mani la tazzina del caffè e a fissarla, come se volesse imprimersi nella mente ogni dettaglio del logo della banca stampato sulla ceramica bianca.

«La concorrenza le ha fatto un'offerta migliore della nostra?» chiese l'uomo con aria dubbiosa.

«No, no! In realtà, vorrei chiedere un trasferimento».

«Non si trova bene qui, forse?» continuò l'altro, inarcando un sopracciglio.

«Tutt'altro, mi trovo benissimo. Non si tratta di me, ma della mia famiglia. Devo tornare a casa. Devo trovare un cuore. Mi rendo conto che può sembrarle strano, ma... è così!».

«Un cuore? Cosa intende dire?» chiese il presidente, sorpreso dalla risposta.

«Mi serve un cuore per un trapianto! Mi è davvero necessario! E devo andare in Italia, per averlo! Vorrei perciò essere assegnato a una delle nostre filiali italiane».

Proprio in quel momento squillò il telefono. Il presidente sollevò la cornetta e la segretaria lo avvisò che la riunione stava per avere inizio, e che aspettavano soltanto lui.

«Mi dispiace» si scusò l'uomo «ma temo che dovremo continuare il discorso più tardi. Comunque, anche se non ho ben capito il suo problema, mi pare che si tratti di qualcosa di molto serio, e vorrei che mi considerasse a sua completa disposizione!».

«La ringrazio, la ringrazio infinitamente» rispose Luciani stringendo la mano al presidente, il quale notò una strana luce negli occhi del collega.

Qualche ora dopo avrebbe scoperto che quella era la luce di una speranza che, nel buio dell'impotenza e dell'angoscia, Giorgio aveva temuto di perdere.

4.

«Papà, mi passi l'acqua, per favore?».

«Papà, ma mi ascolti?» chiese Ylenia, questa volta a voce più alta e con tono deciso.

Giorgio si riscosse dai suoi pensieri.

«Scusami tesoro, cosa hai detto?».

Ambra notò che quella sera a cena il marito era piuttosto pensieroso ed ebbe la conferma che qualcosa non andava. Sospettava ormai da giorni che le stesse nascondendo qualcosa e immaginava che presto gliel'avrebbe rivelato. Almeno, così sperava.

«Ti ho chiesto di passarmi l'acqua! Uffa, papà, ultimamente sei troppo distratto!».

Ylenia era ancora più carina quando assumeva quell'aria imbronciata che la riportava indietro nel tempo, a quando ancora faceva i capricci da bimbetta viziata.

L'uomo prese la bottiglia di vetro verde e sorridendo la porse alla ragazza.

«Papà, mi sa che per farti perdonare dovrai comprarmi un cavallo. Sono mesi che me l'hai promesso. Quando hai intenzione di comprarmelo, quando sarò già vecchia?».

Giorgio sorrise, ci pensò un po' su, poi rispose, sempre sorridendo: «Ti prometto che avrai il tuo cavallo non appena ci saremo trasferiti».

Era tutto il giorno che cercava di trovare le parole adatte per comunicare alla famiglia la notizia del trasloco e ora che ci era riuscito, e per giunta in un modo così facile, si sentiva estremamente sollevato. Adesso l'unica cosa importante era non tradirsi e riuscire a essere convincente.

A quelle parole, madre e figlia smisero di mangiare e posarono le forchette sui piatti. Ambra abbassò il volume del televisore e chiese al marito, con aria sbalordita: «Scusa, puoi ripetere quello che hai detto?».

Tranquillamente, come se fosse la cosa più naturale del mondo, Giorgio rispose: «Ho detto che comprerò il cavallo a Ylenia dopo che ci saremo trasferiti».

L'aria per un attimo fu pervasa da interrogativi e incredulità.

«Trasferiti? Ma dove? E quando?».

«Lasciatemi spiegare» Giorgio si pulì la bocca con il tovagliolo e assunse un'espressione seria e autorevole. «Purtroppo ultimamente abbiamo avuto dei problemi in banca e hanno dovuto fare dei tagli al personale, e...».

«Vuoi dire che ti hanno licenziato? È per questo che sei così strano ultimamente?» lo interruppe la moglie, prendendo una mano tra le sue, preoccupata. «Come faremo, adesso?».

«No, no... sta' tranquilla, per fortuna mi hanno solo trasferito. E poi...».

«Trasferito? Ma si può sapere dove?» lo interruppe di nuovo la donna, sempre più inquieta.

«In Italia. Mi hanno trasferito in Italia. Contenta? Ora mi vuoi far parlare?». Giorgio iniziava a innervosirsi.

«In Italia? Così lontano?».

Passato lo stupore iniziale, Ylenia si stava preoccupando sul serio.

«Ma... perché proprio in Italia? Papà, io... come farò con la scuola?».

«Alla scuola penserò io, non preoccuparti. Ma c'è un'altra cosa...». Giorgio esitò qualche secondo, poi in un attimo concluse con ciò che gli stava più a cuore. «Dobbiamo partire il prima possibile!».

Neppure per lui era facile quella situazione e anche se cercava di apparire calmo e tranquillo, in realtà la sua mente si consumava tra paure, titubanze e indecisioni. E di sicuro l'atteggiamento ostile che moglie e figlia gli dimostravano non rendeva le cose più facili.

«E quando sarebbe il prima possibile?».

Anche Ambra, adesso, stava iniziando ad agitarsi seriamente.

«Tra due giorni».

A quelle parole Ylenia scoppiò a piangere e tra le lacrime urlò al padre: «Papà, due giorni? Ma è impossibile! Io non voglio! I miei amici... la mia vita... che ne sarà di me?».

«Mi dispiace, ma ormai è deciso!».

Con le dita della mano destra Giorgio cercò nel taschino della camicia, tirò fuori un pacchetto di Marlboro rosse, si accese una sigaretta, poi con tono grave disse alla figlia: «Laggiù incontrerai nuovi amici, e ti rifarai una vita. Lo stesso sarà per me e tua madre».

«Ma papà...» tentò di replicare la ragazza.

«Niente ma, signorina! È così, e basta! Non possiamo farci nulla. Fattene una ragione!» la interruppe immediatamente il padre.

Ylenia scappò in camera sua in lacrime per telefonare alle amiche più care e comunicare la notizia, mentre Ambra, arrabbiata, chiese al marito di seguirla nella loro camera da letto.

«Non dovresti essere così duro con lei. Hai provato a metterti nei suoi panni? Proprio ora che era riuscita, nonostante tutto, a farsi degli amici, a farsi una vita... E poi, potevi evitare di parlarne a tavola, hai rovinato la cena a tutti. Ma è il modo di comunicare una notizia del genere? Non è da te, cosa ti sta succedendo? Non ti riconosco più».

Mentre la moglie lo rimproverava, Giorgio teneva la testa bassa, incapace di sopportare lo sguardo duro della donna, cercando di distrarsi per non sentire quelle parole che lo ferivano e acuivano il suo senso di colpa. Se solo lei avesse saputo, non avrebbe mai parlato in quel modo, ma non poteva di certo confessarle la verità. Non poteva fare altro che rimanere in silenzio.

«Mi dispiace... Non sapevo come dirvelo».

Tagliò corto e uscì dalla stanza, per paura di esplodere.

Rimasta sola, la donna si sedette sul letto per raccogliere le idee e riflettere. Cosa ne sarebbe stato di loro? Come avrebbero fatto a lasciare tutto e a trasferirsi in un altro Paese, così, da un giorno all'altro? Come avrebbe fatto Ylenia a lasciare le sue amicizie, la sua vita, a quell'età già così complessa di per sé? Chissà quanto tempo ci avrebbe messo ad ambientarsi, a farsi dei nuovi amici. Chissà quanto avrebbe sofferto. Non c'era neanche un attimo per pensare, il tempo per i saluti. Bisognava solo reagire, e in fretta, ma con la calma necessaria per mantenere la famiglia unita, collaborare per rendere la partenza meno dolorosa possibile. Del resto, non serviva a nulla prendersela con Giorgio. Si sentì in colpa per la sfuriata di poco prima. Alla fine non era lui responsabile di quella decisione e di certo non ne era felice. Si ripromise di scusarsi e di offrirgli tutto il suo appoggio. Non aveva mai smesso di amarlo e non voleva venire meno alla promessa coniugale: seguire il marito nella buona e nella cattiva sorte. Ma prima c'era una cosa più importante da fare, una cosa che aveva la priorità su tutto.

Si alzò dal letto, uscì dalla stanza e percorse pochi passi che risuonarono nel silenzio della casa. Bussò alla porta della camera di Ylenia, senza ottenere risposta. Abbassò la maniglia e quando entrò nella stanza la trovò in lacrime, sdraiata sul letto: stava confessando a un'amica al telefono di odiare il padre e il suo lavoro.

Ebbe bisogno di molto tempo per farla calmare e alla fine Ylenia smise di piangere, ma non ci fu modo di placare la rabbia nei confronti del padre. Nonostante tutto, non se la sentiva proprio di biasimarla.

Quando infine la ragazza si addormentò, ridiscese al piano di sotto per parlare con il marito.

Giorgio era seduto in poltrona a leggere il giornale, ma dietro quella maschera di apparente calma e tranquillità l'angoscia lo attanagliava.

Dopo aver rimesso a posto la cucina, sua moglie decise di concedersi un bagno caldo per calmarsi e schiarirsi un po' le idee. Poi andò in camera da letto, scelse la camicia da notte da indossare e raggiunse il marito. Esitò qualche secondo sull'uscio del salotto, insicura su cosa fare, cosa dire e come comportarsi, terribilmente stanca per la giornata. Si chiese per un attimo se non fosse il caso di rimandare la conversazione all'indomani mattina, ma poi si convinse che non sarebbe stato giusto.

«Vuoi spiegarmi meglio, per piacere?» iniziò, sistemandosi sul bracciolo della poltrona accanto al marito, con le gambe accavallate e la schiena contro il muro, passandogli un braccio dietro le spalle e carezzandogli dolcemente la testa.

«Cosa vuoi sapere in particolare?». Giorgio si tolse gli occhiali e posò il giornale sulle gambe, più per prendere tempo che altro.

Non era facile fingersi tranquillo, la moglie lo conosceva troppo bene. Si erano fidanzati giovanissimi ed erano cresciuti insieme: nessuno al mondo sapeva leggere i suoi pensieri meglio di Ambra. Era sempre stato un libro aperto per lei, ma non questa volta, questa volta non poteva proprio permetterselo.

«Come mai così, all'improvviso? E poi tra due giorni... Non c'è modo di posticipare la partenza?».

«No, mi dispiace. Non si può davvero, altrimenti l'avrei già fatto. In realtà era nell'aria da giorni, ma mi hanno dato la conferma solo oggi. Mi dispiace!».

Giorgio tentò di giustificarsi, sperando in cuor suo che la conversazione si chiudesse lì.

«Ma... dove andremo ad abitare? Come faremo a trovare una sistemazione in due giorni?».

Ambra era sempre più confusa e perplessa, ma di nuovo dolce e amorevole come sempre.

«A questo ho già pensato. Il presidente della banca, il signor Malton, è stato molto gentile e disponibile e ci ha messo a disposizione una sua villa in Toscana. Guarda, mi ha dato una fotografia della casa!».

Così dicendo, Giorgio frugò nella tasca dei pantaloni, tirò fuori la foto e la porse alla moglie.

La donna prese la foto e cominciò a rigirarla tra le mani. Era vecchia e sbiadita, e c'era da lavorare molto di immaginazione per riuscire a visualizzare l'aspetto reale della casa.

«Mi ha detto che si trova in un paesino di nome... Ciacina, Cicina... ora non ricordo bene. Aspetta, se non sbaglio è scritto sul retro!».

Ambra voltò la foto, curiosa.

«Cecina! Qui c'è scritto Cecina!».

«Ecco, sì, Cecina! È poco distante da Livorno, ha detto il presidente della banca. Dovresti essere felice, si realizza finalmente un tuo grande desiderio: una casa lontano dal trambusto della città. Non è quello che mi hai sempre chiesto? Potremo sistemarci là inizialmente, e poi... si vedrà».

Ambra si sentì un po' spiazzata dall'affermazione del marito. Tante volte avevano litigato perché lui aveva preferito una casa in pieno centro, in grado di offrirgli tutte le comodità della città, mentre lei avrebbe voluto abitare in un luogo più tranquillo e riservato, lontano dal traffico e dal caos cittadini. E alla fine aveva sempre vinto Giorgio.

«Ma così, in soli due giorni, come farò a organizzare tutto, il trasloco, il viaggio?».

«Non preoccuparti, penserò a tutto io».

Giorgio carezzò dolcemente la mano della moglie, sperando di averla rassicurata. La donna non era ancora del tutto convinta ma osservando l'aria stanca e afflitta del marito decise di non insistere. Sorridendo, gli restituì la fotografia della villa e gli diede un piccolo bacio sulla fronte, nel tentativo di rincuorarlo.

«Ok, mi fido di te».

Poi, abbassando la testa e assumendo un'espressione triste, continuò: «Mi dispiace tanto per prima, quando me la sono presa con te. È solo che sai, questa notizia così, all'improvviso, mi ha colto di sorpresa, e ho avuto una reazione esagerata. Io...».

Giorgio le posò un dito sulle labbra, e le sussurrò con uno sguardo complice: «Sssh... Non c'è bisogno che ti scusi! Non preoccuparti, capisco benissimo».

Ambra lo abbracciò forte e lo baciò appassionatamente, come non faceva da tempo. Poi esclamò: «Dai, andiamo a letto adesso, è tardi e tu non mi sembri proprio in forma. Ci aspettano giornate impegnative e non voglio che ti stanchi troppo. Lo sai che poi mi fai preoccupare...». Quindi si alzò, spense il lume accanto alla poltrona del marito e lo invitò a salire insieme a lei di sopra. Ma Giorgio fece segno di no con la testa e sorridendo le disse che si sarebbe concesso ancora qualche minuto. Presto l'avrebbe raggiunta in camera, promise.

Ambra allora lo baciò sulle labbra per augurargli la buona notte e si avviò su per le scale, avvolta in una vestaglia di seta rosa, i capelli sciolti, il viso pulito dal trucco e il profumo delicato di un bagnoschiuma al muschio bianco.

Rimasto finalmente solo, Giorgio tirò un profondo sospiro. Al buio, lasciandosi guidare dalla luce tenue della luna che entrando dalle tende semiaperte tingeva d'argento il pavimento, uscì dalla stanza, superò le scale e si diresse nel suo piccolo studio accanto alla cucina. Accesa la luce, raggiunse un mobiletto incassato sotto la finestra, ci frugò dentro per qualche minuto e alla fine ne estrasse una cartelletta blu un po' consumata, piena di fogli e con gli angoli leggermente sdruciti, come se fosse stata aperta e richiusa più volte. Si rannicchiò per terra accanto al mobiletto e passò leggermente la mano sui caratteri impressi sulla custodia con un pennarello nero: Ylenia.

Sospirò, poi aprì la cartella. Esaminò i vari fogli e li lesse più volte. Lì dentro c'era tutta la storia clinica della figlia: gli esiti dei diversi esami, i referti medici e le varie ipotesi, sempre sbagliate. Avevano consultato numerosi specialisti nel tentativo di dare un nome alla malattia della ragazza, ma nessuno era stato in grado di fare una diagnosi precisa. Da sempre si erano sentiti ripetere che non c'era nulla da fare, né per guarirne, né per capire di cosa si trattasse, come condannati davanti a un giudice che emette una sentenza irrevocabile.

Così i genitori avevano cercato di offrirle una vita il più normale, serena e felice possibile, lottando per non farle pesare la malattia, impedendole di stancarsi troppo e di esporsi a emozioni eccessive, che per lei avrebbero potuto essere fatali.

Fortunatamente per la ragazza non era mai stato necessario il ricovero, in quanto la sintomatologia si limitava a sporadiche crisi che i genitori sapevano ormai come affrontare: svenimenti, attacchi di panico o difficoltà respiratorie.

Si sedette alla scrivania, in compagnia di un bicchiere di Baileys. Posò lo sguardo sui fogli, ma la mente gli impediva di leggere. Prese forma davanti ai suoi occhi un momento che voleva a tutti i costi dimenticare. Ricordò la paura e lo sconforto che avevano accompagnato la prima crisi: l'ambulanza che non arrivava, la corsa in ospedale, il terrore di perdere la figlia, ancora così piccola, i medici che non davano risposte.

Ma se dapprima si era trattato di sporadici momenti di terrore, queste crisi erano diventate sempre più frequenti e l'ultimo accertamento clinico concedeva alla ragazza solo pochi mesi di vita.

Era proprio per questo che si era recato dal dottor Kovacic: per trovare uno sbaglio, un errore, una speranza. Ma nulla di tutto ciò si era avverato. L'unica certezza che aveva ottenuto era che il cuore di sua figlia era troppo debole e che presto, per un motivo che nessuno era in grado di scoprire, per un male che nessuno sapeva spiegarsi e al quale nessuno sapeva dare un nome, avrebbe smesso di battere.

L'uomo rimise a posto i fogli. Cercando di non farsi prendere dallo sconforto, ripose la cartelletta all'interno del mobile, nello stesso punto in cui l'aveva trovata, e richiuse le ante. Tentò di ricomporsi, nei pensieri e nell'anima. Doveva pur esserci un modo per uscire da quell'incubo. Si rialzò, tirò fuori dalla tasca un altro foglio, quello con l'ultimo referto medico, quello che condannava a morte la figlia, e anziché riporlo nella cartelletta lo nascose tra i documenti di lavoro. Dopodiché spense la luce e uscì dalla stanza.

Camminando al buio, cercando di non far rumore, iniziò a pianificare tutto ciò che avrebbe dovuto fare il giorno dopo per organizzare il trasloco. Si guardò un po' intorno, cercando di fissare nella mente i ricordi di quella casa, che nonostante tutto aveva fatto da cornice a un periodo molto importante della loro vita.

Si pentì, solo per un secondo, di aver mentito alla moglie, di averle raccontato che quel giorno era stato a un appuntamento di lavoro, e non allo studio medico del dottor Kovacic, ma del resto si rendeva perfettamente conto che Ambra non avrebbe mai potuto sopportare un simile peso, un dolore troppo grande per lei. Doveva caricarsi tutto sulle spalle, da solo, finché gli fosse stato possibile.

Una volta a letto, prima di addormentarsi, ripensò alla situazione e si chiese per un attimo se fosse giusto mentire anche alla figlia, non comunicarle la verità sulle sue condizioni di salute e farle credere di essere semplicemente troppo debole da un punto di vista emotivo, di non essere in grado di affrontare grossi stress. Le avevano sempre detto che era solo questo il problema, la sua fragilità, e che non c'era motivo di preoccuparsi per certi malori.

Ora però si domandava se non sarebbe stato invece più giusto comunicarle che in realtà nessuno sapeva che malattia avesse e che le restavano pochi mesi di vita. Farla partecipe della realtà, insomma.

Allontanò immediatamente quei pensieri. Nessun genitore, pensò, avrebbe mai rivelato una simile verità alla propria figlia. E poi, era certo che in pochi giorni la rabbia di lei nei suoi confronti si sarebbe dissolta. Al contrario, se fosse venuta a conoscenza della verità non le sarebbe stato mai più possibile cancellare l'odio nei confronti della vita. Proprio com'era accaduto a lui.

5.

Quella mattina Ylenia si alzò prima del solito, si vestì velocemente e scese a fare colazione. In cucina trovò entrambi i genitori. Come sempre, il papà era seduto al suo posto al tavolo e leggeva il giornale in attesa che la colazione fosse pronta. La mamma canticchiava mentre scaldava il latte sul fuoco. Vedendo la figlia non nascose il suo stupore ed esclamò: «Buongiorno tesoro! Ti sei svegliata presto, oggi».

La ragazza non rispose al saluto, si avvicinò alla madre per baciarla sulla guancia e prendere il pane da tostare dalla credenza, ignorando il padre. Non si sedette accanto a lui, come faceva di solito, ma preferì sistemarsi sul lato opposto del tavolo.

«Per quanto tempo hai intenzione di tenermi il muso?». Giorgio aveva distolto per un attimo l'attenzione dalle notizie del giorno, per poi riprendere quasi immediatamente la lettura, senza meravigliarsi di non aver ottenuto risposta.

«Mamma, oggi non vado a scuola». Ylenia ruppe così il pesante silenzio che stava impregnando la stanza, e in cuor loro i genitori ne furono felici.

«Come mai?» domandò Ambra, con una certa calma.

«Perché Ashley ha organizzato una specie di festa di addio a casa sua. Passiamo tutta la mattina insieme anche ad altre ragazze, e poi ci tratteniamo a pranzo. Abbiamo pensato che comunque la scuola devo lasciarla, per cui giorno più giorno meno non cambia molto. Non credi?».

«Vedi cosa ne pensa tuo padre».

«Non mi interessa quello che pensa lui».

Irritata, Ylenia alzò il tono della voce e come era solita fare si mise le mani sui fianchi.

«È colpa sua tutto questo, perciò non deve interessargli come passo gli ultimi giorni qui!».

Il padre non replicò alle parole della figlia, sbatté con forza il giornale sul tavolo, si tolse gli occhiali e, senza avere mangiato nulla, si alzò. Prese la ventiquattrore e il soprabito, e uscì di casa senza salutare, sbattendo la porta.

La moglie sospirò e con tono deciso rimproverò la ragazza: «Non mi piace che ti rivolga a tuo padre in questo modo. Non è colpa sua se lo hanno trasferito, e poi, anche se gli porti rancore, di certo la situazione non cambierà. Quindi vedi di modificare il tuo atteggiamento, signorina!».

Si interruppe per qualche secondo, per dare il tempo alla figlia di riflettere, ma l'unica cosa che ottenne fu un'alzata di spalle. Rassegnata, riprese: «Per quel che riguarda questa mattina, per me va bene, basta che rientri nel primo pomeriggio, perché devi preparare i tuoi bagagli».

«Sì, sì» rispose sbuffando Ylenia «non ti preoccupare, arriverò a casa in tempo. Be', allora sarà meglio che vada, altrimenti questa mattinata durerà pochissimo».

Quasi fosse la moda del momento si alzò dal tavolo e uscì, anche lei, senza salutare e sbattendo la porta.

Ambra sospirò nuovamente. Guardò la colazione che aveva appena terminato di preparare: latte, pane tostato con burro e marmellata, caffè e biscotti. Una colazione apparecchiata con tanto amore che, invece di riunire la famiglia, fece la felicità dei due cani di casa ai quali venne regalata, visto che anche a lei ormai era passata la fame. Sforzandosi di trovare il lato comico della situazione, mentre ripuliva la cucina esclamò tra i denti: «Tale padre, tale figlia!».

Quella mattina Giorgio si era recato in ufficio per sbrigare gli ultimi affari prima della partenza. Joseph Malton aveva riposto in lui molta fiducia assegnandogli la direzione della banca qualche anno prima e, adesso che si era trovato in questa difficile situazione, si era dimostrato non soltanto un ottimo superiore, ma anche un amico caro e generoso.

Proprio per questo ci teneva molto a lasciare tutto in ordine prima di partire.

Si rese conto però che quella mattina c'era qualcosa di diverso nell'aria. In corridoio tutti lo guardavano, e molti colleghi che credeva lo odiassero gli dispensavano sorrisi e saluti. Non riuscì a capire il motivo di quel cambiamento improvviso, pensò semplicemente che avessero ricevuto la notizia del suo trasferimento e ne fossero felici.

Ma gli fu tutto chiaro nella tarda mattinata, quando la maggior parte dei funzionari era fuori per il pranzo, e un collega che gli stava poco simpatico, un tipo falso e doppiogiochista, entrò nel suo ufficio dicendo di avere un importante affare da proporgli.

«Mi dispiace, ma adesso gli affari colombiani non mi riguardano più. Da domani mi occuperò della nostra filiale italiana. Quindi non hai più nulla da offrirmi».

Giorgio aveva cercato di liquidarlo, ma il collega non si lasciò intimidire.

«Aspetta a dire di no, caro Luciani!».

Quell'uomo aveva la voce roca e una faccia che non prometteva nulla di buono, ricordava uno di quei mafiosi dei film sulla Sicilia di una volta.

«Siediti e ascoltami. Credo di avere qualcosa di molto interessante per te».

«Sbrigati, allora!».

Giorgio decise di sedersi e di ascoltarlo, anche se poco convinto: «Non ho molto tempo da perdere, devo finire di organizzare la mia partenza».

«Allora vado subito al sodo».

Così dicendo, il collega si accese una sigaretta, si sistemò comodamente sulla sedia di fronte a lui e incrociò i piedi sul tavolo.

Davanti a quel modo di fare a Giorgio venne voglia di mandarlo via, ma poi considerò che in fondo era l'ultima volta che lo vedeva e non valeva la pena rovinarsi la giornata per un essere tanto inutile. Non poteva certo immaginare quanto si sarebbe pentito, in seguito, di quella scelta. Infatti, quando l'altro iniziò a parlare, gli si gelò il sangue nelle vene.

«E così ho saputo che ti serve un cuore».

«Come fai a saperlo?».

Giorgio si rammaricò subito di quella domanda buttata lì, impulsivamente. Ma ormai era fatta.

«Allora è vero... Be', anche i muri hanno orecchie qui, dovresti saperlo ormai, caro Luciani!».

«Si può sapere che diavolo vuoi?». Giorgio iniziò a stringere i pugni, come faceva sempre quando era nervoso.

In passato, se fosse stato il caso, gli avrebbe anche spaccato il naso con un pugno, ma in quel momento, in quel luogo, e dopo tutto quello che aveva fatto per acquisire la sua posizione, si trovava costretto a trattenersi per forza. Non gli piaceva l'uomo che aveva davanti, né tantomeno la piega che stava prendendo la conversazione. Non riusciva poi a comprendere il motivo di quello strano comportamento. Prima di proseguire, infatti, si era alzato dal suo posto, facendo cadere la cenere della sigaretta accesa sul tappeto, aveva aperto la porta e controllato che non ci fosse nessuno in corridoio. Adesso si era avvicinato a lui e lo stava guardando con quei suoi occhi piccoli e troppo vicini, come se volesse scrutarlo dentro. Era un soggetto basso e magrolino, aveva l'aria viscida e non frequentava mai nessuno, a parte pochi colleghi meschini e idioti almeno quanto lui e che Giorgio aveva sempre disprezzato.

«Allora? Se non hai nulla da dire puoi anche alzare i tacchi e sparire!».

«Siamo nervosetti, eh?». Il tono della sua voce era talmente basso che persino a pochi centimetri di distanza Giorgio faceva fatica a udirlo.

«Supponiamo che, dal momento che sei un amico, con circa settantamila pesos io possa trovarti un bel cuoricino, proprio come lo vuoi tu. Certo, se ti servisse un rene o una cornea sarebbe più facile, potresti cavartela con la metà, ma ti renderai conto che un cuore che funziona bene è difficile da recuperare. Quindi, se tu volessi, ovviamente dietro ricompensa, potrei contattare un amico che nel giro di un paio di giorni ti procura quello che stai cercando. Poi ci sarebbe un altro amico che, sempre dietro ricompensa, potrebbe praticare l'intervento. Diciamo che con centotrentamila pesos sarebbe tutto risolto e non se ne parlerebbe più. Che ne pensi?».

Silenzio.

«Ti vedo pensieroso... non sarà per motivi economici? Una persona con le tue possibilità non dovrebbe nemmeno porsi il problema, quando si tratta di salvare la vita di sua figlia...». Quell'uomo continuava, insinuante.

Centotrentamila pesos erano circa cinquantamila euro. La cifra per procurarsi un cuore.

Adrenalina a mille. Battito accelerato, respiro affannato. Le mani che prudono, le unghie che si piantano nella carne, per quanto i pugni sono serrati. Non è vero. Non può essere vero. Ma le orecchie non mentono mai. Voglia di spaccargli la faccia. La scena già davanti agli occhi. Sentire le ossa del suo naso spezzarsi. La sua faccia che si tinge di rosso. Tutto si tinge di rosso. L'espressione del suo viso. No, non si può. Non ora, non qui. E il bastardo lo sa. Bastardo del cazzo. Ma una cosa però si può fare. Oh sì, quella sì. Certo che si può.

Giorgio si alzò di scatto, facendo cadere per terra metà degli oggetti che erano sulla scrivania. Afferrò l'uomo per il colletto della camicia, sollevandolo da terra.

«Ma che cazzo dici? Eh? Che cazzo stai dicendo? Ma lo sai che è illegale? Ma lo sai da dove vengono gli organi di cui parli? Lo sai che, per vendere i loro organi, vengono rapiti e uccisi dei bambini? Bambini innocenti che vengono torturati, sezionati vivi. Ti rendi conto di quello che stai dicendo? Potrebbero essere i tuoi figli! Ma come fai a propormi una cosa simile? Sei solo un pezzo di merda! E nient'altro! Dovrei denunciarti! Va' via da qui, subito!».

Giorgio lo lanciò lontano con tutta la sua forza, facendolo cadere sul tappeto, e lo mandò a sbattere con la gamba nella sedia.

Ottimo. Ben ti sta. Te la dovrei rompere, quella gamba. Verme schifoso. Calma. Calma. Mantenere la calma. Qualcosa da spaccare. Qualcosa ci vuole, ma non la sua faccia. Vallo a spiegare, poi, perché gli ho spaccato la faccia. Il vetro sì però, il vetro della gabbietta con l'idrante. Quello sì, tanto poi lo ripago. Che mi frega. Vado. Che mi frega.

«Oh, ma che cazzo fai? Ma che cazzo...».

Sangue. Sangue sulla mano, sangue sul vetro, pezzi di vetro per terra, sangue per terra. Cazzo, brucia, però ci voleva.

L'altro, che non si aspettava una simile reazione, abituato com'era a trattare con dei disperati pronti a tutto pur di far sopravvivere un proprio caro, avrebbe voluto rispondere, avrebbe voluto reagire, ma non poté far niente, perché le urla di Giorgio e il rumore del vetro che si rompeva avevano attirato nel suo ufficio tutta la gente del piano. Per evitare sospetti e complicazioni, preferì dileguarsi facendo finta di nulla, zoppicante e mezzo strozzato.

Giorgio decise di non parlare con nessuno dell'accaduto, limitandosi ad accennare che si era trattato di uno screzio tra colleghi, e che il vetro rotto era stato un semplice incidente.

Quando finalmente riuscì a calmarsi, raccolse le sue cose e lasciò la banca, giurando a se stesso che, se tutta quella storia fosse andata a buon fine, si sarebbe impegnato in prima persona nella lotta contro il traffico illegale di organi.

Sulla strada verso casa, imbottigliato nel traffico snervante, gli tornarono in mente alcune notizie di un programma televisivo di qualche settimana prima che raccontava di un bambino di quattro anni che proprio lì, a Bogotà, era stato ricoverato in ospedale per una diarrea e ne era uscito privo di entrambi gli occhi. E a Kabul un'altra bambina, anche lei di quattro anni, era stata rapita, e pochi giorni dopo il suo cadavere era stato ritrovato dai genitori, o per lo meno quel che ne rimaneva: il corpo era infatti privo degli organi vitali. Pure in Mozambico molti bambini erano stati rapiti per alimentare un traffico clandestino di organi: non era un film dell'orrore, era la triste realtà denunciata con coraggio dalle suore missionarie.

Rabbrividì al solo pensiero. Ascoltate alla televisione, quelle vicende apparivano lontane. Lui se n'era dimenticato subito dopo averla spenta, ma adesso che ci si era trovato dentro, si sentiva addosso tutto il marciume del mondo. Aver lavorato spalla a spalla per anni con una persona del genere lo faceva sentire sporco. Chissà quanta gente disperata era caduta nelle mani di quel bastardo.

Guardò la ferita alla mano destra. Come spiegarlo ad Ambra? L'ennesima bugia.

Scusa amore mio. Lo faccio per te. E per nostra figlia.

Si chiese se non fosse il caso di informare le autorità dell'accaduto. Quel bastardo non poteva passarla liscia, ma si rese conto che la cosa avrebbe richiesto tempo e denaro. La sua parola contro quella del collega. Nessun testimone.

E poi, le indagini, le prove, gli avvocati... tempi lunghi, troppo lunghi. Era altro in quel momento ad avere la priorità, come la vita di sua figlia, che veniva prima di tutto.

Fa comodo, a volte, avere amici nella polizia. Amici fidati, amici veri, che sanno gestire le cose. Amici in grado di far marcire in cella quel tipo senza che il tuo nome salti fuori, almeno per il tempo necessario. Amici disposti a crederti senza bisogno di prove. Amici disposti a far partire un'indagine. Amici che, come te, sono incazzati con il mondo. Amici a cui, un giorno, il favore verrà ricambiato.

Cambiamento di rotta.

6.

Il pomeriggio passò velocemente per tutti. Giorgio fece qualche visita per salutare gli amici più stretti a nome suo e della famiglia, promettendo telefonate e cartoline.

O almeno, così raccontò alla moglie.

Ambra era impegnatissima a mettere negli scatoloni lo stretto indispensabile, mentre Ylenia, con lo stereo a palla, sdraiata sul letto in camera sua, ripercorreva con la mente i giorni felici trascorsi insieme agli amici più cari. Cercava di immaginare la sua nuova vita in Italia, i nuovi compagni di scuola. Si rigirava tra le mani i piccoli regali che le amiche le avevano confezionato per l'occasione: una foto ricordo scattata durante una gita, un CD con le canzoni che avevano fatto da colonna sonora ai momenti di tenerezza vissuti con il ragazzo che amava, un quadernetto pieno di piccole frasi scritte da loro e un video girato la mattina stessa. Ma la cosa più importante di tutte era senza dubbio una piccola conchiglia che qualcuno, quell'estate, aveva raccolto per lei. Quel qualcuno che le aveva rubato il cuore, un bacio, e anche qualcosa di più, per la prima volta. Un cavaliere a cui, quella mattina, aveva detto addio.

Si alzò dal letto e frugò in un cassetto pieno di biancheria intima. Ne tirò fuori un piccolo diario con la copertina rosa e tenendoselo stretto sul cuore tornò a sdraiarsi.

Piccole macchie scure si disegnarono sui fogli man mano che lei ne sfogliava le pagine, attimi di felicità catturati per sempre dalla carta, congelati perché troppo preziosi, così da non permettere mai al corso del tempo di consumarli, e adesso segnati da lacrime sbocciate dalla nostalgia e dal ricordo di pomeriggi trascorsi insieme, di serate al cinema, di incontri segreti nella biblioteca della scuola, per poter stare da soli qualche minuto tra una lezione e l'altra, e pomeriggi al mare, che facevano da sfondo a romantiche passeggiate mano nella mano.

Non voleva lasciare quei luoghi, non voleva e non poteva, una parte di lei la tratteneva. Ripensò alla sua estate favolosa, un'estate magica, forse unica, e quella piccola conchiglia era la testimonianza di un amore sbocciato in primavera e subito messo a dura prova.

Le lacrime si trasformarono in un fiume in piena al ricordo di quella notte... Solo la pioggia, il mare, e loro due, la voglia di stringersi di più, brividi lungo la schiena e sospiri profondi, vestiti che cadevano e mani che si intrecciavano, la sabbia su tutto il corpo... L'imbarazzo, la paura e poi la felicità di quel piccolo dolore, la gioia di essere una cosa sola e poi stare lì, sdraiati, bagnati dalla pioggia e dalle onde del mare, a guardare le stelle e a inventare il domani... e una scusa per giustificare il ritardo, ridere, scherzare, sentirsi una persona nuova, più bella, finalmente donna, e non voler più andare, baciarsi ancora e di nuovo e di nuovo, magica notte d'agosto.

E così, cullata dai ricordi e con gli occhi ancora umidi di lacrime, incurante del volume dello stereo, Ylenia si addormentò, stringendo tra le mani il suo piccolo tesoro e custodendo nel cuore le promesse di telefonate, di e-mail, di vacanze da passare insieme, condite dall'amarezza di non potersi vedere un'altra volta, per colpa di quel calcetto del cavolo, tanto importante da impedire un ultimo bacio, un ultimo abbraccio.

Erano passati pochi minuti da quando si era abbandonata alle braccia di Morfeo, quando la madre entrò nella stanza, insospettita dal fatto di non sentire alcun rumore oltre alla musica. Trovandola addormentata, a malincuore la svegliò dolcemente, rimproverandola per non avere ancora iniziato a mettere via le sue cose.

«Mamma, pensi che saremo felici in Italia?» le chiese la figlia, ancora assonnata, mentre si sedeva a gambe incrociate sul letto e con le mani si stropicciava gli occhi.

«Sono certa di sì» la rassicurò lei. «Vedrai che anche lì troverai delle buone amiche, e magari anche un nuovo amore!» le disse sorridendo con il tono di prevedere quello che sarebbe accaduto.

Un po' imbarazzata, Ylenia non rispose nulla, ma in cuor suo pensò che non fosse necessario trovarlo, un nuovo amore. Non voleva più soffrire per questo. Quello vecchio andava benissimo, con tutti i suoi difetti e con il suo calcetto rompipalle. Certo, probabilmente l'avrebbe pensata diversamente se avesse saputo che si trattava di un calcetto dai capelli biondi, che proprio in quel momento stava improvvisando per lui un allegro strip-tease nella villa di papà, tra bicchieri di champagne e lenzuola di seta. È vero che tante storie andrebbero diversamente se le persone raccontassero meno bugie, ma non possiamo farci nulla, se le cose vanno in un modo vuol dire che c'è un motivo per cui devono andare così.

«Vuoi che ti aiuti, con tutta questa roba?» domandò premurosa la mamma.

Ylenia fece segno di no con la testa.

«Adesso mi metto al lavoro. Vedrai che per cena sarà tutto pronto e in ordine!».

La madre annuì, poco convinta, perché sapeva bene che non c'era troppo da fidarsi. Infatti Ylenia passò non soltanto tutto il pomeriggio, ma anche buona parte della nottata a mettere la sua roba negli scatoloni e il giorno dopo non era ancora sicura di aver preso tutto l'indispensabile, e temeva di aver dimenticato qualcosa di importante.

Così, quando i genitori erano già pronti per partire, lei ancora rovistava nei cassetti e negli armadi per assicurarsi di aver preso il necessario per i primi giorni in Italia.

«Ylenia!» urlò la madre dal piano di sotto. «Vuoi sbrigarti? Mancano solo le tue cose da caricare in macchina, e poi siamo pronti».

«Arrivo, arrivo!».

Prima di scendere, Ylenia si fermò un attimo a guardare le pareti spoglie della sua stanza, che fino a poche ore prima erano piene di foto e poster. I mobili non contenevano più le sue cose, una grande tristezza la assalì e si sforzò di non piangere. Senza voltarsi indietro, raccolse il bagaglio e scese le scale di corsa.

«Ho troppa paura di aver dimenticato qualcosa».

«Non preoccuparti, il resto arriverà tra pochi giorni con il corriere internazionale. Quindi, a meno che non si tratti di qualcosa di vitale importanza, puoi stare tranquilla».

Ambra sorrise alla figlia, le mise una mano sotto il mento e le posò un piccolo bacio sulla guancia.

Ylenia abbracciò forte la mamma e si sforzò ancora una volta di non piangere, ma qualche lacrima silenziosa le scivolò comunque lungo il viso lasciando un'impronta negli occhi lucidi.

Ci fu un attimo di silenzio, poi Ambra si rivolse al marito: «Perché è capitato proprio a te, Giorgio?».

In quegli attimi, durante i quali stavano realmente dicendo

addio alla loro vita, molti dubbi si facevano pressanti nella sua mente, anche se tentava di nasconderlo.

«La concorrenza è un nemico spietato, anche per le banche».

Giorgio fece di tutto per evitare lo sguardo della moglie, perché sapeva bene che se avesse scrutato i suoi occhi avrebbe immediatamente capito che stava mentendo.

Fortuna volle che i cani di casa, Romolo e Remo, due grossi alani, nel giocare a rincorrersi passarono tra loro due urtando Ambra e facendola quasi cadere per terra. Tutto ciò sotto lo sguardo divertito di Ylenia, felice del fatto che almeno i suoi cagnoni avrebbero continuato a starle accanto e a riempirle le giornate anche in Italia.

«Ok, questa era l'ultima».

Giorgio diede una piccola spinta e lo sportello del portabagagli si chiuse. Il rumore sordo della carrozzeria riecheggiò nell'aria minaccioso.

Con un groppo in gola, Ylenia non poté far altro che avvicinarsi tristemente all'auto e sistemarsi sul sedile posteriore.

Mentre la macchina si allontanava lungo il viale, la ragazza si voltò per un ultimo, mesto saluto. Adesso che l'immagine della casa, la sua casa, si faceva sempre più piccola, le tornavano in mente i ricordi degli amici e del suo amore che forse non avrebbe mai più rivisto. Non riuscì a trattenere i singhiozzi.

Al contrario di Ambra, Giorgio non tentò di confortarla, consapevole del fatto che quella era stata una scelta sofferta, ma che era stata presa solo nel tentativo di regalare una nuova e forse migliore vita alla figlia.

7.

Stavolta aveva perso le staffe. Non riusciva più a tollerare le continue delusioni che gli provocava il figlio. Adesso lo stava rincorrendo intorno al tavolo, armato di un manico di scopa. Ovviamente non aveva intenzione di fargli del male. Sperava solo che, non avendo ottenuto nulla con le buone, quel ragazzetto di diciott'anni avrebbe finalmente messo la testa a posto sotto minaccia. Ma la verità era che nulla avrebbe potuto cambiare la sua natura pigra e strafottente.

«Papà aspetta... almeno mi spieghi cosa ho fatto?» chiedeva Ale, che in realtà si chiamava Alessandro, mentre correva intorno al tavolo tentando di sfuggire all'ira del padre.

«Cosa hai fatto, vuoi sapere? Cosa non hai fatto, sarebbe più giusto dire! Fermati, disgraziato!».

Pietro Cutrò era operaio specializzato in una cartiera e viveva a Cecina ormai da molti anni, ma nelle sue vene scorreva sangue siciliano. Era emigrato in Toscana negli anni del boom economico e, anche se si era ripromesso più volte di farlo, non era mai tornato nella sua terra d'origine. Ma si sa, buon sangue non mente, e dunque ecco perché nei modi, nelle espressioni e nei pensieri di Pietro si annidava il tratto indelebile della mentalità del suo paese.

«Ma papà, ragioniamo...» cercava di giustificarsi il ragazzo.

«Perché, tu ragioni? Non ne posso più di te, hai capito? Non ne posso più! Sempre la stessa musica: "Suo figlio non si impegna abbastanza, suo figlio non ha voglia di studiare e bla bla bla...", mai una volta che si possa essere fieri e orgogliosi di te! Mai! Lo sai cosa mi hanno detto oggi i tuoi professori? "Suo figlio non ha mai toccato un libro!!". Ti rendi conto?».

Esasperato, l'uomo aveva ormai rinunciato a quell'inutile inseguimento. Il peso degli anni iniziava a farsi sentire e dopo quella corsetta aveva già il fiatone.

Anche Ale aveva il respiro affannato e ne approfittò per riposarsi un po'.

«Ecco, lo vedi? Questo non è vero! Io i libri li ho toccati!».

«Ah sì? E quando, precisamente?».

«Quando li ho comprati!».

Ale scoppiò a ridere di gusto, ma il padre non poté apprezzarne l'ironia. Anzi, non ci vide più dalla rabbia e sbagliando appositamente mira si tolse una scarpa e la lanciò dall'altro lato del tavolo. Ale la schivò con un guizzo da atleta e la scarpa urtò un tavolino sistemato in un angolo, che vacillò facendo cadere per terra un'immagine della Madonna contornata da fiori finti e lumini accesi, uno dei quali si ruppe.

Lo raccolse una vecchietta che, incurante di ciò che le stava accadendo intorno, recitava in silenzio il rosario sull'inginocchiatoio, sgranando una coroncina che teneva tra le mani. Raccolto il materiale dal pavimento, senza lamentarsi, ritornò alle sue preghiere.

«Ecco, lo vedi? Lo vedi che è sempre colpa tua? E hai anche il coraggio di fare lo spiritoso! Ma non ti vergogni? Sei solo un buono a nulla. Tanto per cominciare, la macchina te la puoi dimenticare!».

«Ma papà, non puoi farmi questo! Ho appena preso la patente, non puoi togliermi l'auto! Mettimi ai lavori forzati, picchiami, fammi del male, tutto quello che vuoi... Ma la macchina no, ti prego! Mi serve per fare pratica! Lo sai che non sono poi così bravo a guidare!».

«Sta' zitto! La patente ce l'hai solo perché quel buon uomo di tuo zio è il proprietario della scuola guida e te l'ha voluta regalare, ma non ti meriti neanche quella! Sei un buono a nulla, c'è voluto un anno per farti capire due cose su come si guida e non hai ancora imparato! Sei una vergogna, un disonore per la famiglia! E non è finita qui, sai?».

Il padre gli si avvicinò e lo prese per un braccio, strattonandolo, senza fargli male.

«Poi ti taglio i viveri, così non te ne vai in giro a bighellonare con quegli idioti di amici che ti ritrovi. E sia chiaro, la prossima volta che un professore mi dice che non hai studiato, ti ritiro dalla scuola e ti mando a lavorare, hai capito? Non m'importa di niente, ti ritiro anche se sei all'ultimo anno!».

Si zittì per qualche secondo, cercando di calmarsi e riprendere fiato, ma senza allentare la presa. Poi continuò: «E ora vattene subito nella tua stanza e non farti vedere finché non hai finito di studiare. Siamo intesi?».

Gli lasciò libero il braccio e lo spinse fuori dal soggiorno.

Poi ci ripensò, e lo fece tornare indietro. Si mise davanti a lui e protese la mano. Ale lo guardò con aria interrogativa.

«Consegnamela».

Pietro Cutrò aveva un tono insolitamente minaccioso.

«Cosa, scusa?».

«Come cosa, idiota! La patente, no? Con te non si può mai star sicuri!».

«Ma come papà... e, se mi fermano a un posto di blocco, come faccio?».

«Ecco, appunto, lo sapevo! Ne ero certo! Già avevi in mente di guidare le auto dei tuoi amici! Roba da matti! Ma allora non hai capito proprio niente! Eh no, mio caro, una punizione è una punizione, fino alla maturità tu non metti più mano su un volante!».

«Ma papà, diventerò lo zimbello di tutti! Come farò a portare fuori le ragazze?».

«Le ragazze le porti fuori in autobus! O se preferisci, in taxi! Non mi interessa. Ora dammi la patente».

«Ma papà...».

«Guarda che se, non me la dai tu, me la prendo io stesso con la forza!».

Ale sapeva quando era arrivato il momento di cedere con il padre, e purtroppo ora era proprio il caso di ubbidire e di non fare storie. Pietro aveva la faccia paonazza e le vene del collo gonfie: sarebbe esploso nel giro di un attimo.

A malincuore si tirò fuori il portafogli dalla tasca posteriore dei jeans, lo aprì, ne estrasse la patente che ancora profumava di nuovo e la mise nelle mani del padre.

«Guardala bene, perché non la rivedrai prima di luglio. Intesi?» disse l'uomo ridendo.

Ale fece dietrofront e, avvilito e arrabbiato, imprecando tra i denti contro il padre, i professori, la scuola e contro quel qualcuno o qualcosa di dubbia natura che doveva avercela per forza con lui, visto quanto era sfortunato, si rifugiò nella sua stanza.

Non appena il figlio ebbe lasciato il soggiorno, Pietro Cutrò si rivolse all'anziana donna che pregava nel suo cantuccio: «Che vergogna! Ti rendi conto? Siamo già a metà anno e non ha ancora aperto un libro! Come pensa di costruirsi un futuro? Cose da pazzi! Ma... mamma? Mi ascolti, mamma?».

La donna in realtà era tanto presa dal suo rosario che non aveva udito una sola parola di ciò che le aveva detto il figlio, il quale, ancora più adirato, uscì dalla stanza borbottando: «Da quando ha visto la Madonna tre anni fa pare una sordomuta. Che bella vita! Un figlio che se ne frega e una madre rincoglionita... mah!».

Intanto Ale si era chiuso nella sua stanza, anche se quella più che a una camera assomigliava in verità a un porcile: disordine dappertutto, il letto disfatto, la TV accesa e collegata alla playstation, con un gioco in pausa chissà da quanto tempo. Diversi indumenti erano appoggiati ovunque, alcuni sparpagliati sul pavimento, le ante dell'armadio aperte, così come i cassetti. Una chitarra e dei bongos giacevano abbandonati per terra. Alle pareti erano attaccati poster di calciatori, qualcuno con gli angoli strappati, e un calendario di una famosa modella a seno nudo. Su un mobile pieno di adesivi era in mostra la foto della mamma, e su uno scaffale lì accanto giaceva una polverosa collezione di lattine e bottiglie di birra. C'era una preziosissima (almeno per lui) collana di fumetti che aspettava imperturbabile qualcuno che si decidesse finalmente a leggerla, ma il peggio erano i residui di pasti e merende frettolose sparsi un po' dappertutto.

Del tutto incurante di quel manicomio, il ragazzo accese lo stereo accanto alla foto della madre e si gettò pesantemente sulla sedia girevole. Sbuffando, aprì un libro a caso che aveva tirato fuori dallo zaino e iniziò a leggerne alcune pagine, con pochissima voglia. A salvarlo intervenne lo squillo del telefonino. Felicissimo di quell'interruzione inaspettata, Ale rispose a Claudio, il suo migliore amico ormai da anni, un tipo svogliato e fannullone quanto lui, se non addirittura di più. L'amico lo aveva chiamato per informarlo che quella mattina era finalmente riuscito a superare l'esame per la patente, e che dopo tanta attesa gliel'avevano consegnata.

«Che dici, ti passo a prendere alle nove e mezza?».

Ale rispose a malincuore che sarebbe dovuto rimanere a casa a studiare, perché glielo aveva imposto il padre, e gli raccontò anche di come era stato privato pochi minuti prima del bene più prezioso, a suo parere ingiustamente.

«Sei sicuro? Ci sono anche le mie cugine... quelle che ti piacciono tanto!».

«No, davvero, non posso proprio».

Resosi conto che era inutile, Claudio smise di insistere: «Vabbè, dai, sarà per un'altra volta. Ciao!».

Ale chiuse il cellulare e si mise nuovamente a studiare, o per lo meno tentò di farlo, ma la mente volava altrove.

Passata una mezz'oretta si rese conto che non c'era alcuna possibilità, quella sera, di riuscire a cavare un ragno dal buco. Così, senza pensarci due volte, uscì dalla stanza e si diresse a passo veloce nel soggiorno.

8.

Il padre era seduto al tavolo a cenare da solo, la nonna ancora inginocchiata nel suo angolino a pregare.

«Papà?».

Il tono della voce di Ale mal celava il timore di scatenare un'altra scenata.

«Che vuoi?».

«Fammi uscire, ti prego! Non ce la faccio più, sto per rincoglionire...».

Ale si buttò sul pavimento, in ginocchio, e giunse le mani in segno di supplica.

«Non se ne parla!».

Pietro Cutrò sembrava impassibile.

«Papà su... tanto è inutile, anzi, è peggio. Se sto a casa non studio, perché ho voglia di uscire, e se non esco non studierò neanche domani perché poi avrò ancora più voglia di uscire. Quindi, tanto vale che mi permetti di uscire stasera, così domani non avrò più voglia di uscire e rimarrò in casa a studiare. No?».

Il ragionamento non faceva una grinza e il padre, confuso da tutte quelle parole pronunciate a raffica e innervosito ancora di più dal fatto che la voce del figlio copriva quella della televisione impedendogli di ascoltare le notizie, sbottò dicendo: «Uffa, non ti sopporto più! Fa' un po' quello che ti pare, tanto... non mi dai mai retta! Però che sia chiaro, stasera esci, ma domani pomeriggio guai a te se metti il naso fuori casa. Provaci e ti faccio vedere io! Siamo intesi?».

«Grazie papà. Ti prometto che da domani starò sempre in casa a studiare il pomeriggio. Però la sera devi permettermi di uscire... che ne dici?».

Rimase in attesa, poi, non avendo ricevuto risposta, pensò che si fosse finalmente calmato e decise di spingersi oltre: «Ma non è che magari tu...».

Non fece in tempo a finire la frase che l'uomo lo interruppe: «Ti ho detto che la patente è sotto sequestro fino alla maturità. E se non rispetti il patto che tu stesso mi hai appena proposto, va a finire anche peggio».

«No, papà, ti giuro che non succederà».

Detto ciò il ragazzo si affrettò a dileguarsi. Anche se il suo tono sembrava convincente, in realtà non aveva alcuna intenzione di rispettare le condizioni prospettate al padre.

E in fondo Pietro Cutrò ne era più che consapevole.

Terminata la conversazione, Ale volò letteralmente nella sua stanza, rischiando di scivolare su un paio di calzini sporchi e maleodoranti gettati quella mattina sul pavimento. Prese il cellulare, cercò il numero dell'amico e attese impaziente fino a quando non sentì rispondere.

Il povero Claudio si era addormentato sul letto, con un auricolare dell'iPod nell'orecchio. Il trillo del telefono lo fece svegliare di malumore.

«Pronto?».

«Claudio, sono io, Ale».

«Si può sapere che vuoi? Stavo facendo un bel sogno...».

«Ma che facevi, dormivi? A quest'ora? Dai, vieni a prendermi e usciamo!».

«Ma avevi detto che tuo padre...».

«Non ti preoccupare, tutto risolto. Sbrigati!».

«Ma io stavo già dormendo!».

«L'ho capito che stavi dormendo, ma... le tue cugine?».

«Hanno già un altro impegno».

L'euforia di Ale si spense al suono di quelle parole.

«Passa a prendermi lo stesso, non ho voglia di restare a casa stasera!».

«Va bene, dammi il tempo di vestirmi e sono da te».

Chiuso il ricevitore, Ale si preparò per la serata.

Nel giro di una manciata di minuti, il proprietario di una vecchissima Fiat 127 tentava rumorosamente di parcheggiare sotto casa sua.

Richiamato dal frastuono, Ale si affacciò alla finestra e rimase sorpreso nel vedere il "bolide" con a bordo Claudio che cercava, con scarso successo, di fare manovra per infilarsi fra due automobili.

«Claudio! Oooh, Claudio!».

Sentendosi chiamare, Claudio abbassò il finestrino, che stridette e cigolò terribilmente, e tirò fuori la testa, guardando verso l'alto.

«Vuoi spegnere 'sto casino?».

«Scusa, non credevo di far baccano!».

Claudio decise così di rinunciare ai suoi tentativi di manovra e spense immediatamente l'auto. Nel frattempo, Ale si era messo il giubbotto ed era uscito di casa. Quando salì in macchina dovette tirare più volte lo sportello verso di sé prima di riuscire a chiuderlo.

«Potevi dare un colpo di clacson!».

«Se funzionasse...».

«Ma dove sei andato a prendere questo pezzo da museo?».

«L'ha lasciata mio nonno in eredità ma nessuno l'ha voluta e così mi sono fatto avanti io».

Claudio scoppiò a ridere e mise in moto la macchina. Peccato che dopo pochi istanti il motore si spense, per una qualche ragione di certo inspiegabile.

«Non capisco come mai ogni volta che metto in moto e provo a partire, quest'auto si spegne!».

Perplesso, Ale gli chiese di provare un'altra volta.

«Prova a lasciare lentamente la frizione».

Claudio annuì, poi girò la chiave e lasciò la frizione d'un colpo. La macchina ebbe un sobbalzo, e Ale andò a sbattere contro il parabrezza.

«Non così, coglione! Sei scemo? Devi andarci piano! Si può sapere chi ti ha dato la patente?».

«Andarci dove?».

«Con il piede! Devi andarci piano nel rilasciare la frizione. Devi essere delicato con i pedali!».

Persino Ale si meravigliò di tanta competenza da parte sua in materia. E riprese a imprecare contro il padre. Avrebbe voluto dirgli: "Ecco, lo vedi, almeno questo l'ho imparato! Non è vero quel che dici tu, che in un anno di insegnamenti sulla guida non ho imparato nulla!".

Claudio si girò verso l'amico: «Ma che fai? Ti metti a parlare da solo adesso?».

Ale si affrettò a mettersi la cintura e si sistemò per bene sul sedile.

«Lascia stare! Mio padre è convinto che io sia un buono a nulla, ma prima o poi dovrà ammettere che si è sbagliato di grosso!».

«Seeee! Come no! Chi nasce tondo non può mica morir quadrato, amico mio! Se nasci buono a nulla, rimarrai buono a nulla per tutta la vita! Rassegnati!».

«Specie se uno frequenta degli amici coglioni come quelli che frequento io!». Ale diede un pugno amichevole all'amico: «E tra tutti tu sei il re dei coglioni, vero Clà?».

L'amico non rispose. Ale preferì cambiare discorso.

«Allora che si fa? Partiamo o no?».

Fortunatamente, dopo numerosi e fallimentari tentativi, finalmente l'auto riuscì ad avviarsi singhiozzante per la strada.

«Rimaniamo a Cecina per questa sera, così posso impratichirmi un po' su queste strade che sono meno trafficate rispetto a quelle in città. Ok?».

«Di sicuro non dobbiamo metterci a cercare per trovare strade poco affollate, in giro non c'è un cane... Che palle!».

Ad Ale non piaceva girare per le strade del paese nel quale era cresciuto. Certo, non era male, c'erano spiagge e pinete bellissime, ma lui preferiva andare in città, a Livorno o quando si poteva negli altri capoluoghi toscani, perché lì c'erano discoteche, pub, cinema, sale biliardo e tanto altro ancora. Almeno ci si poteva divertire, passare una serata allegra in compagnia.

«E dai, non me la sento di andare in autostrada... Se facessi un incidente?».

«Per carità! Perché allora non andiamo a Vada o a Rosignano?».

«Ma che, scherzi? Sono troppo lontani!».

«Capirai... Saranno al massimo quattro o cinque chilometri per arrivare a Vada!».

«Ti ho detto di no. Stasera restiamo qui!».

«Che palle che sei!».

Rassegnato, Ale tirò la leva posta alla destra del suo sedile, vicino allo sportello, ma non accadde nulla. Dovette infatti dare un pugno deciso allo schienale perché si abbassasse, facendosi male alle nocche delle dita.

«Ahia! Questa macchina è una merda!».

«Almeno io ce l'ho una macchina! E la patente! Quindi accontentati, e falla finita!».

Claudio staccò per un secondo le mani dal volante e gli fece un gesto inequivocabile.

Ale guardò male l'amico e rispose con un altro gesto inequivocabile, dopodiché, sospirando, si sdraiò sul sedile, si mise le mani dietro la testa e cercò di rilassarsi mentre l'altro si divertiva al volante.

Si era quasi addormentato, quando si riscosse per via di un brusco rumore di clacson. Sentì Claudio che borbottava tra i denti qualche ingiuria, e gli chiese, assonnato: «Che cazzo fai?».

«E passa, stronzo!».

«Che...?».

«Non dico a te, idiota!».

Claudio non staccava gli occhi dallo specchietto retrovisore.

Ale si girò e vide che una macchina alle loro spalle li aveva raggiunti, viaggiando a pochissima distanza da loro. Dovette socchiudere gli occhi, perché la luce intensa dei fari abbaglianti lo stava accecando.

L'auto non accennava al sorpasso, anzi, il clacson continuava a suonare con maggiore insistenza. Claudio entrò nel pallone, e nel tentativo di accostare andò a sbattere contro il marciapiede, rovinando il cerchione anteriore destro della 127.

Anche l'auto dietro di loro accostò al bordo della carreggiata.

«Ma chi cazzo è 'sto scemo?».

«Boh, scendiamo a vedere...».

Ale si carezzava il ginocchio che nell'urto aveva sbattuto contro il cruscotto. Fece per uscire dalla macchina, ma fu trattenuto dall'amico, che lo tirò per la giacca.

«Ma che fai? Aspetta! E se fosse un malintenzionato che vuole ucciderci?».

«Smettila di dire fesserie. Tu guardi troppi film! Andiamo a vedere».

Con un movimento deciso Ale si liberò dalla presa, aprì lo sportello e scese dall'auto. Impaurito, Claudio lo seguì, nascondendosi alle sue spalle.

La sorpresa fu grande per entrambi quando videro che l'autista di quella vetusta Ritmo era il loro amico Pietro, detto ironicamente "il Figo". Non proprio un Adone, eppure convinto di essere un latin lover. Fortuna che aveva gusti molto particolari in fatto di ragazze: trovava bellissime quelle che altri non avrebbero neanche degnato di uno sguardo, e dunque la compagnia femminile non gli mancava mai.

«Ma è quel deficiente di Pietro!».

«Tra la tua auto e quella di Pietro mi sento in un museo».

«Senti da quale pulpito viene la predica! Almeno noi un'auto ce l'abbiamo».

Claudio si avvicinò al ragazzo, seguito da Ale.

«Ho preso la patente oggi, idiota! Che cavolo fai? Volevi farmi confondere? Sei sempre il solito!».

«Non cambi mai, tu, eh? Coglione!» gli fece eco Ale.

«Ehi, calmatevi, volevo solo divertirmi un po', non c'è bisogno di reagire così!».

«Divertirti? Potevamo farci male sul serio... deficiente!».

«Ok, scusa, mamma mia quanto la fai lunga... Dove stavate andando?».

«Da nessuna parte! Stavo solo cercando di fare pratica in pace e tranquillità, idioti permettendo! E comunque, ti conviene spegnere i fari e la radio se non vuoi che ti si scarichi la batteria...».

Pietro si voltò e si rese conto che in effetti aveva dimenticato luci e stereo della macchina accesi. Si allontanò dunque di pochi passi per andare a spegnerli.

Ale ne approfittò per avvicinarsi a Claudio. Lo prese per un braccio e iniziò a parlargli a voce bassa, per non farsi sentire da Pietro.

«Ora ci racconta di aver conosciuto qualche ragazza che somiglia a una modella o a una velina! Come l'altra volta quando...».

Non riuscì a finire la frase perché l'amico si era riavvicinato a loro.

«Oh, quasi dimenticavo! Stasera ho conosciuto una ragazza che era la copia precisa di quella che faceva *Baywatch*... come si chiama?».

Ale e Claudio si guardarono e scoppiarono a ridere. Poi, senza riuscire a trattenersi, chiesero all'unisono: «Ma chi, la Anderson?».

«Esatto, proprio lei! Era uguale identica, sia di viso che...».

E, per far capire a cosa si riferiva, si mise le mani davanti al petto per simulare un'abbondante taglia di reggiseno.

«Sì, certo, come no! Come quella dell'altra volta, che doveva essere uguale a Monica Bellucci e invece sembrava la gemella di King Kong!».

Quando i due si ripresero da quello scoppio di ilarità, Pietro propose: «Che ne dite di andare in città a rimorchiare qualche ragazza?».

Ale e Claudio si guardarono, incerti sul da farsi. Poi Ale si avvicinò all'orecchio dell'amico.

«Se dobbiamo rimorchiare quelle che piacciono a lui, non è che ne valga proprio la pena!».

«Ma dai, andiamo, per lo meno ci facciamo quattro risate. Tanto non abbiamo niente di meglio in programma!».

«Insomma, cosa avete da confabulare? Salite in macchina e andiamo, forza!».

Pietro tirò fuori dalla tasca le chiavi e si diresse verso la sua auto. I due finalmente si convinsero. Pietro però li fermò.

«Ma che fate? Lasciatelo qui il catorcio! Andiamo con la mia macchina, che è messa meglio, per lo meno siamo sicuri di far colpo!».

Anche se sapeva bene che la sua automobile era un rottame, Claudio non sopportava che qualcuno glielo facesse notare, così intimò all'amico di andarci piano con le offese. Dopodiché tentò di accostarla alla meglio al marciapiede, e una volta saliti sulla Ritmo i tre partirono diretti a Livorno.

9.

Il freddo gelido tagliava come la lama di un coltello la pelle bianca di Ylenia, che per un attimo si pentì di non aver dato ascolto a sua madre e di non essersi messa qualcosa di più pesante. Era davvero brusco il contrasto tra il tepore che c'era all'interno dell'aeroporto e il gelo all'esterno, nel parcheggio dei taxi.

Fortunatamente non fu difficile trovarne uno. Lei e la madre si sistemarono sul sedile posteriore, mentre il padre si diede da fare per aiutare il tassista a caricare le valigie nel portabagagli.

Durante il tragitto Ylenia si guardò intorno, cercando di trovare qualcosa di bello nel nuovo paesaggio. Nel suo cuore, nulla avrebbe mai potuto sostituire Bogotà, la città a lei tanto cara, il palcoscenico della sua adolescenza. Gli anni più belli della sua vita.

Cercò di distrarsi, dal momento che le prime lacrime stavano già cercando, prepotenti, di bagnarle gli occhi.

«Mamma, quanto manca? È distante la casa?».

«Non lo so, chiedilo a tuo padre».

«Vabbè, lascia stare! Non lo voglio sapere più...».

Ambra diede una gomitata alla figlia, e tra i denti, senza farsi sentire dal marito, le disse di smetterla con quell'atteggiamento infantile. Non aveva ancora ripreso a parlare con il padre, e non sembrava averne alcuna intenzione.

Sull'aereo aveva fatto il diavolo a quattro per non sedersi accanto ai genitori e, dal momento che i sedili erano assegnati, una gentile signora, divertita dai suoi capricci, si era offerta di scambiare il proprio posto con quello di Ylenia.

«Tra circa mezz'ora saremo a destinazione!».

Il tassista, che fino a quel momento non aveva proferito parola, si era sentito in dovere di rispondere alla domanda della ragazza.

«Ci vuole davvero così tanto tempo? Ma che palle!».

Ambra alzò la mano per dare uno schiaffo alla figlia, che prontamente abbassò la testa e lo schivò.

«Quando la smetterai di parlare in maniera così volgare sarà sempre troppo tardi!».

«Uffa! Forse vuoi dire che quando ti renderai conto che anche tua madre ormai dice "che palle" sarà sempre troppo tardi».

«Non tirare in ballo la nonna!».

«E tu smettila di rompere!».

«Piantatela tutte e due! E modera il linguaggio, signorina, o ti lascio senza paghetta per un mese!».

Giorgio si era intromesso per mitigare la discussione. Aveva il tono severo e il sopracciglio inarcato, cosa che accadeva solo quando era davvero furibondo. Entrambe capirono immediatamente che non era il caso di continuare.

Sbuffando, Ylenia si sistemò meglio sul sedile, prese il cellulare, lo riaccese e provò a chiamare, senza trovare il segnale. Dopo innumerevoli tentativi finalmente il telefono squillò, ma a vuoto, perché dall'altra parte non rispose nessuno. Provò e riprovò più volte, ma senza successo. Rimise allora il cellulare nella borsetta e guardò l'orologio: a detta del tassista dovevano passare almeno venti minuti prima di giungere a destinazione. Continuando a sbuffare, si accoccolò sulle gambe della madre e, vinta dalla stanchezza del viaggio, si addormentò.

Al suo risveglio il taxi stava oltrepassando un enorme cancello in ferro battuto di colore grigio molto scuro, che la penombra rendeva ancora più maestoso.

«Amore... svegliati! Su, siamo arrivati!». Ambra la stava scuotendo dolcemente.

Ylenia aprì gli occhi ma ebbe bisogno di un po' di tempo per mettere a fuoco nell'oscurità. Si allungò sul sedile e osservò di fronte a sé un lunghissimo viale, riuscendo a malapena a intravvedere in lontananza la sagoma di una casa grandissima. Il suo stupore andava aumentando man mano che si avvicinavano all'abitazione. Ormai del tutto sveglia, rimase a bocca aperta quando la vettura si fermò di fronte al portone di una meravigliosa villa ottocentesca.

«Mio Dio, ma... è magnifica! È la casa più bella che abbia mai visto!».

Di volata aprì lo sportello e si posizionò davanti alla fontana al centro del piazzale. Da quella posizione poteva vedere l'enorme abitazione in tutto il suo splendore.

La villa era grande, due o forse più piani. Ylenia non riusciva a vederne la fine e rimase stupita. Davanti a lei correva un lungo viale asfaltato delimitato da piccole candele, e ai lati si estendeva il giardino, che sembrava infinito.

Quattro scalini, lunghi e sottili, accompagnavano al portone d'ingresso, schermato da una grande lastra di vetro bianco con un disegno astratto che permetteva di intravvedere l'interno dell'abitazione. Sopra, tre colonne bianche sostenevano il balcone del piano superiore.

«Porca miseria, è una favola! Se la vedesse Ashley morirebbe d'invidia!».

Tirò fuori il cellulare per scattare qualche foto, ma da quella posizione non riusciva a inquadrare bene, e poi era buio.

Intanto erano scesi tutti dall'auto e il padre, sorridendo, si avvicinò cingendole le spalle con un braccio.

«Domani mattina avrai il tempo per fare tutte le foto che vorrai. Adesso è meglio che fili dentro, o ti prenderai un brutto raffreddore!».

Ylenia non rispose, ma Giorgio tentò di nuovo.

«Hai visto che in fondo forse ne è valsa la pena? Magari anche l'Italia ha tante cose belle da offrirci...».

«Ma se questa casa non è nemmeno nostra! È solo in prestito... sai che meraviglia! E poi la casa a Bogotà, la nostra casa, non era tanto male...».

Ylenia aveva assunto la stessa espressione imbronciata di quando era piccola. Davanti a quel visino, Giorgio non era mai riuscito a evitare di intenerirsi.

«Facciamo così: hai ragione, questa casa non è nostra, però se mi garantiranno che non dovremo più trasferirci ti prometto che farò di tutto per comprarla...».

Ylenia, che non credeva alle sue orecchie, chiese timidamente: «Davvero?».

Giorgio fece segno di sì con la testa, sorridendole dolcemente.

Presa dall'euforia, la figlia gli gettò le braccia al collo. Dimenticando la rabbia, esclamò: «Grazie papà, grazie mille davvero! Ti voglio bene, e scusa se sono stata cattiva con te...».

Quelle parole furono in grado di scaldare i cuori di entrambi. Padre e figlia si abbracciarono stretti, così stretti da non sentire più il freddo, ma soltanto il calore del loro affetto. Certe volte è proprio così, basta un abbraccio per cancellare qualsiasi traccia di rancore.

Certe volte.

Ambra, che aveva assistito alla scena, sorrise, felice che la figlia fosse finalmente riuscita a cancellare la rabbia nei confronti del padre per far posto all'emozione di una nuova vita.

Poi si avvicinò al marito.

«Devo ammettere che dal vivo fa tutto un altro effetto! Anche se non oso immaginare quanto lavoro ci sarà da fare... sarà tutto sporco e impolverato lì dentro! Se non sbaglio, hai detto che il signor Malton non viene più in questa casa da anni...».

«No, non sbagli, ma il signor Malton si è assicurato di farci trovare la casa in ordine e ben pulita! Infatti il personale si occupa ogni settimana della villa e anche del giardino. E non solo, Joseph ha detto che, se vorrai, le sue governanti sono a tua disposizione».

«Com'è gentile! Temo proprio che ne avrò bisogno. Non posso occuparmi da sola di una casa così grande».

«Perfetto, allora! Domani mattina lo chiamerò e gli dirò di informare le governanti che avremo bisogno di loro. Adesso però entriamo, Ylenia ci sta chiamando».

Mentre marito e moglie erano intenti a chiacchierare, il tassista aveva già scaricato i bagagli dalla macchina e aveva posato velocemente tutte le valigie nell'ingresso.

Giorgio lo pagò e il taxi si allontanò.

Mentre i genitori iniziavano a fare un po' d'ordine, sistemando i vestiti nei cassetti e le cose di primaria importanza al loro posto, Ylenia ispezionò l'intera casa, pronunciando tutta una serie di "Oooh!" e "Uuuh!" ogni volta che apriva una porta e scopriva un nuovo locale. Alla fine del suo giro di esplorazione era veramente entusiasta, e l'eccitazione giunse alle stelle quando aprì la porta di quella che doveva essere la sua stanza. La prima cosa che notò fu un maestoso baldacchino, con i veli di un delicato rosa antico che coprivano il letto matrimoniale. Anche le tende appese alla parete erano dello stesso tessuto e dello stesso colore e nascondevano una finestra grandissima, che offriva una meravigliosa vista sul giardino. Le pareti erano dipinte di un rosa un po' più scuro, con qualche dettaglio bianco e oro. Il resto dei mobili, in stile Ottocento, era abbinato al letto e rendeva quella camera un vero e proprio capolavoro.

Ylenia credeva di sognare. Era una stanza ancora più bella di quanto avesse mai potuto immaginare.

La madre la raggiunse, anche lei felicissima della nuova casa. La sua camera da letto era infatti meravigliosa, e non aveva nulla da invidiare a quella della figlia. Entrambe ispezionarono tutte le stanze, rimanendo senza aggettivi per descrivere ogni particolare.

Furono interrotte dal suono del campanello: su consiglio del tassista che si era gentilmente offerto di chiamare per lui, Giorgio aveva ordinato la cena a un ristorante lì vicino, e il fattorino era arrivato per la consegna. Giorgio aprì la porta e lo invitò a posare il cibo su un tavolino nell'ingresso. Appoggiato il pacco fumante, il ragazzo tirò fuori dalla tasca una ricevuta e gliela porse.

«Sono quarantaquattro euro e cinquanta centesimi».

Il signor Luciani aprì il portafogli, prese una banconota da cinquanta euro e un'altra da dieci e le mise in mano al fattorino, che lo guardò sorpreso e un po' perplesso.

L'uomo, intuiti i dubbi del ragazzo, si affrettò a chiarire la situazione.

«Questi sono per la cena, e tieni pure il resto, mentre questi...» e indicò l'altra banconota «questi sono per la mancia!».

Incredulo, il fattorino lo ringraziò di cuore e uscì dalla villa, complimentandosi con lui per la bella casa.

Giorgio prese il pacco e andò nella sala da pranzo, dove moglie e figlia avevano apparecchiato alla meno peggio la tavola.

«Finalmente si mangia! Mmmmh... che buon odorino!».

Dopo aver sbirciato all'interno dei pacchetti, Ylenia aiutò la madre a tirare fuori le pietanze, poi si sedette a tavola tra i genitori e insieme consumarono allegramente la prima cena nella casa nuova, facendo progetti per l'immediato futuro e immaginando quali sorprese avrebbe offerto loro l'Italia.

10.

Da un'altra parte della città, Ale, Claudio e Pietro erano in cerca di belle ragazze con cui trascorrere la serata. Lungo la strada ne incontrarono tre che passeggiavano, ridendo e scherzando tra loro. Pietro si avvicinò con l'auto e Claudio, che era seduto davanti, abbassò il finestrino e tentò di richiamare la loro attenzione.

«Ehi, ragazze, che ne dite di fare un giro in macchina insieme a noi?».

Sentendosi chiamare, una delle ragazze si girò verso Claudio.

«Scusa, quale macchina?».

«Come quale macchina! Questa!» disse il ragazzo indicando la vettura.

Pietro, che non capiva cosa intendesse dire la sconosciuta, si avvicinò a Claudio per farsi vedere.

Le tre scoppiarono a ridere, Ale e gli altri si guardarono interdetti, ma tutto fu chiaro quando la più carina aprì bocca: «Perché, questa è un'auto? Pensavamo fosse una baracca!».

E giù di nuovo a ridere di gusto.

Ale si allungò sul sedile posteriore, tentando di nascondersi dietro il posto di Claudio per la vergogna. Le tre ragazze ripresero la loro passeggiata senza più degnarli di uno sguardo. Umiliato, Pietro sgommò via, svoltando al primo angolo.

«Forse dovremmo provare con una macchina più nuova».

«Lo credo anch'io!».

Claudio e Ale si guardarono. Sapevano entrambi che nemmeno con una Ferrari quelle ragazze avrebbero mai degnato Pietro di uno sguardo. Ma lui di certo non si lasciava scoraggiare per così poco.

«Ma dai! Vi arrendete già? Per così poco? Guardate che con questa macchina ho fatto innamorare le più belle d'Italia...».

«Sì, del mondo!» lo sfotté l'amico.

Pieno di mal riposta fiducia in se stesso e nella sua macchina, Pietro convinse i ragazzi a proseguire nella ricerca. Passarono la serata a collezionare umilianti rifiuti e prese in giro da parte di bellissime fanciulle e, quando proprio non ce la fece più, Ale supplicò gli amici di mettere fine a quello strazio. La sua autostima era ormai sotto le scarpe.

Pietro e Claudio erano, al contrario, particolarmente euforici quella sera, forse per via delle numerose birre consumate nei bar lungo la strada. A un tratto Claudio ebbe una sorta di lampo di genio.

«Pietro, mi è venuta un'idea favolosa... svolta a destra al prossimo incrocio!».

Il ragazzo alla guida non rispose nulla, limitandosi ad annuire. Intuì subito le intenzioni dell'amico ed eseguì. Ale invece, che non conosceva bene quella zona della città, non riusciva a spiegarsi l'improvviso cambiamento di rotta.

«Ma si può sapere dove diavolo volete andare?».

Gli altri due si guardarono e scoppiarono a ridere. Poi Claudio si voltò verso l'amico con un sorrisetto malizioso stampato in faccia.

«In un bel posto, ora lo vedrai, fidati».

Sempre più confuso e sempre meno convinto, Ale si guardò un po' intorno e non ci mise molto a capire. La strada era buia, non vi era illuminazione ed era poco trafficata. Non era un bel quartiere quello, e ai lati della strada, anziché abitazioni, vi era una sorta di boschetto, ideale per appartarsi. Fu proprio in quel momento che si rese conto da chi era frequentato il luogo.

«Ma dove cazzo state andando? Qui è dove si mettono...» non fece in tempo a finire la frase che Pietro, eccitatissimo, lo interruppe: «Le prostitute!».

Ale lanciò uno sguardo pieno d'odio a Claudio, il quale si giustificò.

«Cosa credi? È solo per guardare, per farci quattro risate, niente di più. Rilassati, su!».

Ale stava per rispondere qualcosa, ma gli si mozzò il fiato in gola quando Pietro, alla vista di due donne seminascoste da un cespuglio sulla destra, iniziò a indicarle togliendo le mani dal volante e lo sguardo dalla strada.

«Eccole, bambocci, eccole!».

«Ma che cazzo...».

Prontamente Claudio, senza nemmeno finire la frase, prese il comando dell'auto, per evitare di sbandare e andare a sbattere contro un muro.

«Metti le mani sul volante, idiota, e guarda dove vai!».

Ale non si era mai pentito tanto in vita sua di non essere rimasto a casa.

«Oh, scusate, ma le avete viste quelle? Erano strafighe!».

«Se lo dici tu...».

Pietro rallentò e Claudio si spalmò letteralmente sul finestrino per ammirare quelle bellezze seminude che aspettavano sul marciapiede l'arrivo dei clienti, invitandoli a fermarsi.

Pur contrariato dalla situazione, Ale non poté evitare di buttare anche lui uno sguardo, soprattutto perché l'amico non faceva altro che esaltare la sensualità e le forme di quelle ragazze. Del resto, si poteva capire il motivo di tanto entusiasmo: Claudio non aveva ancora avuto l'occasione di fare l'amore con una donna, e sentiva l'urgenza di arrivare al traguardo della "prima volta". Anzi, al punto di partenza, più che al traguardo.

Pietro proseguì per un altro pezzo di strada, poi Claudio lo implorò di fermarsi.

«Ma che vuoi fare, vuoi andare con quelle? Sei pazzo?». Ale adesso era arrabbiatissimo.

«Andiamo via, Pietro, su, parti!».

L'auto non si mosse di un millimetro. Pietro infatti, piuttosto divertito dalla situazione, aveva accostato la macchina a pochi isolati di distanza e non aveva alcuna intenzione di ripartire.

«Lascialo fare, scusa! Chi sei, suo padre? È grande abbastanza per decidere da solo quello che vuole».

«Infatti, Ale, fatti un po' i cavoli tuoi, no?».

«Ma almeno il preservativo ce l'hai? O sei così coglione da rischiare pure di prenderti qualcosa...».

Claudio diede una veloce occhiata al portafogli.

«Veramente no...».

«No che?».

«No che non ce l'ho!».

«Allora tu non vai da nessuna parte!».

Stavolta anche Pietro era d'accordo.

«Ale ha ragione... Capisco che ti vuoi divertire, e questo ci sta, ma non è il caso di mandare anche la vita a puttane per andare con una di quelle...».

«Ma che bel giro di parole, ti chiameremo il Dante dei poveri...».

«Mi spiace ragazzi, ma è più forte di me, io devo andare! Sarebbe anche ora! Devo pur fare pratica con una persona esperta, altrimenti che figura farò quando avrò una ragazza? Ho paura di non riuscire a soddisfarla, di passare per inesperto, insomma! Non voglio farmi trovare impreparato... già mi succede a scuola!».

Claudio aprì lo sportello e fece per scendere, ma Pietro lo trattenne. «Aspetta un attimo... io dovrei averne uno...».

Pietro si mise a cercare nel portafogli e Ale si frugò in tasca per fare altrettanto. Ma l'amico lo fermò: «Lascia stare, ce l'ho io... tieni!».

Pietro porse a Claudio il piccolo involucro color argento.

«Grazie, ti devo un favore».

«Ma figurati, siamo tra amici».

Ale era sempre più sospettoso nei confronti del loro compagno. Era certo che avesse qualche strana intenzione. Mentre Claudio si allontanava di corsa, si affacciò al finestrino e gli urlò: «Fa' un po' come ti pare, e in bocca al lupo per domani!».

Dopodiché si sdraiò sul sedile, chiuse gli occhi, e tentò di rilassarsi. Anche Pietro fece lo stesso.

Alle parole dell'amico, Claudio si fermò un attimo. In bocca al lupo per domani? Cosa voleva dire?

Ma non si soffermò a rifletterci più di tanto, preso com'era dalla situazione. Nulla ormai avrebbe potuto scoraggiarlo, e infatti, dopo una scrollata di spalle e una veloce occhiata al portafogli, continuò la sua corsa, felice di regalarsi un po' di piacere.

Dall'auto, Pietro commentò lo strano aspetto fisico della prostituta con cui si stava allontanando Claudio, che a vederla frontalmente sembrava davvero una bella ragazza, peccato che il "lato b" lasciasse un po' a desiderare.

«Avrà anche delle belle tette, ma a vederla, con quelle spalle, fa una certa impressione!».

«Sì, in effetti anche il modo di camminare non mi convince affatto...».

In cuor suo, Ale sapeva che per l'amico quella era una cosa giusta: era la sua prima volta, e farlo con una ragazza normale – da inesperto – avrebbe potuto rovinargli la reputazione; visto che a reputazione non era messo bene, con una prostituta non poteva sbagliare.

Si era perso nei suoi pensieri quando d'un tratto sentì le urla di Claudio che correva verso l'auto come se volessero ucciderlo. Qualche secondo dopo, vide la muscolosa prostituta che l'inseguiva a piedi nudi, tenendo in mano le scarpe dai tacchi alti.

«Metti in moto! Metti in moto!! Scappiamo!!!».

Pietro, impaurito, entrò nel panico totale, avviò il motore e scappò via senza nemmeno rendersi conto che Claudio non era riuscito a salire.

«Pietro...fermati! Hai lasciato Claudio lì fuori!».

«Oh cazzo, hai ragione». Pietro ritornò indietro, fece salire Claudio e ripartì sgommando.

«Corriiii!!!».

«Ma cosa succede?».

«Scappa, dopo ti spiego!».

Per i primi due minuti di tragitto nell'auto regnò il silenzio, dopodiché Claudio si decise a parlare.

«Ragazzi... che incubo! Avete visto che tette? Chi poteva immaginare che sotto nascondesse un manico di scopa!».

Ale e Pietro scoppiarono in una gran risata.

Claudio, imbarazzato, non poté far altro che unirsi a loro.

«Non avrei mai immaginato che fosse un uomo!».

«Wow!! A questa non le mancava proprio nulla!!!».

11.

La mattina seguente, con grande sorpresa di Claudio, sin dal momento in cui aveva varcato il cancello della scuola tutti, anche i ragazzi che non conosceva, avevano iniziato a guardarlo sghignazzando sotto i baffi. Ma la cosa più strana era sicuramente quel disegno sul muro di fronte a casa sua. L'aveva notato appena uscito dal portone. Un disegno vistoso, realizzato con lo spray rosso fosforescente, che raffigurava il manico di una scopa.

Claudio, mezzo addormentato e come al solito un po' distratto, non ci aveva fatto caso più di tanto, e meno che mai era venuto in mente che si riferisse a lui. Adesso che a scuola tutti avevano assunto quello strano comportamento, qualche dubbio inquietante era sorto.

Ale se ne stava in disparte, evitando i compagni per sfuggire a domande e pettegolezzi, ma soprattutto per paura che saltasse fuori anche il suo nome. Benché nessuno gliel'avesse confidato, era certo di sapere di cosa ridessero.

Quando Claudio lo vide in corridoio gli corse incontro, felice di vedere finalmente una faccia amica.

«Cosa gli è preso a tutti quanti, oggi? Sembra che sia diventato lo zimbello della scuola!».

«Scusa, che vuoi che sia successo? Secondo te che motivo avrebbero di prenderti in giro?».

Claudio alzò le spalle.

«Non ti ricordi cosa ti ho urlato ieri sera?».

«Ieri sera? Ma quando?».

Come al solito cadeva dalle nuvole.

«Ieri sera, quando sei corso da quelle "belle signorine", deficiente! Secondo te perché ti ho fatto gli auguri per oggi? Cosa credevi, che la tua scappatella sarebbe rimasta tra noi? Non hai pensato che qualcuno poteva aspettare che fossimo tornati a casa per chiamare mezzo mondo e raccontare a tutti la tua bravata?».

«Vuoi dire che quel bastardo di Pietro...».

«Esatto!» Ale iniziò a battere ironicamente le mani all'amico. «Ci sei arrivato, finalmente! Ci avrei messo la mano sul fuoco. Sicuramente è successo dopo che ci ha accompagnato a riprendere la tua macchina. Nonostante tutto, sai, da un lato non mi dispiace, così magari non ti verrà più in mente di andare con quelle, o meglio con quei...».

«... puttani!» si preoccupò di terminare la frase un compagno che passava accanto a loro, urlando per farsi sentire da tutti e sghignazzando con il suo gruppetto.

«Che razza di figure mi fai fare!» Ale diede uno scappellotto all'amico.

«Ma che vuoi da me? Che ne sapevo che quello era un figlio di puttana?».

«E basta con 'ste puttane! Di prima mattina, poi!! Certo però che è stato davvero divertente che invece di una signorina ti sei trovato davanti un superdotato!!! Bella sorpresa, eh, il manico di scopa!!!».

Ale era piegato dal ridere.

«Adesso per colpa sua tutti penseranno che sia una specie di maniaco pervertito... Che bastardo! Non credevo che quell'idiota avesse anche la lingua come il culo! Che figura di merda!».

«È proprio un fottutissimo sbirro. Che almeno ti serva di lezione...».

«Che?».

«Dico, almeno avrai imparato la lezione!».

«No, che hai detto prima?».

«Prima di che?».

«Prima della storia della lezione...».

«Ah, che è un fottutissimo sbirro... Sai, detti siciliani. Mio padre ne ha uno per ogni occasione».

«Bello... fottutissimo sbirro! Direi che rende proprio l'idea, mi piace: Pietro, il fottutissimo sbirro!».

Claudio stava già architettando la sua vendetta. Proprio in quell'istante suonò la campanella che annunciava l'inizio della prima ora di lezione. Mentre i due si accingevano a entrare in classe, furono trattenuti da un compagno, che li avvicinò e iniziò a parlare con loro. Ale e Claudio rimasero piuttosto sorpresi, dal momento che quel ragazzo era solito stare in disparte, per i fatti suoi, e non chiacchierava quasi mai con nessuno. Immaginando l'argomento della conversazione, Claudio lo anticipò: «Guarda, se sei venuto anche tu a dirmi quanto sono depravato, non ce n'è proprio bisogno, perché ti assicuro che me ne sono reso conto da solo, quindi puoi anche sloggiare!».

Detto ciò fece dietrofront e iniziò a camminare in direzione della sua aula. Timidamente, il ragazzo si avvicinò all'orecchio di Claudio, farfugliando qualcosa che l'altro non capì.

«Che hai detto? Scusa, alza un po' la voce, non ho capito, di cosa hai paura?».

Il ragazzo prima si guardò intorno, chiaramente imbarazzato, poi si avvicinò di nuovo, stavolta cercando di farsi sentire anche da Ale.

«Mi portate con voi la prossima volta che andate?».

«Ma dove?».

Claudio, che in realtà aveva capito a cosa si riferiva il ragazzo, preferì comunque fargli specificare.

«Dove siete stati ieri sera... io pure ci andavo, qualche tempo fa, ma è da tanto che non ci torno. Però sia chiaro, io voglio le ragazze "vere"!».

Ale si mise a ridere, stava per dirgli di andarsene, ma le parole gli morirono sulle labbra, perché Claudio lo anticipò.

«Ok, va bene, si può fare. Domani sera però, oggi non posso. Vediamoci alle nove in punto al locale che c'è qui dietro, vicino alla scuola. Mi raccomando, devi essere puntuale, altrimenti salta tutto».

Incredulo, Ale non ebbe nemmeno il tempo di obiettare, perché il ragazzo era già scappato via, felicissimo. Mentre non sapeva ancora se ridere o piangere, l'amico l'aveva preso per un braccio e lo stava trascinando in classe.

Ale si fermò di scatto e si liberò dalla presa.

«Ti ha dato di volta il cervello? Ma tu ragioni, prima di fare le cose, o quella testaccia che ti ritrovi è totalmente vuota? Capisco la fissazione di "fare pratica" per non sfigurare con una ragazza, ma non ti pare di esagerare?».

«Rilassati, cazzo, quanto la fai lunga! Che ci sarà di male! Anzi meglio, così dopodomani rideranno di lui anziché di me! E poi io ieri sera mi sono davvero divertito, sai?! Non ho fatto proprio nulla ma tutti ne parlano comunque, quindi perché non farlo per davvero? Tutti sanno che è successo, quindi perché privarmi di una simile esperienza? Diventerò il re del sesso!».

«Se fossi in te non ne andrei tanto fiero. Comunque sia mi hai stufato, fa' come vuoi, tanto nei casini ti ci metti tu. Ma non chiedermi di accompagnarti, non se ne parla proprio. E adesso andiamo, che è tardi...».

La campana in effetti era già suonata da diversi minuti e loro erano ancora in corridoio a parlottare.

Ale iniziò a camminare, ma l'altro rimase fermo dov'era.

«Che razza di amico sei? Ma che significa, scusa? Tu domani sera vieni con me e non si discute!».

«Non rompere, tu hai già compagnia, io non vengo da nessuna parte...».

«Ma chi, quel ragazzino? Ha fatto pure la primina, è più piccolo di noi! E poi, l'hai visto? Come potrei divertirmi insieme a lui, secondo te? Dai! Ti passo a prendere alle nove meno un quarto. E adesso sbrighiamoci che è tardi».

«Non mi piace quel tipo, non ci vengo se esci con lui». Ale in realtà stava solo cercando delle scuse perché non aveva alcuna voglia di seguire Claudio.

«Uffa! E meno male che sei il mio migliore amico! Vuol dire che ci andrò da solo. Contento?».

«Da solo? Che ci vai a fare da solo? Allora non hai capito proprio niente, tu!».

«E allora vieni con me».

«E se poi questo qui è come Pietro, domani io con che faccia ci vengo a scuola, spiegami».

«Figurati! Quello non apre bocca nemmeno quando i professori lo interrogano. Dai, ti prego, fammi questo favore e non ti chiederò più nulla per il resto dell'anno».

«No».

«Ti prego...».

«Non se ne parla».

«Ti porto a scuola e ti riaccompagno a casa per un mese».

«Sì, bravo, così oltre a fare tardi tu arrivo in ritardo anch'io, bel programmino...».

Claudio rimase qualche secondo in silenzio, indeciso se giocarsi o meno quella carta. Poi si buttò: «Allora facciamo così: se non mi accompagni, io racconto a tutti che ieri sera con me c'eri anche tu».

«Non ti crederebbe nessuno».

«La mia parola contro la tua».

«Appunto... Certo che sei proprio uno stronzo! Questo si chiama ricatto, lo sai?».

«Ecco, lo vedi a che punto mi hai portato? Ma tu che razza di amico sei? Ti devo supplicare per convincerti a uscire con me».

«Uffa! E va bene, d'accordo, basta che per oggi la smetti di rompere». Ale ormai era rassegnato. «Sbrighiamoci adesso, però, è veramente troppo tardi».

«Ok, andiamo, grazie mille, vedrai che non te ne pentirai».

«Certo, come no?».

Fecero una corsetta in corridoio ed erano già quasi arrivati in classe, quando Claudio si bloccò di colpo.

«Ehi, che cazzo fai?». Ale si fermò a sua volta.

«Hai studiato ieri?».

«Non avevo mai studiato tanto in vita mia» disse Ale, ripensando alla sfuriata del padre del giorno prima.

«Allora fammi copiare gli esercizi prima di entrare in classe, perché io non li ho fatti».

Claudio trattenne il compagno per la giacca: Ale infatti stava già per bussare alla porta dell'aula.

«Esercizi?» chiese, ritirando il braccio «Ma di che esercizi parli?».

«Quelli di matematica, scemo!».

Claudio trascinò via Ale per paura che la professoressa li sentisse.

«Ma oggi è martedì e noi non abbiamo matematica il martedì».

«Cosa dici? Oggi è mercoledì, scemo! C'è matematica alle prime due ore. Sveglia, bell'addormentato!».

Claudio scoppiò in una sonora risata.

«Ssssh! Vuoi che ci sentano? Porca miseria, hai proprio ragione!».

Dopo aver controllato la data sul suo orologio da polso, Ale si diede uno schiaffetto sulla fronte.

«Oggi è mercoledì! Ero convinto che fosse martedì. E ora come faccio? Se prendo un'altra insufficienza, mi sa tanto che mi gioco la maturità».

Il ragazzo provò a immaginare la reazione del padre a una simile notizia. Non gli avrebbe mai creduto se lui gli avesse raccontato di aver scambiato un giorno per un altro, e già si vedeva condannato ai lavori forzati, tutto sudato a spostare enormi massi sotto il sole, arso dalla sete e affamato.

Si ricordò dell'interrogazione di storia del giorno prima, che non era stata una vera e propria interrogazione, ma una performance teatrale: a sentir lui, i francesi avevano preso la battigia e non la Bastiglia, e Garibaldi aveva obbligato mille uomini a portare le camicie rosse chissà per quale strano motivo!

Di sicuro, se avesse continuato così, le porte per il teatro erano aperte, ma chi sa se il padre avrebbe apprezzato il suo talento!

«Porca vacca, sono rovinato!».

«Facciamo così...».

Dopo aver riflettuto per qualche minuto, Claudio ebbe uno dei suoi soliti lampi di genio. Ale si spaventò ancora di più, perché ormai sapeva bene, anche per esperienza diretta, che le idee dell'amico non potevano mai definirsi brillanti, anzi, in genere portavano solo guai. Ma ormai era rassegnato e pronto al peggio.

«Sentiamo...» disse allargando le braccia e guardando in alto come per formulare una silenziosa richiesta d'aiuto.

«Potresti far finta di stare male, così giustificheremmo anche il nostro ritardo».

Ale guardò l'orologio. Erano in ritardo di oltre mezz'ora.

«Potremmo dire alla prof che ti sei sentito male in corridoio e che siamo andati in bagno. Dunque, ecco giustificato il ritardo. Poi diremo che continui a sentirti male e dopo pochi minuti avrai bisogno di tornare in bagno e io ti accompagnerò. Ci staremo tutta l'ora e quando torneremo la prof avrà già finito di interrogare, così mi sarò salvato anch'io. Non è un'idea fantastica?».

Claudio aveva già tutta la scena davanti agli occhi. Peccato che Ale non ci trovasse nulla di fantastico. Anzi, l'idea gli sembrava abbastanza strampalata, ma ormai, pur di salvarsi, tanto valeva giocare il tutto per tutto.

«Mah, proviamo a fare come dici tu e che Dio ce la mandi buona!».

Si avvicinò poi alla porta, ma prima di bussare si fece il segno della croce.

«Avanti!».

La professoressa, dall'interno dell'aula, li invitò a entrare. Claudio per primo, con la solita faccia da furbo, e dietro di lui Ale, che tentava malamente di fingere un malore premendosi la mano sulla bocca dello stomaco, lamentandosi e tenendo gli occhi bassi per paura che la prof scoprisse la bufala.

«Scusi per il ritardo, professoressa!» cominciò Claudio prima di darle il tempo di aprire bocca. «Il mio compagno si è sentito male stamattina in corridoio, così ho dovuto accompagnarlo in bagno e ho aspettato che riuscisse a reggersi in piedi».

Seduta dietro la cattedra la donna non disse nulla, limitandosi ad annuire. Fece poi segno ai due ragazzi di sedersi. Dentro di sé, Ale pregava che andasse tutto bene e che Claudio non ne combinasse una delle sue. Si sedette al suo posto e poggiò la testa sul banco, cercando di assumere un'espressione sofferente. Quando si fu sistemato, la professoressa, sfogliando le pagine del registro, chiese: «E che male avrebbe di preciso, il nostro Cutrò?».

Ale aprì la bocca per rispondere, ma Claudio lo precedette: «Problemi di stomaco, credo. Ha vomitato l'anima, poco fa...».

A quelle parole un brusio generale si sollevò tra i banchi. I compagni, che conoscevano bene sia Ale che Claudio, intuivano quanto poco ci fosse di vero.

Ale continuava a pregare che l'amico rimanesse in silenzio perché era sicuro che avrebbe fatto qualche gaffe, come al solito.

«Ah sì?» la docente alzò lo sguardo dal registro, e stavolta si rivolse ad Ale: «Si vede che ieri avrà fatto indigestione di esercizi...».

L'ironia della frase fece sì che tutti, Claudio compreso, scoppiassero a ridere. Ale stava iniziando a sudare freddo e per sfuggire a quella situazione chiese di poter tornare in bagno con Claudio, dicendo di avere la nausea e un forte dolore allo stomaco.

Anche se poco convinta, la professoressa li lasciò andare.

Appena usciti dall'aula, Ale tirò un sospiro di sollievo: «Ffiiiiuuu... credevo che non avrebbe funzionato! Certo che potevi evitare di essere così tragico...».

«Hai anche il coraggio di lamentarti? Vedi di ringraziare,

piuttosto, che si notava chiaramente che stavi fingendo. Anzi, se non fosse stato per me, la prof ci avrebbe scoperti e interrogati subito!».

«Sì, come no...».

«Sei proprio un ingrato».

«Ma che c'entra, scusa, io...».

La discussione fu interrotta da un signore distinto sulla quarantina, di bell'aspetto, in giacca e cravatta, che chiese loro dell'ufficio del preside. Ale e Claudio si affrettarono a indicarglielo e non appena l'uomo si fu allontanato ripresero a discutere animatamente.

Dopo pochi minuti Giorgio Luciani, di ritorno dall'ufficio del preside, ripassò accanto a loro e li salutò, ringraziandoli ancora per l'indicazione.

«Lo vedi quello? Quello è un pezzo grosso di sicuro» disse Ale.

«Eh sì, questa volta mi sa che hai ragione, basta guardare ai vestiti...».

Lo seguirono con lo sguardo, poi si affacciarono alla finestra per vedere che macchina avesse. Lo videro allontanarsi a bordo di una Mercedes di grossa cilindrata.

«Caspita, deve passarsela proprio bene, se può permettersi una macchina del genere! Non come noi due, cavolo! Certa gente è proprio fortunata. Chi ne ha troppi, di soldi, e chi troppo pochi. Che ingiustizia, porcaccia la miseria».

«Già, ti immagini noi due su una macchina così invece che sul mio catorcio? Avremmo tutte le donne più belle ai nostri piedi, altro che...».

«Ah, allora anche tu riconosci che la tua auto è un pezzo da museo».

«Be', e allora? Questo non ti dà nessun diritto di offenderla! E poi, vedi, sei sempre il solito ingrato. Ringrazia, va', che nonostante gli anni la mia macchina ti porta in giro, se non fosse per lei saresti a piedi».

«Uffa, che rompipalle! Renditi utile, sbircia dal buco della serratura, guarda un po' a che punto sono le interrogazioni».

Claudio si abbassò per spiare ciò che stava accadendo in classe attraverso il piccolo foro nella porta, ed ebbe l'impressione che la professoressa non stesse interrogando nessuno.

Fece segno ad Ale di avvicinarsi e continuò a bassa voce: «Credo che le interrogazioni siano finite, possiamo rientrare».

Così dicendo bussò, aspettò di avere il permesso, aprì e si rivolse all'insegnante: «Professoressa, Cutrò si sente meglio adesso, possiamo rientrare?».

«Certo, accomodatevi pure».

La donna li osservò per un secondo, poi abbassò lo sguardo per ricontrollare il registro che teneva aperto sulla cattedra. I due ne approfittarono per ammirare la giovane insegnante. Aveva al massimo una trentina d'anni e un fisico mozzafiato, esaltato dalle gonne strette e dalle maglie aderenti. Era alta e slanciata e portava sempre i tacchi. Aveva anche un bel viso, occhi molto grandi e magnifici capelli nero corvino che le scendevano morbidi sulle spalle.

Claudio e Ale si erano appena seduti al loro posto e si stavano scambiando sguardi di complicità, dando libero sfogo all'immaginazione.

La prof rovinò le loro fantasticherie chiedendo a Claudio di mostrarle il quaderno degli esercizi. Il ragazzo annuì e, con aria tranquilla, finse di cercare all'interno dello zaino: fortunatamente era un tipo molto creativo e sempre pieno di risorse.

Ale impallidì e, impaurito, poggiò nuovamente la testa sul banco con l'espressione sofferente di prima.

«Mi dispiace, non riesco a trovarlo. Credo di averlo dimenticato a casa». Claudio si giustificò così, grattandosi la testa con aria dispiaciuta.

«Be', però gli esercizi li hai fatti, giusto?».

«Certo!» mentì lui spudoratamente.

«Allora non avrai alcun problema a svolgerli nuovamente alla lavagna, no? Forza, vieni a fare l'esercizio di pagina centoventicinque, il numero dieci».

Adesso Claudio non sapeva più che pesci pigliare, ma trovò un'altra scusa: «Proprio quello che non ho fatto, non l'ho capito...».

«Va bene, allora vieni a fare l'esercizio numero undici della stessa pagina».

«Ehm... Non ho fatto neanche quello...».

La professoressa lo guardò dritto negli occhi, si tolse gli occhiali e gli chiese di dire la verità.

«Be', ecco, in realtà non ne ho fatto nessuno, non ci sono riuscito...».

La donna non disse nulla, limitandosi a segnare un due sul registro che andò a fare compagnia a una lunga serie di brutti voti. Visto l'andazzo, di sicuro non sarebbe stato l'ultimo prima della maturità.

Claudio abbassò lo sguardo sul libro che aveva davanti e non osò più alzarlo per il resto della lezione.

Poi la donna si rivolse ad Ale: «E tu, Cutrò, te la senti di venire a svolgere qualche esercizio alla lavagna?».

"Porca vacca. Mi ha beccato. Porca vacca, che le racconto adesso? Che brutta la sensazione di sapere che non sai. E dire che ieri ho studiato. Almeno un quarto d'ora. Vabbè, dieci minuti. Ma è già qualcosa. Che ci posso fare io se la matematica non la capisco? Che ci posso fare se credevo che oggi fosse martedì? Ma tanto a raccontarlo non ci crede nessuno. Ed è solo la seconda ora! Che giornata di merda! Sì, ma intanto cosa dico a questa? Porca vacca".

«Cutrò, allora? Sto parlando con te, hai perso la lingua per caso?».

"Oh, no, quella no, ce l'ho la lingua, se vuoi te la faccio vedere, ma come dico io, come piace a me. Vediamo se poi sai starci lontana dalla mia lingua!".

«A dire la verità non mi sento ancora molto bene» fu l'unica frase che riuscì a pronunciare.

La professoressa, lasciando cadere sulla cattedra la penna, che rotolò sulle pagine del registro, rimproverò il ragazzo alzando leggermente il tono della voce.

«Spero che tu ti renda conto della situazione».

Poi accavallò le gambe, cercando di mantenere un atteggiamento severo.

«Anzi, spero che entrambi ve ne rendiate conto! Mi riferisco anche a te, Claudio! Siamo a metà anno e non avete ancora un'interrogazione decente, o meglio non siete mai venuti a farvi interrogare. Avete solo una serie di impreparazioni segnate sul registro. Lo sapete che se continuate così non verrete ammessi agli esami? Si può sapere come pensate di recuperare?».

Ale, che aveva ancora la testa poggiata sul banco, fu stuzzicato dal triangolo nero delle mutandine di pizzo della professoressa che solo lui, da quella posizione, poté intravvedere in quel veloce movimento di gambe.

"Come penso di recuperare? E c'è bisogno di chiederlo?".

«Magari sessualmente...».

Una strana sensazione lo colpì non appena quelle parole gli attraversarono la mente. Era come se su di lui gravasse qualcosa, come se qualcuno gli stesse lanciando uno sguardo duro, pesante, colmo di odio e disprezzo. Solo quando, alzando gli occhi, incrociò quelli della professoressa, si rese conto di aver pensato ad alta voce.

«Cosa hai detto?».

La donna adesso era in piedi accanto alla cattedra.

Senza sapere bene che fare, Ale farfugliò qualcosa che nessuno riuscì a capire e lei si irritò ancora di più.

«Va' immediatamente fuori!» urlò, indicando la porta, rossa in viso e con la voce che tremava per la collera.

Mortificato, il ragazzo si alzò e uscì dall'aula in silenzio, immaginandosi condannato non più ai lavori forzati, ma nella migliore delle ipotesi direttamente al patibolo.

12.

«Tesoro, finalmente! Sei uscito prestissimo stamattina, non ti ho neanche sentito quando ti sei alzato. Ma dove sei stato?».

Sorridendo, Giorgio diede ad Ambra un tenero bacio sulle labbra, felice che la moglie fosse ancora com'era quando l'aveva sposata: una giovane donna un po' ansiosa, anche troppo a volte, ma dolce e piena di premure e affetto.

«Guarda un po' fuori, sul vialetto» Giorgio la prese per mano, e la portò accanto alla finestra.

«C'è una sorpresa per te».

La moglie si avvicinò al vetro, scostò la tenda e vide una Mercedes grigia posteggiata sul viale davanti alla villa.

«Ma... è nostra?».

«L'ho noleggiata questa mattina. Usiamo questa in attesa che arrivino le nostre da Bogotà. E poi c'è un'altra cosa...».

Prima di proseguire prese il barattolo dei biscotti, lo aprì e ne tirò fuori due. Ne addentò uno con gusto e l'altro lo porse alla moglie.

«Sono stato a scuola, oggi, in quel liceo di cui ti parlavo ieri, e ho incontrato il preside per l'inserimento di Ylenia. Non dovrebbero esserci problemi. Anzi, credo che presto potrà tornare a studiare. Ne sarà felice! Sembra un ottimo istituto, ben tenuto, ho visionato i programmi e penso che non avrà particolari problemi d'inserimento. Ha sempre amato leggere i classici della letteratura italiana, e la scuola privata che frequentava a Bogotà le ha fornito un'ottima preparazione nelle materie più importanti. Una bella notizia, no?».

La donna gli sorrise, con gratitudine.

A Giorgio bastarono pochi secondi per decifrare il messaggio. Sorridendole a sua volta, le prese il viso tra le mani, togliendole dalle labbra una briciola di biscotto.

«Te l'avevo detto che potevi fidarti di me. Adesso vado a fare conoscenza con i nuovi vicini, ci vediamo più tardi. Ti amo, tesoro...».

Le diede un altro veloce bacio sulle labbra e uscì fuori canticchiando.

Dalla finestra Ambra lo vide percorrere il vialetto, attraversare il cancello e dirigersi alla villa accanto.

«Speriamo che ci sia qualche ragazza, in modo che Ylenia possa farsi presto delle nuove amiche. Non ce la faccio a vederla così».

«Mamma, con chi parli?». Ylenia la destò dai suoi pensieri ad alta voce.

«Oh, nulla tesoro, che vuoi, sto invecchiando e parlo da sola!».

Un po' imbarazzata riprese a lavare le tazze della colazione.

In effetti Ylenia, dopo l'euforia della prima sera, era tornata triste e sconsolata. Aveva passato buona parte della mattinata al telefono con Ashley e si era depressa moltissimo. Le mancavano le amicizie, la vita a Bogotà, le sue abitudini, ma la cosa che la faceva soffrire di più era il silenzio del suo cellulare, il non ricevere notizie da qualcuno che sembrava averla già dimenticata e cancellata per sempre.

Intanto Giorgio aveva raggiunto la villa dei vicini. Era un po' più piccola e un po' più vecchia della loro, avrebbe avuto bisogno di qualche lavoretto qua e là, ma tutto sommato era sempre una bellissima abitazione. Suonò il campanello e attese qualche secondo.

Quando la porta si aprì, si ritrovò davanti una ragazzina un po' più bassa della figlia, ma altrettanto bella, con i capelli rossi e gli occhi verdi, che poteva avere all'incirca la stessa età di Ylenia. E gli stava sorridendo.

«Salve! Posso esserle utile? Chi desidera?».

Giorgio iniziò a grattarsi la testa, un po' imbarazzato.

«Be', a dire il vero non cerco nessuno in particolare. Sono arrivato ieri dalla Colombia insieme alla mia famiglia e siamo venuti ad abitare nella villa qui accanto» disse indicando alla ragazza la sua casa.

«Ah, sì!».

«Così ho pensato di venire a presentarmi. Spero di non aver disturbato».

La ragazza sorrise di nuovo e invitò l'uomo a entrare.

«Ma che dice? Non disturba affatto! Anzi, ha fatto benissimo a venire. Piacere, io sono Virginia!».

I due si strinsero la mano e Giorgio entrò in casa.

«Grazie, molto gentile. Il mio nome è Giorgio, Giorgio Luciani, piacere di conoscerti!».

«Prego, si accomodi pure su quella poltrona. Vado a chiamare mio fratello, mi dia solo un secondo».

Giorgio annuì e si sedette al posto che gli era stato indicato, approfittandone per guardarsi un po' intorno. La casa era ben tenuta, ben arredata e brillava come uno specchio. Pochi minuti dopo vide Virginia tornare in compagnia di un ragazzo alto e piuttosto magro, moro con gli occhi azzurri, di certo molto più grande di lei.

«Ecco, questo è mio fratello Ivan».

Giorgio sorrise al nuovo arrivato. Poi Virginia si rivolse al fratello: «Lui è il nostro nuovo vicino, è arrivato ieri, insieme alla sua famiglia. Si chiama Giovanni, vengono dalla Colombia».

Ivan gli porse la mano, e l'uomo si affrettò a correggere: «Giorgio, Giorgio Luciani! Mi chiamo così. Spero di non aver disturbato».

Il suo sguardo si posò sui capelli bagnati del ragazzo, mentre gli stringeva la mano. Ivan intuì i pensieri del nuovo vicino e lo rassicurò: «Non si preoccupi, non disturba affatto. Ho appena finito di fare la doccia. Molto lieto di conoscerla!».

«Il piacere è tutto mio! I vostri genitori non sono in casa?».

Silenzio.

«Scusate, sono stato indiscreto?».

Giorgio era un po' imbarazzato dalla strana espressione dei due ragazzi. Capì subito che qualcosa non andava.

«A dire la verità» iniziò Ivan, chiaramente a disagio «i nostri genitori si sono separati molto tempo fa e noi viviamo da soli adesso».

«Perdonatemi, non volevo...».

«Non si preoccupi» intervenne Virginia, ritrovando il sorriso. «Ormai non ci facciamo neanche più caso. Grazie al cielo ce la caviamo bene anche da soli. E poi ci sono mali peggiori nella vita, no?».

Giorgio non poté darle torto, e fu felice di trovare in quella ragazzina un carattere solare come quello di sua figlia. Immaginò che non avrebbero impiegato molto tempo a diventare amiche. Senza pensarci due volte la invitò a casa sua col fratello.

«Ho una figlia più o meno della tua stessa età. Diciott'anni, no? Sono certo che vi troverete simpatiche. Lei non ha ancora conosciuto nessuno da queste parti, quindi la novità la entusiasmerà».

«Verrò di certo» esclamò lei. «Io ho diciannove anni, ma un anno di differenza non significa niente! Farà tanto piacere anche a me incontrarla».

«Purtroppo io non posso» intervenne Ivan, dispiaciuto. «Tra poco devo andare al lavoro, ma le assicuro che passerò un altro giorno, magari domani, se ce la faccio».

«Perfetto! Allora ti aspettiamo più tardi, Virginia».

«Senz'altro!».

«Adesso devo proprio lasciarvi, perché ho un sacco di commissioni da sbrigare. Spero di vedervi presto, arrivederci e grazie di tutto!».

Giorgio strinse nuovamente la mano a entrambi. Per un attimo lo sguardo di Virginia gli restò impresso. Pensava che una ragazza così giovane aveva già visto la sua famiglia andare in mille pezzi e nonostante tutto conservava un'espressione dolce e serena. Al suo posto un'altra persona avrebbe provato rancore nei confronti del mondo intero. Era proprio una cucciola, quella ragazza, benché matura per la sua età.

Virginia e Ivan lo accompagnarono alla porta e lo salutarono calorosamente. Il ragazzo rientrò subito in casa, mentre la sorella rimase un po' sull'uscio, seguendo il vicino con lo sguardo mentre si allontanava. Lo vide aprire e richiudere il grosso cancello della sua villa e notò che a metà viale una bella ragazza mora gli era andata incontro, abbracciandolo e dandogli un bacio sulla guancia. Poi, ridendo, i due si erano allontanati verso casa. Non riuscì a vedere oltre, perché i grandi alberi del giardino glielo impedivano.

«Sembrano proprio una bella famiglia, chissà se si rendono

conto di quanto sono fortunati!» pensò, chiudendo la porta e rientrando in casa. Un velo di nostalgia le si impresse sul viso, che si fece buio per un secondo.

«Non devo essere triste» si disse, scuotendo la testa. «Ho comunque il mio fratellone, non sono sola...».

Sorrise a quel pensiero, si asciugò una lacrima e tornò alle faccende di casa che aveva interrotto quando il campanello aveva suonato.

«Pensi di andare a trovare oggi i Luciani?» le chiese Ivan prima di uscire.

«Non lo so, ho un mucchio da fare qui a casa, non so se farò in tempo».

«Guarda che ogni tanto puoi anche prenderti una pausa. Da quando hai finito la scuola esci così poco! E poi, io sono più tranquillo a non lasciarti sola in casa».

Ivan le accarezzò i capelli con affetto.

«Dai, non sono mica il tuo cagnolino» si lamentò lei con le mani sui fianchi, sorridendo e spostando la testa. «Vedremo, comunque ti mando un SMS per dirti cosa faccio. Tu non torni per cena, vero?».

Lui fece segno di no e si avviò, accompagnato da Virginia.

«Va', altrimenti farai tardi... Ti voglio bene, fratellone!».

Prima di lasciarlo andare lo abbracciò forte e aspettò sull'uscio, come una moglie premurosa, che il ragazzo si fosse allontanato in macchina lungo la strada.

Tra una cosa e l'altra si fece subito sera e Virginia si guardò intorno, felice di essere riuscita a sbrigare tutto. Così decise di andare a far visita ai nuovi vicini: aveva passato il pomeriggio a preparare una deliziosa torta di mele, per non presentarsi a mani vuote, sperando che avrebbero gradito.

Era già pronta per uscire e stava mettendosi la giacca quando udì un gran trambusto provenire dal giardino dei Luciani. Si affacciò alla finestra e vide che un grosso camion era posteggiato davanti all'ingresso della villa. Alcuni ragazzi stavano scaricando casse e mobili dentro casa, sotto la direzione della signora Ambra.

Immaginò che si trattasse del camion dei traslochi proveniente dalla Colombia e pensò che non fosse il momento adatto per presentarsi. Sicuramente avevano tutte le loro cose da mettere a posto e una visita sarebbe stata solo d'intralcio.

Così si spogliò, sistemò la torta nella credenza e iniziò tristemente a prepararsi una cenetta: pan carré con maionese e prosciutto. Poi accese la TV e si mise a girare tutti i canali con il telecomando, ma non c'era niente che valesse la pena. Alla fine, tornò nella sua camera, si distese sul letto e continuò a leggere il libro che aveva acquistato qualche giorno prima.

Era una storia ambientata nella Sicilia d'altri tempi, che narrava dell'amore tra una ragazza e un carabiniere, costretti a lasciarsi per colpa di un boss mafioso, e del loro ritrovarsi ormai anziani, convinti che ormai non ci fosse più posto per i sogni, o per l'amore: invece la vita è in grado di sorprenderti anche quando pensi che mai più nulla di meraviglioso ti possa accadere.

L'ultima volta che l'aveva preso in mano aveva lasciato la povera ragazza in balia di alcuni uomini che l'avevano rapita, e adesso era curiosa di vedere cosa sarebbe successo.

Si ricordò della commessa che le aveva consigliato l'acquisto di quel libro dicendole che si trattava di una storia vera.

Per un attimo distolse i pensieri dalla lettura.

Anche lei aveva tanta voglia di innamorarsi e anche lei, come altre ragazze della sua età, aveva perso fiducia nell'amore e nella vita. Se però quel libro raccontava una storia vera, forse c'era ancora la possibilità di vivere quella favola che tanto sognava. Chissà, magari anche a ottant'anni! Che importa l'età? Quel che conta è viverla, la propria favola!

«Peccato che i Luciani non abbiano anche un figlio maschio!» esclamò ridendo.

Anche se non lo dava a vedere, in realtà si sentiva molto sola e le avrebbe fatto davvero piacere passare una serata in compagnia, ma per quella sera, ormai, era andata così.

Dalla finestra lasciata aperta le arrivavano all'orecchio le grida di Ylenia che, in giardino, stava impazzendo di gioia alla vista di Romolo e Remo, i due cani di casa che abbaiavano e scodinzolavano, felici di rivederla.

Quando finalmente tutti gli scatoloni furono sistemati dentro casa, Giorgio comunicò alla figlia che presto sarebbe potuta tornare a frequentare un liceo molto simile alle scuole superiori che aveva lasciato in Colombia. Ovviamente aveva scelto per lei il migliore di Livorno. La ragazza ne fu davvero felice. Era già stanca di stare a casa e non vedeva l'ora di fare nuove conoscenze.

Dopo cena, quando si ritirò nella sua stanza, Ylenia notò la luce accesa dai vicini. Ricordando ciò che le aveva raccontato il padre di quella mattina, pensò che se la ragazza che abitava accanto a lei non fosse venuta presto a trovarla, sarebbe stata lei a bussare alla sua porta.

Era tornata a essere serena, forse perché aveva ritrovato tutti gli oggetti e le cose della vecchia casa, che comunque le riportavano un pezzo del suo recente passato. Adesso poteva ricominciare. Mamma e papà erano vicino a lei, Romolo e Remo erano lì, e una nuova amica stava per entrare nella sua vita. E poi avrebbe ripreso a studiare, una cosa che lei amava, e avrebbe conosciuto nuove persone con le quali condividere le tappe belle e brutte del suo nuovo percorso. Per un attimo sentì scorrerle l'adrenalina in corpo, ma riuscì a mantenere la calma.

Prima di addormentarsi prese il cellulare e riprovò, come ogni sera, a chiamarlo. Come ogni sera non ottenne risposta. E anche quella notte, nel tentativo di prendere sonno, erano mille gli interrogativi ai quali non sapeva rispondere.

13.

Il giorno dopo, nel tardo pomeriggio, mentre l'intera famiglia Luciani era riunita in salotto – chi a guardare la TV, chi a leggere il giornale e chi semplicemente a godersi la presenza in casa di figlia e marito – il campanello suonò e Ylenia, dopo aver aperto la porta, si ritrovò finalmente davanti la sua prima amica italiana. «Finalmente!». La riconobbe subito grazie alla minuziosa descrizione di suo padre.

«Tu devi essere Virginia! Non vedevo l'ora di conoscerti. Vieni, entra, si gela qui fuori!».

Virginia annuì e un po' intimidita entrò in casa. Porse a Ylenia la torta che aveva preparato il giorno prima e fece la conoscenza di Ambra Luciani, che nel frattempo le aveva raggiunte nell'ingresso, da buona padrona di casa.

«Mamma, guarda cosa ha portato Virginia!».

«Non dovevi disturbarti tanto» disse Ambra, sorpresa.

«Ma si figuri, nessun disturbo, mi diverte molto preparare i dolci».

In realtà era la prima volta che si cimentava a preparare quella torta e aveva un unico pensiero: "Speriamo che sia, non dico buona, ma almeno commestibile!".

Madre e figlia la fecero accomodare in salotto, lasciandola in compagnia del signor Luciani, e andarono in cucina a preparare un tè caldo, che più tardi consumarono allegramente tutti insieme, complimentandosi con Virginia, forse anche mentendo un po', per la bontà del dolce. Tra una battuta e l'altra tra le due ragazze si era già rotto il ghiaccio.

Più tardi Ylenia la invitò a salire al piano di sopra, nella sua camera, per conoscersi meglio e chiacchierare lontano da occhi e orecchie indiscreti.

«Che meraviglia, complimenti! È una camera favolosa».

«Ti ringrazio, ma non è mio tanto buon gusto nell'arredamento. Ho trovato già tutto così quando sono arrivata».

Ylenia era una ragazza semplice e amava mettere le persone a proprio agio. Mentre parlava, si tolse le scarpe e si sdraiò sul letto invitando Virginia a fare altrettanto.

«Come ti trovi qui? Ti manca molto la tua città?».

«Be', sai, ancora non ho messo il naso fuori casa e non ho conosciuto nessuno, a parte te. Quindi per ora ho molta nostalgia di Bogotà, ma sono certa che con il passare del tempo mi abituerò anche a questa nuova sistemazione».

«Uno di questi pomeriggi ti porto a fare un giro in città insieme ai miei amici, se vuoi. Così ti presento qualcuno, no?».

L'altra annuì, felice, e Virginia continuò: «E dimmi, come mai vi siete trasferiti in Italia?».

«Motivi di lavoro di mio padre. Fosse stato per me, non mi sarei mai mossa dalla Colombia! Ma sono stata costretta a seguire la mia famiglia».

«Immagino che avrai dovuto lasciare tante persone care, laggiù...».

Ylenia annuì, con un'espressione d'amarezza sul viso.

Virginia proseguì: «Alla fine però esistono mezzi come il telefono, internet, che non ti fanno pesare la lontananza. Un modo per sentirsi e vedersi si trova sempre. Se i rapporti sono saldi, il distacco non può logorarli, non credi?».

Ylenia non rispose, ma i suoi occhi iniziarono a riempirsi di lacrime.

«Ho toccato un tasto sbagliato? Mi dispiace davvero, non volevo ferirti...».

«No, non preoccuparti. Stavo solo pensando a un ragazzo che diceva di amarmi, ma da quando ho lasciato la Colombia non si è ancora degnato di mandare un semplice SMS! L'ultima volta che l'ho sentito è stato il giorno prima di partire. Ho provato a contattarlo dall'aeroporto e poi di nuovo quando sono arrivata in Italia, ma non mi ha risposto. Non ho più sue notizie da quattro giorni. Oltretutto, ogni volta che lo chiamo il suo cellulare non è raggiungibile o non risponde. Gli ho inviato un miliardo di messaggi: nessun segno di vita. Ormai credo proprio che sia finita. E io che pensavo fosse l'amore della mia vita! Hai ragione tu, se i rapporti sono saldi, se c'è vero affetto, la lontananza non può distruggere nulla. Può solo renderli più forti. Evidentemente in questa storia ero l'unica a vedere qualcosa di vero, qualcosa di forte. Che stupida!».

«Mi dispiace... Ma i ragazzi purtroppo sono spesso così». Virginia era piuttosto arrabbiata e si stava sfogando sull'innocente cuscino che stringeva tra le braccia.

«Anch'io fino a poco tempo fa stavo con un tipo che sembrava il principe azzurro, tutto coccole e attenzioni, e invece alla fine si è rivelato solo un bastardo a cui piace spassarsela con le prostitute!».

«Davvero? È terribile!».

«All'inizio è stata dura, ma adesso sono riuscita a farmene una ragione. Se vuoi un consiglio, non fidarti dei ragazzi italiani: sono fatti in serie, tutti dello stesso stampo. Tutti uguali, tutti dei gran bastardi!».

Ylenia rise all'esclamazione dell'amica, ma la rimproverò: «Non si può fare mica di tutta l'erba un fascio. Capisco che hai sofferto molto, ma sono sicura che un giorno troveremo entrambe un ragazzo che saprà ricucire le ferite lasciate dagli altri».

«Scendi dalle nuvole, principessa! Ho smesso di credere a queste cose già da molto tempo».

«Allora non credi nell'amore? E come mai?».

«Io credo nell'amore, è solo che non ho molta fiducia nei ragazzi. È una brutta razza, quella!».

«Se non hai fiducia nei ragazzi come pensi di poterti innamorare di nuovo?».

Seguì qualche secondo di silenzio. Virginia tornò per un attimo con il cuore e con la mente alla sua situazione familiare, poi rispose: «Forse hai ragione. In realtà, devo dire che da quando i miei genitori si sono separati ho capito che l'amore è solo una grande illusione. Tutti i rapporti, anche quelli che sembra non debbano sgretolarsi mai, prima o poi si logorano. La gente si illude di amare e di essere amata solo perché sente la necessità di aggrapparsi a qualcosa, e va a finire che una donna arriva anche al punto di annullarsi pur di rimanere attaccata alle sue illusioni».

«Ti riferisci a tua madre?».

Virginia annuì.

«Nonostante sapesse da tempo che mio padre la tradiva con un'altra, continuava a vivere nella speranza che un giorno le cose potessero ritornare quelle di una volta. Ma la verità è che se l'amore finisce non c'è modo di farlo rinascere».

Ylenia rimase in silenzio, non sapeva davvero cosa dire, mentre Virginia proseguiva.

«Poi un giorno mio padre è uscito e non è più tornato. Mia madre è stata in ansia per giorni interi, pensando gli fosse capitato qualcosa di brutto, e invece dopo qualche tempo ha scoperto che era scappato in Francia con l'amante. Da allora non abbiamo più avuto sue notizie. Per mia madre è stato un duro colpo, ma alla fine l'ha superato e si è rifatta una vita. Adesso ha un nuovo compagno e vive con lui al Sud. Ci sentiamo spesso, ma mi manca comunque. La verità è che vorrei fosse qui, ma per lei è troppo doloroso vivere a Cecina, nella casa in cui ha trascorso giorni felici con mio padre. E così preferisco soffrire un po', ma per lo meno so che lei è felice. Non potrei mai chiederle di tornare, dopo tutto quello che ha passato».

«E non puoi raggiungerla tu?».

«Un domani, forse, quando mio fratello si sarà sistemato. Ma adesso, se me ne andassi io, non rimarrebbe più nessuno a prendersi cura di lui».

«Come sei buona!». Ylenia aveva gli occhi lucidi e tirava su col naso.

«Dopo circa un anno dall'abbandono di mio padre ho conosciuto il mio ex fidanzato, l'unico che mi ha fatto dimenticare i miei problemi. Poi però ho scoperto quello che faceva ogni volta che non ero con lui. Da quel momento ho deciso che non mi sarei innamorata mai più di nessuno. Io non ho bisogno di un ragazzo, sto bene anche da sola, anzi, sto molto meglio da sola».

Mentre parlava, Virginia teneva la testa bassa per nascondere il viso arrossato dallo sforzo di trattenere le lacrime. Giocherellava con le frange del cuscino che aveva trovato sul letto, cercando di mantenere un tono freddo, distaccato, quasi come se quella storia non la riguardasse.

Ylenia capì che Virginia doveva aver sofferto molto nella vita. Era stata tradita più volte, prima dai suoi genitori e poi dal suo ragazzo.

«Scommettiamo che ti farò cambiare idea sull'amore?».

Sorridendo, le prese la mano e la costrinse a guardarla negli occhi. Virginia aveva un'espressione dubbiosa.

«Se proprio ci tieni... Ma ti avverto, non sarà facile! Sono piuttosto testarda e troppo cresciuta per credere ancora alle favole».

Ylenia annuì, senza rispondere nulla, abbracciandola forte.

«Non ti conosco ancora e già ti adoro!».

Virginia rimase stupita da quello slancio di affetto e non rispose nulla.

«Ti prometto che d'ora poi mi prenderò cura di te e ti difenderò da tutti. Non permetterò a nessuno di farti di nuovo del male. Sarò la tua guardia del corpo, il tuo angelo custode» le disse Ylenia con seria partecipazione.

«Non è necessario! So difendermi da sola, ormai ho imparato come si fa. Mentre tu mi sa tanto che ne hai ancora di pane duro da mangiare...».

Ylenia capì di non essersi mai resa conto della propria fortuna: lei non aveva mai avuto questo genere di problemi, non aveva mai conosciuto la solitudine e la sofferenza, i suoi genitori non l'avevano mai tradita. La vita era stata sempre generosa, regalandole tutto ciò che era lecito desiderare. Non poteva ancora immaginare che era proprio la cosa più preziosa, la salute, a esserle negata. Non poteva sapere come sarebbero andate le cose, non poteva prevedere quanto avrebbe avuto bisogno e quanto sarebbe stata preziosa per lei l'amicizia di Virginia. La vita è fatta così, rivela attimo per attimo tutti i segreti che custodisce. Bisogna solo aspettare. Pazientare e aspettare.

«Sarà meglio che vada, adesso. Mio fratello sta per rientrare e non gli avevo detto che sarei uscita. Si preoccuperà non trovandomi in casa».

Mentre si alzava dal letto Virginia rimise al suo posto il povero cuscino che le aveva fatto da valvola di sfogo.

«Certo, ti accompagno giù alla porta».

Ylenia si alzò a sua volta e dopo essersi rimessa le scarpe le passò davanti per farle strada. Virginia si fermò a salutare i Luciani, che erano ancora in salotto e la pregarono di fermarsi a cena insieme al fratello. Lei rifiutò gentilmente, dicendo che di sicuro sarebbe stato molto stanco e non avrebbe avuto voglia di compagnia quella sera.

«Magari un'altra volta» disse con riconoscenza.

Poi, sull'uscio di casa, anche le due ragazze si salutarono.

«Grazie mille per la torta e i buoni consigli. Mi ha fatto tanto piacere parlare con te. Sono sicura che diventeremo grandi amiche!».

«Lo spero davvero».

«Ne sono sicura!».

Virginia sorrise e dopo essersi congedata nuovamente si allontanò lungo il viale. Ylenia aspettò che la ragazza avesse richiuso il cancello alle sue spalle per serrare la porta di casa. Poi tornò in salotto a chiacchierare con la madre.

Dopo cena, sola nella sua stanza, controllò il suo cellulare per l'ennesima volta nella speranza di trovare un messaggio, anche solo uno squillo, che le facesse capire che lui la stava ancora pensando e non l'aveva dimenticata. Ebbe invece l'ennesima delusione e quando dopo tante titubanze provò lei a chiamare fece un'amara scoperta: una gentile voce femminile informava che il numero non era più attivo. Presa dallo sconforto e dalla delusione, lasciò cadere il cellulare sul pavimento e rimuginò sulle parole di Virginia. Pensò a quanto l'amica avesse ragione: lei ci aveva creduto in quella storia, lo aveva amato, gli aveva donato tutta se stessa, per la prima volta. Con lui aveva vissuto momenti magici. Aveva detto di amarla e adesso l'aveva buttata via come un giocattolo vecchio che non serve più a niente, senza nemmeno una spiegazione.

Come in un crudele gioco di prestigio era sparito nel nulla, lasciandola sola con un terribile vuoto nell'anima.

«Forse è vero, forse l'amore non esiste, è solo un'illusione...».

Di scatto si alzò dal letto, andò nella stanza dei genitori e prese il cordless. Ritornò nella sua camera e chiamò Ashley per sfogarsi un po', perché forse lei, la sua migliore amica da quando andava all'asilo, avrebbe potuto confortarla.

Insieme formavano uno strano quadretto. Lei alta, bruna, con i capelli corti, Ashley l'esatto opposto, piccolina, lunghi capelli biondi, occhi azzurro cielo. Una cosa però avevano in comune: entrambe erano innamorate dello stesso ragazzo. Con la differenza che Ashley lo sapeva bene, Ylenia no.

Si sa, le bugie hanno le gambe corte. Non c'è un motivo per cui un giorno senti la necessità di dire la verità. La senti e basta. Forse perché hai la coscienza talmente sporca che non riesci più ad andare avanti, e così la dici. A volte ti nascondi dietro la cornetta di un telefono, perché è più facile, perché ti impedisce di guardare l'altro negli occhi. Se poi ci sono chilometri e chilometri che vi dividono, ancora meglio.

E speri che l'altro ti assolva dai tuoi peccati. Speri che ti capisca. Parli tutto d'un fiato, racconti com'è andata, cerchi di spiegare, dici che ti dispiace. Che ti dispiace da morire, ma era più forte di te.

Ylenia non parlava. Tratteneva il respiro. Era pallida. Il cuore le batteva a mille mentre ascoltava la voce di Ashley che, tra le lacrime, chiedeva perdono per tutte le bugie, le menzogne, per tutte le volte che si erano visti di nascosto, per tutte le volte che l'avevano tradita, perché adesso lui le aveva detto di amarla e lei aveva bisogno di scaricarsi la coscienza, dopo quello che aveva fatto alla sua migliore amica. Alla sua ex migliore amica.

Terminata la telefonata, tra urla, pianti, minacce e sconforto, Ylenia tirò fuori dal cassetto della scrivania il suo piccolo diario rosa. Lo aprì e con rabbia iniziò a strapparne i fogli, a uno a uno.

Adesso capiva come doveva essersi sentita Virginia: tradita, umiliata, offesa e terribilmente ferita.

La sua migliore amica! L'aveva tradita con la sua migliore amica! Che solo adesso aveva avuto il coraggio di confessare. Andava avanti da mesi e lei aveva sempre taciuto. E lui? Lui non aveva mai detto nulla, non aveva avuto il coraggio. Era sparito e basta.

Quante volte Ylenia aveva raccontato ad Ashley le sue titubanze, le paure, quante volte le aveva pianto sulla spalla nel timore che i sospetti che nutriva su di lui fossero fondati. E lei? La consolava, la confortava, le diceva di non essere paranoica. Che coraggio! E faceva l'amica.

Buttò tutto nel cestino, e poi il cestino per terra. Si infilò sotto le coperte, promettendo a se stessa di non innamorarsi più, mai più di nessuno. Incapace di ragionare, di accettare, di smettere di piangere, di fermare i singhiozzi, incapace di reagire. Incapace di crederci, di immaginarlo, con quella fitta lancinante al cuore che le toglieva il respiro, la fame, il sonno, la voglia di vivere, lasciandola sgomenta, come derubata.

In un colpo solo aveva perso due persone a cui aveva voluto bene, ma ora aveva imparato la lezione. Non avrebbe mai più permesso a nessuno di ferirla a quel modo, perché era vero, era proprio come diceva Virginia, i ragazzi sono tutti uguali, tutti dei gran bastardi, e non vale la pena perdere tempo con loro.

Non esiste l'amore, non esiste l'amicizia, non esiste nulla! La gente si illude di amare e di essere amata. La gente si prende per il culo da sola. La gente fa schifo. Il mondo fa schifo. La sua vita faceva schifo.

Si alzò per andare a prendere un fazzolettino e un bicchiere d'acqua per calmarsi, ma una strana sensazione la pervase. Le gambe stavano diventando molli, non la reggevano più. La stanza girava e aveva la vista offuscata. Sudava freddo, le sembrava che le mancasse il respiro. Tentò di appoggiarsi alla parete per non cadere a terra, ma non aveva forza nelle braccia. Aprì la bocca per chiamare aiuto, ma non riuscì a emettere neanche un debole suono. Poi, all'improvviso, il buio.

Nel frattempo, Ambra era andata nella sua stanza per fare una telefonata. Non trovando il cordless, andò a cercarlo dalla figlia. Aprì la porta e la trovò stramazzata sul pavimento a faccia in giù. Accanto a lei, sparsi sul tappeto, vide i brandelli delle pagine strappate del suo diario. Immediatamente, come capita solo alle mamme, intuì cos'era successo. Senza farsi prendere dal panico chiamò il marito, che la raggiunse di corsa al piano di sopra.

«Cos'è successo?».

«Ylenia è svenuta di nuovo!».

Ambra stava cercando di rialzarla da terra e di farla sdraiare sul letto con l'aiuto del marito.

«Vado a prendere i sali. Tu rimani con lei».

La donna si allontanò correndo giù per le scale.

Giorgio strinse forte al petto la figlia, ancora priva di conoscenza, e iniziò a piangere. Ogni volta era sempre peggio. Non c'era più molto tempo, bisognava sbrigarsi, trovare un cuore nuovo. Doveva salvarle la vita, anche a costo di strapparselo lui dal petto, il cuore.

«Eccomi!».

Ambra era già ritornata. Giorgio si asciugò gli occhi e si alzò dal letto per farle posto accanto alla figlia.

Ylenia non tardò a riprendersi. Quando il peggio fu passato, entrambi tirarono un sospiro di sollievo.

Ambra rimase tutta la sera nella stanza insieme alla figlia per accertarsi che non si sentisse male di nuovo e per rassicurarla. Non faceva che ripeterle che andava tutto bene e non c'era nulla di cui preoccuparsi, che doveva stare tranquilla e riposarsi. Ma in cuor suo, anche se non osava confessarlo, nutriva l'atroce sospetto che l'espressione disperata e lo strano atteggiamento del marito fossero il sintomo di una realtà ben peggiore. Aveva la sensazione che stesse per accadere qualcosa di terribile.

14.

Quel pomeriggio era davvero deciso a darsi da fare: sapeva che se solo avesse voluto, avrebbe studiato seriamente e il giorno dopo avrebbe fatto senz'altro una bella figura a scuola, in caso l'avessero interrogato.

Decise di cominciare con Diritto: le persone giuridiche.

Iniziò a leggere le prime parole: "Per persone giuridiche si intende quell'insieme...". Era solo a metà della frase e già la sua mente vagava altrove. Guardò l'ora: erano passati appena cinque minuti. Così appoggiò la testa sul tavolo ma le lancette dell'orologio facevano fatica a camminare. Poi si alzò dalla sedia e iniziò a passeggiare avanti e indietro per la stanza come un carcerato in cella. Voleva dimostrare al padre che qualcosa era cambiato, ma niente da fare: il tempo non passava, si sentiva in trappola, pronto a esplodere. Non riusciva a sedersi, la sedia gli sembrava irta di spine. Iniziò a scrivere e a disegnare a ruota libera. Oltretutto era preoccupato per la serata che lo attendeva: si chiedeva se fosse il caso di chiamare Claudio e disdire l'appuntamento, fingendo magari un raffreddore, ma sapeva bene che non gli avrebbe mai creduto, si sarebbe presentato a casa sua e l'avrebbe trascinato fuori contro la sua volontà. Era davvero in trappola.

Aveva guardato l'orologio almeno mille volte, nella speranza che la sera arrivasse presto. Se non altro, una boccata d'aria era sempre meglio che rimanere chiuso nella stanza a far finta di studiare, sprecando un sacco di tempo.

Purtroppo, come tutti gli orologi, anche il suo non mentiva. Dovettero passare diverse ore prima che il padre lo chiamasse per andare a tavola.

Quando si alzò, finito di cenare, disse che poco dopo sarebbe uscito. Ormai rassegnato, il padre non obiettò nulla. Sotto sotto il ragazzo sperava che gli negasse il permesso, almeno avrebbe avuto una buona scusa per non uscire. Ma davanti al silenzio del genitore si arrese e andò nella sua stanza a prepararsi.

Alle nove Claudio non era ancora arrivato e lui si innervosì ulteriormente, perdendo del tutto la voglia di uscire. Ormai però non poteva più tirarsi indietro, così si sdraiò sul letto ad aspettare.

Finalmente, circa mezz'ora dopo, sentì un clacson suonare proprio sotto la sua finestra. Si affacciò, sicuro di vedere Claudio, e invece vide una Peugeot 206 nuova fiammante. Rientrò dentro e tornò a sdraiarsi, ma dopo neanche cinque minuti il clacson suonò di nuovo e dall'altra stanza il padre gli urlò: «Ale, credo che ci sia Claudio!».

Il ragazzo rispose, urlando a sua volta: «No, papà, non è lui! Claudio ha una macchina vecchia, e poi non gli funziona bene il clacson!».

Ma dopo aver sentito suonare per la terza volta, anche Ale iniziò a insospettirsi, mentre il padre lo chiamò di nuovo: «Ale, vuoi venire? Ti ho detto che è Claudio!».

«Claudio? Non è possibile che sia lui. Dove l'ha recuperata quell'automobile?».

Mentre si allacciava le scarpe e si metteva il giubbotto, Ale parlava tra sé. Quando arrivò in cortile il mistero fu subito svelato. Claudio c'era, ma non al posto di guida. L'automobile era di Andrea, il compagno di scuola che aveva chiesto di uscire con loro quella sera.

«Mi sembrava troppo strano che tu avessi una macchina nuova» disse Ale a Claudio.

«Spiritoso! Dai, sali, sbrigati!».

«Allora, dove si va stasera?».

«Non lo so ancora».

Andrea mise in moto e partì.

«Ti ricordi la strada, Andrea?» chiese Claudio.

«No! È davvero molto tempo che non ci vado più».

«Ah, sì? E come mai?».

«Perché poi mi sono fidanzato, e quindi ho smesso!».

«E ora non state più insieme, tu e la tua ragazza?».

«No, ci siamo lasciati da un po'. Così ho pensato che era ora di riprendere».

«Come ti capisco!».

«Ma cosa capisci, se non sei mai stato fidanzato in vita tua...» si intromise Ale.

«Davvero?».

Andrea scoppiò a ridere, e strabuzzò gli occhi.

«Sì, davvero! Claudio non ha mai avuto una ragazza!».

«Oh, ma quand'è che ti fai gli affari tuoi? Come se tu avessi avuto centinaia di ragazze!».

Claudio si voltò per dare una sberla all'amico, ma la cintura glielo impedì.

«Vabbè, dai, in fondo non c'è nulla di male. Non hai ancora trovato quella giusta» cercò di rincuorarlo Andrea.

«Be', per lui qualsiasi ragazza sarebbe giusta, il problema è che le donne scappano davanti a lui!» rispose Ale per lui.

«Ma quanto sei stronzo, Ale? Bell'amico, davvero!».

«Ho solo detto la verità».

«Su, non litigate» intervenne Andrea. «Piuttosto, se non

sbaglio devo andare in autostrada e poi girare allo svincolo per Livorno, giusto?».

«Esatto!».

Seguì qualche minuto di silenzio, interrotto poi da Andrea: «Ehi, ma a voi che tipo di ragazze piacciono?».

«Quelle belle!» disse Ale senza pensarci un secondo.

«Spiritoso! Sempre a far battute! A me piacciono le bionde e le rosse, purché siano alte e magre. Quelle more non sono proprio il mio genere».

«Tanto bionde, more o rosse, mio caro Claudio, non ti si filano comunque».

«Ale! Ma quando la smetti? Sei stronzo forte, lo sai?».

Andrea si divertiva tantissimo a vedere quei due che battibeccavano.

«E tu invece, Andrea, come le preferisci?». Ale preferì cambiare discorso per placare l'ira dell'amico.

«A dire il vero, a me piacciono da morire quelle grasse!».

«Quelle grasse?». Ale e Claudio si guardarono sorpresi.

«Vuoi dire quelle un po' cicciottelle?».

«No, no, proprio quelle grasse grasse! E solo quelle! Mi eccitano tantissimo! Quelle magre non mi dicono nulla... non c'è niente da toccare!».

Gli altri due non risposero. Non sapevano proprio come commentare. Una cosa era certa, Andrea era davvero un tipo strano.

«Ecco, siamo allo svincolo, Andrea, svolta qui».

Percorsero qualche chilometro di strada, seguendo le indicazioni di Claudio, e ben presto raggiunsero il posto della sera precedente.

«Eccoci qui. Questo è il paradiso. Come dice la canzone: non credevi che il paradiso...». Claudio iniziò a canticchiare guardandosi intorno e nascondendosi sotto il finestrino, nel caso ci fosse il trans da cui era scappato.

«Ma queste fanno schifo! Vi porto io in un bel posto! Andiamo via da qui!».

Andrea non sembrava per nulla soddisfatto. Improvvisamente accelerò e al primo incrocio cambiò strada.

La delusione si dipinse sul volto di Claudio, mentre Ale era sempre più preoccupato.

«Ma dove vai? Potevi fermarti indietro, qui non c'è un tubo».

«Scommettiamo che ti sbagli? Vedrai che ti porto in un posto favoloso!».

«Sì, come no! Non c'è nient'altro del genere qui in città. Che palle! Torna indietro!».

«Se ti dico che c'è di meglio, fidati!».

«Ale, per favore, diglielo tu che ho ragione io» continuò Claudio rivolto all'amico.

«Lo chiedi a me? E io che ne so, scusa?».

«Uffa, mi vuoi credere?» disse Andrea.

«No!».

«Allora scommettiamo?».

«Ok, ci sto. Cosa ci giochiamo?».

Dal sedile posteriore, Ale faceva segno di no con il dito a Claudio, perché il suo sesto senso gli diceva che sarebbe andata a finire male, ma lui non aveva alcuna intenzione di dargli retta.

«La scelta della donna! Se qua nei dintorni c'è qualcosa di interessante, vinco io e scelgo per tutti. Se non c'è niente, sarai tu a sceglierla per noi!».

«Ehi! Vi ricordo che io non c'entro nulla! Io mi tiro fuori! Fate pure quello che volete, ma non consideratemi!» si affrettò a chiarire Ale.

«Ok, per me invece va benissimo. Tanto ho già la vittoria in pugno. Te ne pentirai amaramente» disse Claudio con sicurezza.

«Fossi in te, non ne sarei tanto sicuro» lo sbeffeggiò Andrea.

«Smettetela di fare i bambini! Andiamo da un'altra parte, dai! Che ci facciamo qui? Andiamo in un bel locale, no? A cercare delle ragazze come si deve!» cercò di convincerli Ale.

«E che palle! Qui l'unico bambino frignone mi sembri tu! Finiscila di lamentarti sempre, che cavolo!».

«Oh, ma che cazzo vuoi? Io non volevo venire, sei stato tu a costringermi». Ale stava iniziando a innervosirsi.

«Comunque sia, siamo arrivati!».

Andrea accostò e frettolosamente si tolse la cintura. Poi scese dall'auto. Gli altri due rimasero in macchina e lo guardarono avvicinarsi al portone di un vecchio edificio.

«Ma quella è una casa abbandonata! Che diavolo ci facciamo qua?» chiese Ale, sorpreso.

«Secondo me questo è pazzo!».

«Perché a uscire con te va a finire sempre allo stesso modo? Che gente frequenti? E perché ti do sempre retta?».

Nel frattempo Andrea, dopo essersi guardato un po' intorno, aveva dato una spinta al portone ed era entrato all'interno della vecchia abitazione, facendo cenno agli altri di scendere dall'auto.

«Anche se la scommessa era molto stupida, temo proprio che abbia vinto lui!» disse Ale dando una pacca sulla spalla a Claudio. «Auguri, amico mio!».

«Secondo te devo preoccuparmi?».

Per tutta risposta Ale scrollò le spalle, dopodiché scesero insieme dalla macchina ed entrarono nell'edificio.

15.

Con Ale al seguito, Claudio spinse il grosso portone di legno mezzo fradicio. Immediatamente un pungente odore di muffa colpì entrambi. Il locale era interamente al buio e i due ragazzi dovettero aspettare un po' prima di abituare gli occhi all'oscurità. Dopo pochi secondi una porta in fondo alla stanza si aprì e un fascio di luce si disegnò sul pavimento.

Dietro la porta c'era una scala che portava al piano inferiore. La percorsero tutta e si ritrovarono in locale popolato da meravigliose ragazze in biancheria intima. Ai lati dell'ampia camera c'erano dei divanetti sui quali gli uomini si intrattenevano con loro e nell'angolo un piccolo bar con dei tavolini.

Dalle casse arrivava una musica soft. Le lampade emettevano una tenue luce rossa che rendeva l'atmosfera ancora più calda e i proiettori appesi al soffitto disegnavano strani giochi di luce colorata alle pareti.

«Ma questa è una casa di piacere!». Ale non riusciva a credere ai propri occhi: non aveva mai visto tante belle ragazze tutte insieme in vita sua.

«Non sapevo che ce ne fossero qui! Comunque sia, aveva ragione lui, questo è il paradiso, altro che per strada!» esclamò Claudio eccitato.

Una delle ragazze si era avvicinata ad Ale e gli aveva mordicchiato un orecchio per stuzzicarlo, lasciandogli uno sbaffo di rossetto scarlatto in ricordo.

Claudio, estasiato da tanta bellezza, non sapeva davvero dove guardare.

Una donna molto sensuale, che indossava una provocante vestaglia di seta blu e probabilmente nient'altro, si era avvicinata ad Andrea sussurrandogli qualcosa all'orecchio. Poi si era diretta da Ale e Claudio e li aveva invitati ad accomodarsi in un'altra stanza per scegliere la donna che preferivano. I due ragazzi stavano per andarci, quando Andrea li trattenne.

«Ehi, e la scommessa che ho vinto? Tocca a me scegliere! E se vuoi partecipare anche tu, devi rispettare i patti!».

«Non ci penso proprio! Non mi va assolutamente di stare qui!».

«Ma sei scemo? Ti perdi un'occasione del genere?». Claudio non riusciva a comprendere il comportamento di Ale.

«Se vuoi un consiglio, amico mio, lascerei perdere. Sei sicuro di voler fare sesso, ora? A me questa situazione non stuzzica per niente».

Intanto, alcune ragazze tentavano di circuirli, li baciavano sul collo e li accarezzavano sui capelli, tutte cose a cui non erano abituati: le loro coetanee certo non si producevano in manovre così seducenti.

«Io me ne vado, se volete rimanere vi aspetto in macchina».

"Perché sono così scemo?" pensava Ale. "Perché devo trovarmi in una situazione simile? Non ho intenzione di pagare per fare l'amore! Nemmeno con una ragazza che mi piacesse arriverei a tanto".

«Io voglio andare via da qui. Non mi va l'idea di comprare sesso, scusate! In fondo, abbiamo solo diciott'anni, perlopiù appena compiuti. Se già adesso dobbiamo ricorrere alle prostitute, a quarant'anni dove andremo a finire? Siamo così disperati da dover pagare per il sesso? E porca miseria! Riesce a rimorchiare uno come Pietro "il Figo" e noi non riusciamo a fare di meglio? Comunque sia, io me ne vado. Voi fate come volete».

In effetti, dopo una breve riflessione, gli altri due sembravano già meno decisi, pur dandogli del guastafeste.

«Mi sa che stavolta hai ragione...». Claudio appoggiava Ale: «Preferisco avere una ragazza magari meno bella, ma che stia con me perché le piaccio, e non perché l'ho pagata!».

«Allora ti toccherà aspettare per l'eternità!» scoppiò a ridere Andrea, fiero della sua battuta.

Ale e Claudio, ormai pronti a uscire, vennero sbaciucchiati da altre ragazze seminude che tentavano in ogni modo di trattenerli. Alla fine anche Andrea, pur contrariato, li seguì borbottando a proposito dei tradimenti degli amici; una volta vicino alla macchina pareva essersi calmato, quando all'improvviso esplose contro gli altri due, colpevoli del fallimento della serata.

«Siete due rompiballe, ecco cosa siete, potevamo divertirci e invece eccoci qua, torniamo a casa come tre deficienti senza aver combinato nulla!». E così dicendo tirò uno spintone a Claudio, il più a portata di mano, il quale in risposta gli diede una sberla. Ale ormai era esausto, e tentava di sedare gli animi.

«La volete smettere? Litigare per una cosa del genere? È anche tardi, e domani dobbiamo andare a scuola! Piantatela, su! Secondo me abbiamo fatto benissimo a uscire... anzi, andiamocene proprio!» disse, sperando che lo ascoltassero, mettendosi in mezzo ai due litiganti, ma finendo nella traiettoria del ceffone di rimando diretto ad Andrea da Claudio. I lunghi capelli biondi di Ale ondeggiarono.

«Ora basta!!! Voglio andare a casa!» urlò incazzatissimo. «Non avete visto che ora è?».

Finalmente, dopo qualche parola di troppo, risalirono tutti in macchina, diretti a casa. Ci furono pochi minuti di silenzio, rotto da Andrea per primo.

«Ti chiedo scusa, Claudio, ho esagerato».

«Sì, picchiarsi è da ragazzini idioti» aveva risposto l'amico, «ma pazienza! Cose che capitano».

«Veramente ho preso una sberla anch'io. Ma non importa. Secondo me abbiamo fatto la cosa migliore. Non voglio pagare una ragazza per farmela, lo trovo squallido, mi sembra proprio l'ultima spiaggia. Pensateci e mi darete ragione. Anzi Clà, mi devi anche ringraziare: dopo aver scoperto i gusti "grassosi" di Andrea, non riesco nemmeno a immaginare il peso massimo che ti avrebbe rifilato».

Erano arrivati a casa tardissimo e Ale aveva dato prova di tutta la sua abilità nel rientrare senza farsi sentire dal padre, dopodiché si era gettato stremato sul letto, addormentandosi quasi subito, nonostante l'adrenalina che ancora gli circolava nel sangue.

16.

Il giorno dopo, come ogni mattina, alle sette e un quarto la sveglia di Ale iniziò a suonare, ma il ragazzo, troppo stanco e troppo scosso dagli avvenimenti della sera precedente, la spense e continuò a dormire. Fortunatamente, un quarto d'ora dopo circa fu svegliato dal rumore del martello pneumatico di alcuni operai che lavoravano vicino a casa. Infastidito, Ale prese la sveglia per controllare che ora fosse, convinto che non avesse ancora suonato. Non appena si accorse che erano le sette e mezzo passate, con un balzo saltò giù dal letto, si vestì di corsa e senza pettinarsi e lavarsi la faccia afferrò lo zaino e uscì di casa, correndo verso la scuola. Ormai era inutile aspettare l'autobus, avrebbe fatto ancora più tardi.

Per tutto il tragitto fu tormentato dalla sensazione di aver dimenticato qualcosa, ma per quanto si sforzasse non riusciva davvero a ricordare cosa fosse. "Quaderni, libri, soldi, ho preso tutto, cosa mi sarò dimenticato?".

Quando finalmente arrivò a scuola era già abbastanza in ritardo. Notò che i suoi compagni di classe non erano in corridoio. Di certo erano entrati in aula, dunque il professore era già arrivato.

Quasi fosse diventata un'abitudine, quella mattina tutti i ragazzi nei corridoi lo guardavano e ridevano di lui, proprio come era accaduto due giorni prima a Claudio.

Ne immaginò subito il motivo e imprecò tra sé e sé: "Lo sapevo! Lo sapevo! Quel bastardo di Andrea avrà raccontato in giro chissà cosa, anche se non abbiamo combinato nulla! Basta, io con Claudio ho chiuso! Non uscirò mai più con lui e quei deficienti dei suoi amici". Mentre si lamentava, tenendo la testa bassa per l'umiliazione e senza trovare il coraggio di guardare in faccia nessuno, era arrivato davanti alla porta della sua aula. Nella totale confusione entrò senza bussare.

Appena aprì la porta e alzò lo sguardo tutti scoppiarono a ridere. Il professore, senza neanche guardarlo, lo rimproverò con un tono arrabbiato: «Cutrò, sei sempre il solito! Non ti hanno insegnato a bussare?».

Ale abbassò nuovamente la testa. Ancora più umiliato, si scusò e andò a sedersi al suo posto. Notò però che il banco di Andrea era vuoto. Si chiese allora come mai, se lui non era arrivato, tutti sapessero già della loro avventura della sera precedente. Gli fu subito chiaro il nome del colpevole.

"Claudio..." pensò, "dev'essere stato per forza lui".

Sempre più confuso, Ale si girò immediatamente verso il banco di Claudio. La sorpresa fu grande quando vide che anche il suo era vuoto. "Ma che diavolo sta succedendo?" si chiese, senza riuscire a trovare una spiegazione.

Nel frattempo il professore aveva iniziato a fare l'appello, e proprio quando stava per segnare l'assenza di Claudio si sentì bussare e quest'ultimo entrò esclamando: «Presente, prof!».

Il professore, sempre in collera, rimproverò anche lui: «A te invece hanno insegnato a bussare, ma non ad aspettare che ti diano il permesso prima di aprire. Non so davvero chi sia peggio di voi due, se tu o il tuo amico Cutrò! E poi, mi vuoi spiegare come mai sei in ritardo anche oggi?».

«Mi scusi professore, mio padre stava male...».

«Certo, come no! Ogni giorno una scusa nuova! Vatti a sedere, va'!».

Claudio andò a sedersi al suo banco, come al solito mezzo addormentato, e Ale lo chiamò a voce bassa per non farsi sentire dal professore. Appena il ragazzo si girò verso di lui, lo guardò e scoppiò a ridere.

«Ridi, ridi pure... Cosa credi, che non abbia capito?» sbottò Ale offeso. «Hai raccontato a tutti che ieri sera siamo andati in quella casa di prostitute, senza dire che però non abbiamo combinato niente!».

In quel momento l'intera classe cadde in un silenzio irreale. Anche il professore smise di fare l'appello. Tutti si voltarono a guardare Ale e Claudio. Quest'ultimo, nel più totale imbarazzo, se la prese con l'amico: «Ale, ma sei scemo? Ma ti sei guardato allo specchio stamattina? Hai visto come sei conciato?».

«Hai anche il coraggio di cambiare discorso?» disse Ale con evidente irritazione.

«Ale, guardati allo specchio per favore!».

Una sua compagna gli porse il suo specchietto per il trucco. Ale aprì il piccolo astuccio bianco e quando vide la sua immagine riflessa avrebbe voluto farsi risucchiare da un vortice e sprofondare al centro della terra. Aveva ancora i capelli scombinati dalla sera prima, tutti per aria e appiccicaticci per via dei rimasugli di gel, ma la cosa peggiore era la faccia, cosparsa di tracce di rossetto e di trucco nero. Il collo poi era pieno di graffi e segni rossi.

Lasciando cadere lo specchietto per terra, con il volto in fiamme per la vergogna, senza nemmeno chiedere il permesso, corse in bagno per darsi una sistemata. "Ecco cosa mi sono scordato di fare stamattina! Non mi sono lavato la faccia e non mi sono sistemato i capelli! Ieri sera ero troppo distrutto per farlo, e adesso... Non ci posso credere, non ci posso credere! Che coglione! Per giunta, ora tutti sanno che ieri sera siamo andati là dalle prostitute! Che figura di merda!".

Mentre correva per il corridoio cercava di tenere la testa bassa coprendosi come meglio poteva i capelli. Non si accorse che nella direzione opposta stava camminando una splendida ragazza, alta, mora e con gli occhi verdi. Vedendolo arrivare come una furia, questa tentò di spostarsi, ma inutilmente. Lui la investì in pieno, cadendole addosso con tutto il suo peso.

I due ragazzi si ritrovarono faccia a faccia sul pavimento, con i visi vicinissimi e gli occhi negli occhi, imbarazzati, senza sapere bene che dire. Lui la guardò con sorpresa. "Che creatura meravigliosa" pensò. "Un angelo caduto dal cielo!". La ragazza non era dello stesso avviso, anzi, sembrava infastidita e un po' intimorita da quella situazione imbarazzante. Lo spostò con le braccia ed esclamò: «Ahi! Mi stai facendo male!».

Estasiato dalla sua bellezza, Ale non si era reso conto di esserle addosso con tutto il suo peso. Si alzò immediatamente, si scusò e l'aiutò a rimettersi in piedi, cercando di sistemarle il vestito elegante, tutto sgualcito per via della caduta.

«Scusami, sai dove si trova l'ufficio del preside?» gli chiese Ylenia senza riuscire a celare lo stupore per lo strano aspetto del ragazzo.

Ale si ricordò di colpo di com'era conciato e senza rispondere scappò via, continuando a ripetersi:

"Che figura di merda! Anzi, doppia figura in meno di un'ora! Che giornataccia!".

Rimasta sola nel corridoio, Ylenia continuò a osservare per qualche secondo quel buffo ragazzo finché non lo vide scomparire in bagno, dopo aver quasi rischiato di sbattere contro lo spigolo della porta.

«Che strana gente!» esclamò, riprendendo la sua ricerca.

Intanto, davanti allo specchio, Ale stava cercando di eliminare le tracce di trucco, ma non era una cosa semplice. Più si passava le mani bagnate sulla faccia, più gli sbaffi neri si scioglievano facendolo somigliare a un mascherone di Carnevale. Alla fine infilò direttamente la testa sotto l'acqua, ma era ghiacciata, e alzandola d'istinto andò a sbattere la nuca contro il rubinetto. L'acqua schizzò ovunque, bagnandogli anche il maglione. A quel punto il povero Ale iniziò a urlare per nervosismo, umiliazione e rabbia. Le sue grida arrivarono fino alle orecchie di Ylenia, che nel frattempo era riuscita a trovare l'ufficio del preside.

Sempre più sorpresa, la ragazza pensò che fosse davvero un tipo strano, simpatico però, di certo uno con cui non ti puoi annoiare. Senza esitare, bussò alla porta e il preside la invitò a entrare.

«La signorina Luciani, se non sbaglio. La prego, si accomodi, la stavo aspettando!».

Ylenia ringraziò educatamente e si sedette alla scrivania, scusandosi per il leggero ritardo.

«Non riuscivo a trovare il suo ufficio!».

«Non si preoccupi, signorina, nessun problema. Suo padre mi ha già parlato del vostro trasferimento. Mi dispiace molto che lei non abbia potuto frequentare gli ultimi mesi di scuola nel suo vecchio liceo, ma sono certo che si troverà benissimo anche qui. Nei primi giorni potrà farsi aiutare da qualcuno per mettersi in pari con il programma svolto finora. Sono sicuro che non troverà grosse difficoltà: ha studiato in un istituto privato italiano prestigioso e con ottimi risultati, a quanto mi è stato detto da suo padre».

«Ne sono certa anch'io. Amo la cultura italiana e i miei genitori mi hanno sempre parlato del nostro Paese d'origine: sono venuta molte volte qui con la mente!» rispose Ylenia sorridendo contenta.

«Perfetto! Allora non mi rimane che augurarle un sereno fine anno nella sua nuova scuola! Spero proprio che si trovi bene. E mi raccomando, se dovesse aver bisogno di qualcosa, venga da me, sono a sua disposizione».

«La ringrazio, signor preside, troppo gentile».

«Si figuri! Dovere!».

Il preside si alzò dal suo posto, si avvicinò a Ylenia e le strinse la mano.

«Ora andiamo, l'accompagno in aula, così potrò presentarle la sua nuova classe».

Ylenia annuì, poi uscì dalla stanza accompagnata dal preside. Attraversando quei lunghi corridoi era piuttosto emozionata: chissà come sarebbero stati i nuovi insegnanti, i nuovi compagni, i nuovi amici. Chissà se sarebbe andato tutto bene! Di lì a poco l'avrebbe scoperto...

17.

Dopo essersi dato una sistemata, Ale era rientrato in classe. La sorpresa di Ylenia fu grande quando il preside la presentò ai nuovi compagni: tra i banchi, infatti, neanche a farlo apposta, aveva trovato quel buffo ragazzo biondo, alto e un po' troppo magro per i suoi gusti, senza più addosso quegli sbaffi di trucco e ora con i capelli più o meno pettinati. Ma di certo fu più grande la felicità di Ale: il preside stava presentando la stessa ragazza che aveva travolto in corridoio poco prima, l'angelo dagli occhi di fata.

Mentre tutti ascoltavano il discorso del preside, Ale fece un cenno a Claudio per fargli notare quanto era bella la nuova compagna. In risposta lui fece un fischio di compiacimento, che non solo arrivò alle orecchie di Ylenia, facendola arrossire, ma anche a quelle del professore e del preside. L'insegnante mandò immediatamente Claudio fuori dalla classe e solo dopo che fu uscito il preside riprese il suo discorso: «Mi raccomando ragazzi, cercate di farla sentire come se fosse a casa sua. Non vogliamo assolutamente che si debba pentire del suo trasferimento in Italia...».

Ale colse la frase come se fosse stata rivolta proprio a lui. Provvide subito ad architettare un piano per prendersi cura della nuova arrivata. La posizione sembrava ottimale: era seduto nell'ultima fila, vicino alla finestra, e nel posto accanto al suo c'era Claudio, mentre il banco a fianco era vuoto. A sinistra c'era il banco di una ragazza di nome Gilda.

Il professore invitò Ylenia a sedersi nel posto vuoto tra Claudio e Gilda, ma Ale, velocemente, approfittando del momento di distrazione in cui il preside salutava la classe, prese lo zaino e le cose dell'amico e le spostò nell'altro banco per far sì che la nuova arrivata si sedesse accanto a lui. La ragazza, che aveva notato la manovra, capì subito il motivo di quel gesto e ne fu leggermente infastidita: avrebbe preferito sedersi vicino alla compagna con la faccia simpatica piuttosto che in mezzo a quei due, che senza dubbio avevano intenzioni poco nobili nei suoi confronti. Così, rivolta ad Ale, esclamò: «Ma questo non dovrebbe essere il banco del ragazzo che è stato mandato fuori?».

Al che Ale, prontamente, inventò una scusa.

«Be', sai, lui è un nomade. Si siede un po' qua un po' là. Il suo vero posto, in realtà, è nell'altro banco ancora» rispose sfoggiando uno dei suoi sorrisi migliori.

Non sapendo bene se insistere, Ylenia si sedette nell'unico posto vuoto, un po' perplessa. Alla fine si convinse che quello di Ale era stato solo un gesto innocente e poco dopo ricambiò il sorriso.

Quando si fu sistemata e il preside ebbe lasciato la classe, il professore riprese la lezione. E Ale ricominciò a sudare. Prima dell'arrivo di Ylenia, infatti, l'insegnante gli aveva chiesto di fare un piccolo riassunto di quel che avevano studiato nelle lezioni precedenti e lui, che non ne aveva la minima idea, l'aveva scampata grazie alla tempestiva interruzione. Adesso, se il prof se ne fosse ricordato, nulla avrebbe più potuto salvarlo.

«Allora, dove eravamo arrivati? Ah, sì! Cutrò, se non sbaglio stavi per fare un intervento. Forza, allora, fallo adesso che c'è una nuova compagna di classe. Spiegale un po' cosa abbiamo studiato finora...».

Ale impallidì, non voleva inanellare l'ennesima brutta figura, la terza della mattinata. Si alzò pian piano, senza sapere cosa dire o fare, quando fortunatamente il professore cambiò idea.

«No no, aspetta, siediti. Ci ho ripensato!».

E così dicendo si diresse verso la porta e la aprì, facendo segno a Claudio di rientrare in aula. Ale tirò un sospiro di sollievo: anche per questa volta era salvo.

Claudio si diresse al suo banco, ma lo trovò occupato da Ylenia. Si voltò verso Ale, che gli indicò con un dito il posto accanto. Stava per chiedere spiegazioni quando il professore intervenne: «Insomma, ti vuoi sedere? Non perdere tempo a scherzare con Cutrò! Piuttosto, visto che poco fa hai fatto vedere a tutti quanto sei bravo a fischiare, vorrei che ora dimostrassi a Luciani il tuo talento nei riepiloghi. Comincia a spiegare, poi lasceremo continuare il tuo amico...».

Ale aveva cantato vittoria troppo presto: per un attimo si era sentito fuori pericolo, ma ora sudava di nuovo freddo. Claudio tentò di prendere tempo, poi attaccò, con grande imbarazzo: «Allora, dunque... se non sbaglio, sì: nell'ultima lezione avevamo detto che, ecco, mi pare che...».

«Allora, hai studiato o no?» lo interruppe il professore spazientito.

Claudio stava per inventarsi qualche scusa, ma la fortuna gli venne in soccorso: proprio in quel momento si sentì bussare alla porta e una bidella entrò per dire che c'era una telefonata per il professore. Questi uscì, rimanendo assente dall'aula per buona parte della lezione.

Ylenia ne approfittò per fare conoscenza con le nuove compagne che si riunirono tutte intorno al suo banco. Ale ne fu deluso, perché avrebbe voluto scambiare quattro chiacchiere con lei e magari scusarsi per l'episodio in corridoio. Claudio invece sperava che la campanella suonasse prima del rientro del professore, ma purtroppo non andò così. Anzi, proprio dieci minuti prima della fine dell'ora, il prof si ripresentò in aula.

«Allora, Claudio!» esclamò ancora sulla porta, dopo essersi scusato per l'assenza. «Cosa stavamo dicendo? Ti sei preparato o no?».

«Ehm, veramente io ho studiato, è solo che in questo momento ho un vuoto di memoria!».

«Capisco! Vediamo un po'... Luciani, nella sua vecchia scuola avevate già iniziato a studiare Giacomo Leopardi?».

Ylenia annuì e si alzò in piedi. Il professore le chiese a che punto fossero arrivati e lei iniziò a esporre brillantemente la parte di programma già svolto, ringraziando mentalmente suo padre per averle dato l'opportunità di frequentare un'ottima scuola.

Ale ne approfittò per guardarla bene, si soffermò sulla scioltezza dei movimenti, la perfezione del profilo, il viso delicato, la voce melodiosa e soprattutto quel suo accento straniero che la rendeva ancora più carina. Quando la ragazza ebbe finito, si sedette nuovamente al suo posto e il professore tornò a chiedere a Claudio di esporre qualcosa. Ancora una volta il ragazzo tentò di temporeggiare e alla fine il professore gli segnò l'impreparazione sul registro.

Stava per rivolgersi ad Ale quando la campanella suonò, decretando la fine dell'ora.

Claudio se la prese a male: «E che palle! Proprio ora dovevi suonare... due minuti fa no, vero?», mentre Ale rideva sotto i baffi per il pericolo scampato.

La mattinata proseguì allegramente. Ylenia si presentò a tutti i professori, spiegò a ognuno il motivo del suo trasferimento, il punto del programma a cui era arrivata, i libri di testo utilizzati e gli argomenti ancora da svolgere.

Alla fine delle lezioni Ale, di solito il primo a scappare via insieme a Claudio, attese che Ylenia prendesse tutte le sue cose per poterla accompagnare lungo il corridoio. Non appena la ragazza fu fuori dalla classe, si alzò per raggiungerla, come se fosse una cosa del tutto casuale. Aveva già il piede fuori dalla porta, quando il professore dell'ultima ora lo trattenne per fargli la ramanzina e ricordargli che restavano ormai pochi mesi alla fine dell'anno scolastico ed era il caso che iniziasse a darsi da fare. Quando finalmente l'insegnante lo lasciò andare, Ale si mise a correre per i corridoi nella speranza di trovarla ancora fuori, ma non c'era più traccia di lei. Arrabbiato con il prof che gli aveva fatto perdere tempo, diede un calcio a un cestino della spazzatura vicino al portone d'entrata, rovesciandone il contenuto.

Attraverso i vetri della porta d'ingresso, Ale si accorse dell'arrivo del preside accompagnato dal suo professore di italiano, e pensò bene di raccogliere la spazzatura sparpagliata sul pavimento. Quando il preside lo trovò inginocchiato a terra a riporre l'immondizia nel cestino, ne fu meravigliato e gli chiese: «Cutrò, ma che stai facendo?».

«Chi, io?».

«Sì, certo! Quanti Cutrò ci sono? Si può sapere che stai combinando?».

«Io, be'... ho visto che c'era della spazzatura a terra, e ho pensato di raccoglierla! Così, per dare una mano».

Il preside si complimentò con lui: «Sei proprio un bravo ragazzo! Bravo, mio caro! Proprio un modello da seguire!».

«Sì, come no! Proprio un modello da seguire!» ripeté ironicamente il prof.

«Terremo conto della sua buona volontà, giusto professore?» riprese il preside.

«Senz'altro!» rispose questi, con una faccia che non prometteva nulla di buono. In verità per Ale quell'affermazione suonò più come una minaccia che altro.

Immaginò che presto l'avrebbero messo a pulire i bagni della scuola, vista la sua buona volontà, e comunque era certo che quel professore, con il quale lui non aveva mai avuto un buon feeling, avrebbe messo a rischio la sua ammissione agli esami di stato.

Aveva appena finito di rimettere a posto la spazzatura quando inavvertitamente diede un nuovo calcio al cestino, rovesciandone ancora una volta il contenuto, questa volta facendo rotolare il secchio lungo il corridoio.

Si voltò per controllare che i due se ne fossero già andati, ed ebbe una lieta sorpresa: alle sue spalle infatti c'era Ylenia che gli sorrideva.

«Un po' nervosetto, eh?».

Ale sorrise, imbarazzato, grattandosi la testa senza sapere cosa dire. Si sentiva un perfetto idiota, non gliene era andata giusta una quella mattina. Come se non bastasse, la ragazza aggiunse: «Ti ho visto correre per il corridoio come un pazzo, poco fa. Non è una buona abitudine, sai. Rischi di far del male a qualcuno. Dai, ti aiuto a raccogliere la spazzatura...».

Ammaliato dal suo sorriso, Ale pensò che non avrebbe mai permesso a quelle mani delicate di sporcarsi e rifiutò educatamente il suo aiuto.

«No, lascia stare, davvero! Ci penso io, ci vuole un attimo. In realtà stavo cercando di uccidere uno strano insetto che si era nascosto sotto il secchio...».

Ylenia gli rivolse un'occhiata di rimprovero, come per fargli capire che non era certo il tipo da farsi prendere in giro. Ale, ancora più imbarazzato, tentò di cambiare discorso.

«Come mai sei ancora qua? Pensavo fossi già andata».

«Mi sono fermata a parlare in corridoio con le nostre compagne di classe. Sono molto simpatiche. E poi aspetto che venga mio padre a prendermi».

«Bene. E cosa ti hanno detto di bello?».

Nonostante tutto, Ale era felice di essere riuscito a scambiare qualche parola con lei.

«A dire il vero mi hanno raccomandato di stare attenta a te e al tuo amico Claudio! Dicono che avete strane abitudini, ma non so bene a cosa si riferissero».

Ylenia scoppiò a ridere, divertita dalla situazione e dal chiaro imbarazzo di Ale, che diventò di mille colori per la vergogna. Non sapendo cosa dire a sua discolpa, cambiò ancora discorso.

«Comunque io volevo scusarmi per l'incidente di stamattina. Spero di non averti fatto male».

«Oh, no, assolutamente! Figurati! Nulla di così terribile! Però non mi hai ancora detto come ti chiami».

«Perdonami, hai ragione».

Alzandosi da terra si pulì la mano destra sui jeans, all'altezza della coscia, e gliela porse esclamando: «Io sono Ale!».

Ylenia lo guardò dubbiosa, senza ricambiare il saluto, e il ragazzo, colpito da quell'atteggiamento, abbassò lo sguardo sulla sua mano e la ritirò subito perché si accorse di avere la carta di una merendina attaccata alle dita. Era destino che quella giornata fosse costellata da pessime figure!

Ylenia rise nuovamente di gusto.

«Ma sai che sei proprio buffo? Io invece mi chiamo...».

«Ylenia!» la anticipò lui.

«Esatto. Dopo tutte le volte che mi sono presentata in classe ai professori, non è difficile ricordarlo!». Fece una piccola pausa e riprese: «Aspetta un attimo! Esco fuori a vedere se è arrivato mio padre».

Ale la guardò allontanarsi e ne approfittò per ammucchiare tutta la spazzatura in un angolo con i piedi. La seguì poi fuori dalla scuola fino all'altro lato della strada. Quando le fu accanto notò nuovamente quel distinto signore che il giorno prima aveva chiesto informazioni a lui e a Claudio in corridoio.

«Chissà chi sarà quel riccone?» disse spavaldo, cercando di essere spiritoso. «Quasi quasi vado a chiedergli se ha una figlia da concedermi in sposa!».

Ylenia sorrise: «E se fosse brutta?».

«Be', se fosse brutta non la vorrei. Dovrebbe avere un tipo di bellezza un po' speciale: mora, alta, con gli occhi verdi, un bel fisico...» e così dicendo la guardò intensamente negli occhi, per farle capire che era la sua bellezza che gli interessava.

A disagio, lei abbassò lo sguardo, arrossì e non rispose nulla.

Ale pensò che, quando era imbarazzata, Ylenia diventava ancora più carina. «E tu? Qual è il tuo ragazzo ideale?» le chiese per distrarla da sé.

«Io non ho un ragazzo ideale. A me basta che mi ami e mi rispetti, che non mi tradisca e mi faccia sentire unica».

«Dici poco!».

«Credo che sia il minimo che si debba pretendere dal proprio ragazzo, se si vuole che la storia funzioni, ma ormai non è più un mio problema!».

Ale notò che aveva pronunciato quelle parole con un'espressione triste, e immaginò che dietro ci fosse qualche delusione d'amore.

«E cosa ne pensi di uno tutto scombinato che t'investe nei corridoi della scuola?».

Lei abbassò nuovamente lo sguardo e arrossì. Avrebbe potuto dirgli la verità, ma preferì essere gentile.

«Molto carino!».

«Dai, non prendermi in giro!».

«No, davvero! Eri molto carino...» continuò a mentire lei, senza alzare lo sguardo, un po' infastidita.

«Vuoi dire che adesso non lo sono più?».

Ale si avvicinò a lei. Era come ipnotizzato e rapito dalla sua bellezza e, anche se si rendeva conto di spingersi un po' troppo in là, non riusciva a farne a meno.

Lusingata, ma al tempo stesso indispettita e confusa dalle sue avances, Ylenia si allontanò di colpo, senza nemmeno salutarlo.

«Ma dove vai?».

«Devo andare, ci vediamo domani!» gli urlò senza neanche voltarsi, mentre camminava sul marciapiede.

«Sì, ma dove vai? Tuo padre non è ancora arrivato!».

Ale si mosse per seguirla, ma fu bloccato dalla sua risposta.

«Ti sbagli, è qui!».

«Dove?» chiese il ragazzo guardandosi intorno, ma Ylenia non poté sentirlo perché era già entrata a bordo della Mercedes di quel distinto signore che adesso stava salutando con un bacio sulla guancia.

«Non ci posso credere! Che giornata! L'ennesima figuraccia! Non posso credere che quello sia suo padre! Perché non tengo mai la bocca chiusa?».

18.

«Tesoro, com'è andato il tuo primo giorno di scuola?» gridò Ambra dalla cucina, sentendo rientrare marito e figlia.

Ylenia aspettò di aver raggiunto la madre per rispondere e fu contentissima di trovare Virginia che stava aiutando a preparare il pranzo.

«E tu che ci fai qui?» chiese, baciando sulla guancia prima lei e poi la mamma.

«Ero venuta per sapere come ti sei trovata a scuola, ma quando sono arrivata non c'eri ancora, e sono stata invitata qui a pranzo. Mio fratello è di servizio, dunque sarei sola a casa. Tua madre è stata molto gentile».

«Fantastico, sono contenta! Ho un sacco di cose da raccontarti! Mmmh, che profumino! Cosa state preparando di buono?».

«È una sorpresa, una ricetta di Virginia. Va' a lavarti le mani che siamo quasi pronte!».

«Vado subito!» rispose Ylenia correndo per il corridoio. Dopo pochi minuti ritornò, felice di quell'atmosfera familiare e accogliente.

«Mamma, come ti trovi in una casa così grande?» le domandò. «Non sarà stato facile sistemare tutto...».

«È stata dura, ma alla fine, anche grazie all'aiuto del personale che il signor Malton ci ha messo a disposizione, me la sono cavata in breve. Ho quasi finito. E tu invece? Ci racconti della scuola?».

«Io, niente, tutto a posto. La scuola è bella, il preside è molto gentile e disponibile, i programmi bene o male uguali ai miei, e poi i compagni sono simpatici...».

«Hai già fatto amicizia con qualcuno?» chiese Virginia, cercando di non farsi sentire dalla signora Luciani.

«Be', sì, un tipo strano. Si chiama Ale, mi pare. Ma non mi sembra molto serio. Ha l'aria di essere uno spaccone rubacuori che pensa solo a quello» bisbigliò Ylenia.

«Non credo che faccia per te!».

«Finitela voi due, sempre a parlare di ragazzi!» le rimproverò bonariamente la madre. «Forza, datemi una mano a portare i piatti a tavola!».

Finito di mangiare le due ragazze aiutarono a sparecchiare e a rimettere a posto, poi si chiusero nella stanza di Ylenia per chiacchierare un po' in tranquillità.

«Allora, mi dicevi di questo Ale...».

«Ale?!? Ah, sì, il mio compagno di classe. Be', è carino, per carità, è molto carino... ma ho avuto l'impressione che ci stesse già provando. E non mi conosce neanche! Ti lascio immaginare il tipo». Al ricordo della mattinata, Ylenia rise di gusto e accese lo stereo.

«Te lo faccio conoscere io un ragazzo simpatico, uno giusto per te!» le disse sorridendo Virginia.

«No grazie, per il momento non ne ho proprio voglia! Ho chiuso con l'amore, non voglio più sentir parlare di ragazzi per almeno un anno. Anzi, ritieniti fortunata che ti concedo la mia amicizia...».

«Addirittura! Ma dove sono finiti tutto l'entusiasmo e il romanticismo di ieri? Mi fai preoccupare».

«Guarda un po' dove, lì dentro». Ylenia indicò il cestino della spazzatura con le pagine strappate del suo diario. «Lì dentro, insieme a tutto ciò che riguarda quello stronzo! E bella amica, la cara Ashley! Avevi ragione tu, sottoscrivo: sono tutti bastardi i maschi!».

«Ma cosa ti è successo per cambiare idea così all'improvviso? E poi, chi è Ashley?».

«Lascia perdere, guarda...».

«No, dai, dimmi... Come facciamo a diventare amiche se non mi racconti quello che ti succede?».

«Vuoi sapere cos'è successo? Niente di particolare. Semplicemente, ieri ho chiamato Ashley, ovvero la mia ex migliore amica, e mi ha detto che da mesi andava a letto con il mio ragazzo. Ecco cosa è successo».

«Che schifo!!! E te l'ha detto adesso?».

Ylenia annuì.

«E lui?».

«Lui? Non esiste più, morto e sepolto».

«Immagino! Comunque non intendevo questo. Come si è giustificato?».

«Non ha detto una parola, non ha avuto nemmeno il coraggio di farsi sentire».

«Che bastardo! E che stronza lei!».

«Guarda, non me ne frega più niente, non ci voglio nemmeno pensare. Ormai è un capitolo chiuso, da oggi si volta pagina».

«Giustissimo! Mi dispiace un sacco e credo di poterti capire, è dura da mandar giù, lo so bene».

Si abbracciarono strette, cercando e offrendo sostegno. Ylenia versò qualche lacrima e l'amica rimase in silenzio, dandole il tempo di sfogarsi. Poi, quando si fu calmata, Virginia pensò che fosse meglio cambiare discorso.

«So che non c'entra niente, ma parli bene l'italiano, come mai?».

«Semplice, al di là del fatto che io e la mia famiglia siamo di nazionalità italiana, mio padre ha sempre insistito perché lo parlassimo in casa e lo studiassi a scuola. È convinto dell'importanza di non dimenticare le proprie origini».

«Capisco! Anche se l'accento straniero si sente molto, penso che presto acquisirai quello toscano. Sarà divertente sentirti parlare con la "c" aspirata! Pensate di fermarvi molto qui in Italia?».

«Sinceramente non ne ho idea, dipende tutto da mio padre e dal suo lavoro. Però sai, non mi dispiacerebbe tornare a Bogotà, almeno per spaccare la faccia a certa gente!».

«Basta parlare di loro adesso, ti fai soltanto del male».

«Ma come faccio? È più forte di me, non riesco a non pensarci». Ylenia alzò le spalle.

«Ti capisco... solo il tempo può curare certe ferite. So che è una frase fatta, ma temo sia la verità».

«Allora spero che quest'anno finisca presto, perché è davvero iniziato male».

«Adesso non esagerare, non è necessario così tanto tempo. Vedrai che già al momento del diploma tutta questa storia sarà solo un ricordo lontano».

«Spero che tu abbia ragione».

«Mi è venuta un'idea fantastica... sai qual è il modo migliore per dimenticare?».

Ylenia scosse la testa.

«Del sano shopping terapeutico! Che ne dici? Andiamo in centro a girare per negozi, vedrai che dimenticherai qualsiasi dispiacere!».

«Sìììììììììì!». Ylenia iniziò a saltellare per la stanza: «Che idea fantastica, mi ci vuole proprio!!! Vado subito da mio padre a chiedergli la carta di credito! Speriamo che ci accompagni!».

Così dicendo corse giù per le scale, seguita da Virginia, felice di essere riuscita a tirar su il morale alla sua nuova amica.

19.

Ale non riusciva a togliersi dalla testa il viso di Ylenia e non sapeva come rimediare alle figuracce. Era quasi arrivato a casa, quando gli venne un'idea. Scese alla prima fermata dell'autobus e ritornò verso la scuola, correndo come un pazzo. Raggiunse il cancello del liceo nel momento in cui i bidelli stavano uscendo. Con il fiatone e la milza che gli faceva male per lo sforzo, si rivolse a uno di loro.

«È già andato via Roberto, il segretario?».

Il bidello non lo sapeva e gli consigliò di andare a vedere, ma era il caso di sbrigarsi, altrimenti l'avrebbero chiuso dentro l'edificio. Ale fece l'ennesima corsa su per le scale, rischiando di rompersi l'osso del collo, ma riuscì a fermare il segretario, un uomo basso, sulla sessantina, che stava uscendo dall'ufficio per andare a casa a pranzo.

«Roberto, Roberto, ho bisogno di te, per favore, è un'emergenza!».

«Che c'è? Cosa è successo? È davvero così importante? Perché io stavo per chiudere, è tardi ormai». L'anziano signore sembrava un po' scocciato.

«È questione di vita o di morte!» esagerò lui, facendo preoccupare Roberto, che attese che il ragazzo si calmasse e riprendesse fiato.

«Alessandro, non dirmi che ti sei cacciato in qualche guaio come al solito!» esclamò spazientito.

Ale aveva davvero corso troppo, gli stava esplodendo la milza e aveva la gola secca. Non riusciva a parlare, disse solo, tra un respiro e l'altro: «Ho bisogno di...».

«Di cosa hai bisogno, di un permesso di uscita anticipata? Non se ne parla, questa settimana me l'hai chiesto già quattro volte».

Ale, che ancora non si era ripreso, gli fece segno di no con il dito, e l'altro riprese: «Vuoi un permesso di entrata posticipata per domani?».

Ale gli fece di nuovo segno di no.

«Ma insomma, si può sapere cosa vuoi?».

«Hai presente quella ragazza che è arrivata oggi?» riuscì finalmente a dire, ancora con il fiatone.

«Sì, e quindi?».

«Mi servirebbe il suo numero di telefono...».

«E ti pare che vado a chiedere il numero a una ragazza che ha quarant'anni meno di me?».

«Ma no, che dici! Il numero dovrebbe essere segnato nei documenti della scuola... mica nella tua agenda personale!».

«Già, è vero, ma sono dati personali, ragazzo mio, non posso darteli. Rischio la galera, c'è la legge sulla privacy, come faccio, non posso!».

Ale allora giunse le mani a mo' di preghiera e con un'espressione compassionevole iniziò a supplicarlo: «Ti preeeeeego! Ti scongiuuuuuro! È troppo importante per me, per favore, devo assolutamente chiamarla...».

«Ma non puoi chiederlo direttamente a lei quando la vedi?».

Ale ci pensò un po' su: in effetti poteva, ma significava aspettare fino all'indomani, e lui aveva proprio necessità di sentirla quel giorno stesso.

«Per favore, prometto che non ti chiederò più nulla per tutto il resto dell'anno».

«Sì, come no! E ti aspetti anche che ci creda! Ma per favore! Certo che deve piacerti proprio tanto questa ragazza, eh?» disse il segretario scoppiando a ridere.

Ale annuì, cercando di impietosirlo, e Roberto, in nome dell'amore, si lasciò convincere.

«E va bene! Ma non dire a nessuno come hai avuto questo numero o passerò dei guai, spero te ne renda conto».

Felicissimo, Ale giurò che si sarebbe portato il segreto nella tomba e aiutò il simpatico Roberto a cercare il numero in archivio. Quando finalmente lo trovarono, ringraziò calorosamente e tornò a casa con il suo piccolo tesoro in tasca.

Passò tutto il pomeriggio davanti al telefono, senza trovare il coraggio di chiamare. Ogni volta componeva il numero tranne l'ultima cifra e riattaccava, oppure lo componeva per intero, la chiamata partiva e lui riattaccava non appena udiva squillare.

Si sentiva uno sciocco e timido ragazzino delle medie. Non gli era mai capitata una cosa del genere e certo non si era mai fatto tutti questi problemi per telefonare a una ragazza. Capì che gli stava succedendo qualcosa di strano, qualcosa di molto bello, che gli toglieva l'appetito e non gli permetteva di pensare ad altro.

Quando finalmente si decise, era già quasi ora di cena. Rispose Ambra Luciani.

«Pronto?».

«Pronto, famiglia Luciani?».

«Sì, chi è?».

«Salve, sono un compagno di scuola di Ylenia, mi chiamo Ale. Posso parlare con lei?».

«Mi dispiace, ma adesso non è in casa! Se vuoi puoi lasciarmi il tuo recapito, così ti faccio richiamare quando rientra, oppure, se è urgente, ti lascio il suo numero di cellulare».

«No, non si preoccupi, non è necessario...».

«Vuoi lasciare detto a me, così poi le riferisco?».

«No, no, davvero, non volevo dirle nulla d'importante. Avevo chiamato solo per sapere come stava, che faceva, tutto qui...».

«Aaaaah, capisco! Be', allora le dirò che hai chiamato, ok?».

«D'accordo, grazie mille signora, e mi scusi tanto per il disturbo!».

«Ma che disturbo... figurati! Allora ciao!».

«Arrivederla...».

L'eccitazione di Ale si tramutò immediatamente in una grandissima delusione. Non sapendo che fare, pensò di chiamare Claudio per sfogarsi un po' con lui, ma poi considerò che probabilmente gli avrebbe proposto qualche serata delle sue, e lui proprio non ne aveva voglia.

"Chissà cosa penserebbe Ylenia di me, se sapesse una cosa del genere!", disse tra sé, e proprio in quel momento capì quanto fosse impossibile che quella ragazza potesse innamorarsi di lui. "Porca vacca, c'è un abisso tra di noi. Lei è bella, intelligente, ricca, colta, elegante, e sicuramente avrà un sacco di altre qualità, mentre io sono soltanto un povero scemo squattrinato, e per giunta ignorante. Com'è ingiusta la vita! Non riuscirò mai a farla innamorare di me! È inutile, me la devo togliere dalla testa".

Mentre questi pensieri lo angustiavano, gli venne in mente di mettersi a studiare qualcosa, se non altro per evitare l'ennesima brutta figura davanti a lei l'indomani. Stava ancora dandosi dello stupido, pensando che era il caso di scordarsi di lei, quando il telefono suonò.

Di corsa, Ale andò in salotto dal padre e lo pregò di rispondere dicendo che lui non era in casa. Temeva infatti che fosse Claudio e non aveva proprio la testa per affrontare lui e il suo sarcasmo quella sera.

Mogio mogio tornò nella sua stanza, e pochi minuti dopo fu raggiunto dal padre.

«Guarda che al telefono era una certa Ylenia! Voleva parlare con te, ma le ho detto che non c'eri...».

«Cosa?». Ale saltò su dal letto, non ci poteva credere.

«Ripeti quello che hai detto! Ha telefonato Ylenia?».

«Sì, esatto, hai capito benissimo. E le ho detto che non c'eri».

«Oh, papà, ma perché l'hai fatto?». Ale si mise le mani tra i capelli, disperato.

«Ma come, perché l'ho fatto... Me l'hai detto tu! Certo che sei proprio strano stasera!».

«Papà, ma ancora non l'hai capito che devi fare sempre il contrario di quello che ti dico? Perché? Perché? Perché sono così stupido?» e così dicendo iniziò a battere la testa contro il muro. Poi, di botto, si fermò. «Eppure forse è un segno del destino! È il segno che non devo stare con lei, ma sì, certo!».

Il padre gli porse il telefono.

«Se ci tieni così tanto, richiamala, no? Dille che eri uscito a comprare il pane e che ora sei rientrato. Tanto semplice!».

Detto ciò il padre lasciò la stanza e richiuse la porta.

«Giusto, giusto, certo, adesso la richiamo!».

Ale si decise a comporre il numero. Il telefono squillò una sola volta e Ale riattaccò.

«Uffa, non ho il coraggio! Che le dico, che le dico? Ma perché sono diventato così scemo?» si domandò, e gli prese un colpo quando il telefono gli suonò in mano.

«Pronto?» rispose senza neanche pensarci.

«Ma si può sapere che combini?».

Sentendo la sua voce, Ale impallidì. Non sapeva più cosa fare, cosa dire...

«Ma sei proprio tu?».

«Certo, sono io, Ylenia, chi ti aspettavi che fosse? Com'è che sei tanto stupito? E mi spieghi perché è tutto il pomeriggio che fai squillare il telefono a casa mia?».

Ylenia faticava a rimanere seria, a causa delle buffe facce di Virginia che era seduta sul letto accanto a lei, a tirar fuori dai sacchetti i vestiti appena comprati.

«Chi, io? Be', ecco... no, ti sbagli! E poi come fai ad avere il mio numero?».

«Veramente dovrei essere io a chiederlo a te! Io l'ho trovato sul display del mio telefono. E mia madre mi ha detto che per tutto il pomeriggio ha ricevuto chiamate dallo stesso numero, prima di riuscire a rispondere».

«Ah, be', sì certo, capisco... In realtà abbiamo dei problemi con la linea telefonica, qui a casa, e a volte cade dopo i primi squilli».

Ale era totalmente nel pallone. Perché doveva fare soltanto brutte figure con lei, e nulla più?

«Sì, certo, certo». Ylenia aveva capito che era una scusa. «E tu invece come hai avuto il mio numero di telefono?».

«Be', vedi, questo non posso dirtelo!».

«E perché non puoi dirmelo? Non ci sarà mica sotto qualcosa di illegale».

«Più o meno...».

«Fammi indovinare... hai frugato tra i documenti della segreteria della scuola?».

«Come fai a saperlo?».

«Allora ho indovinato!».

Virginia si avvicinò alla cornetta per sentire anche lei la voce di Ale.

«No, mi dispiace, non hai indovinato» mentì di nuovo lui.

«Invece sì, ah ah ah! Comunque immagino tu debba dirmi qualcosa di importante visto che ti sei dato tanto da fare per avere il mio numero...».

«Volevo solo ricordarti l'orario delle lezioni di domani».

Ylenia finse un pizzico di delusione: «Soltanto questo? Tutto qua?».

«No, in realtà non volevo solo dirti questo. Volevo anche sapere com'è andato il primo giorno di scuola».

«Che pensiero carino, grazie, molto gentile da parte tua!».

«Figurati!».

«Be', tutto ok direi, mi hanno fatto tutti una buona impressione».

«Tutti?».

«Sì, tutti...».

«Quindi anch'io!».

«Sì, anche tu! Ma toglimi una curiosità, ci provi sempre con la prima che conosci?».

A quelle parole Virginia dovette scappare via dalla stanza, incapace di trattenere le risate, mentre l'amica le faceva segno di non farsi sentire. Ale, che non si aspettava una simile domanda, ci rimase un po' male.

«Pensi che sia uno che ci prova con tutte?».

«Sì, mi hai dato quest'impressione, in effetti».

«Be', mi dispiace, ma la tua impressione è sbagliata. Io ci provo solo con le ragazze che mi piacciono davvero...».

«Ah, be', allora saranno tante, immagino!».

«Veramente adesso me ne piace solo una...».

Dalla cucina, Ambra chiamò le ragazze perché scendessero a cenare, e Ylenia fu felice di poter sfuggire a quella conversazione che iniziava a diventare imbarazzante.

«Scusami, ma adesso devo andare».

«Ah, ok, se proprio devi».

«Dai, non fare così, ci vediamo domani...».

«Ok, ci vediamo domani, buonanotte».

«Sogni d'oro».

«Se ti sognerò, lo saranno».

«Che cretino che sei».

«Grazie!».

«Prego!».

«Allora ciao!».

«Ciao».

Ale riattaccò il telefono, felice come non gli capitava da tempo, mentre Virginia, felice a sua volta per l'amica, esclamò: «Mi sa tanto che qualcuno qui si sta innamorando...».

«Io? Parli di me? Che dici, io ho chiuso con l'amore! Te l'ho detto, non ne voglio più sentir parlare. Mi piace farmi corteggiare, tutto qua». Ylenia nascose la faccia tra i cuscini.

«Sì certo, come no! E quegli occhi a cuoricino? E quelle guanciotte tutte rosse?».

Virginia cercava di strapparle i cuscini di mano.

«Ma non è vero!».

«Se vuoi un consiglio, io mi butterei...».

«Buttarmi? Con uno che ci prova senza neanche conoscermi? Sei pazza?».

«Magari il suo è stato un colpo di fulmine... Alla fine, ragiona, avrebbe anche potuto aspettare domani per avere il tuo numero. E invece chissà cosa non ha fatto per averlo oggi. E poi è stato così carino, al telefono, non ti sembra?».

«Be', certo è un tipo particolare. Adesso scendiamo però, altrimenti mamma si arrabbia, e ancora devo dirle quanto ho speso oggi pomeriggio...».

«Ok, andiamo, comunque pensa a quello che ti ho detto».

Virginia si alzò dal letto, rimise a posto i cuscini e tolse le pieghe dal piumone, da brava donna di casa.

«Lascia stare, tanto tra un po' andrò a dormire. Per quel che riguarda il tuo consiglio, lo farò, sta' tranquilla. Meno male che eri contro l'amore, eh? Dov'è finito il cinismo di ieri?».

«Ma io non sono contro l'amore, sono contro gli stronzi!».

«E come fai a sapere che lui non è stronzo come gli altri?».

«Sesto senso!». Virginia strizzò l'occhio all'amica. «E poi, se proprio non ti piace, passami il suo numero che magari ci faccio un pensierino io!».

Ylenia la guardò dubbiosa: «Ma che dici, è pure più piccolo di te...».

«Cosa vuol dire? L'amore non ha età».

«Tanto non lo faresti mai».

«E chi te lo dice? Non mi conosci nemmeno... Te lo soffio da sotto il naso quando voglio!».

«Brutta stronza che non sei altro!». Ylenia si lanciò ridendo addosso all'amica, così da finire di nuovo entrambe sul letto, una sopra l'altra.

Cercando di togliersela di dosso, Virginia esclamò tra le risate: «Ahi, mi fai male! Guarda che non sei così leggiadra come credi! E poi lo sapevo... sei gelosa!».

«Ma che dici?» replicò Ylenia cercando di ricomporsi.

«Sì, sì! Sei gelosa!».

Virginia scappò giù per le scale.

Ylenia la guardò sparire al piano di sotto e rimase sola per un momento a fissare il pavimento, senza riuscire a dare un nome a quella strana sensazione: per quanto si sforzasse, non riusciva a credere che quel ragazzo tanto carino e simpatico fosse uguale a tutti gli altri.

Dal basso si sentì chiamare: «Ehi, ti sbrighi? Stiamo morendo di fame!».

«Sì, eccomi! Arrivo!».

20.

Giorgio Luciani era davvero molto preoccupato. Era già passato un mese da quando lui e la sua famiglia erano tornati in Italia e non era ancora riuscito a risolvere la situazione della figlia. Il tempo cominciava a stringere, erano già ai primi di marzo e sembrava impossibile trovare un cuore per Ylenia. O meglio, aveva consultato gli specialisti e i migliori ospedali toscani, ma le liste d'attesa erano lunghe e non c'era modo di accelerare i tempi. Se non altro, fortunatamente, Ylenia era serena. Passava molto tempo in compagnia di Ale e quando non era con lui stava con Virginia. A scuola se la cavava bene e la nuova città aveva tanto da offrirle. Forse per via dell'aria nuova, forse per la spensieratezza di quei giorni, non aveva più avuto crisi dopo quella avvenuta appena giunta in Italia.

La ragazza iniziava già a fare progetti per l'estate e a chiedere ai genitori permessi per gite e viaggi con gli amici. Sentendola parlare con quell'aria sognante gli si stringeva il cuore al solo pensiero che forse, l'estate, non l'avrebbe neanche vista arrivare.

«Giorgio, Ylenia non è ancora rientrata?». La domanda di Ambra lo riscosse dai suoi pensieri. La moglie era un po' preoccupata perché in genere la figlia non tardava mai senza avvisare.

«Sta' tranquilla, mia cara, aveva detto che avrebbe fatto un po' più tardi, stasera. E poi, è qui accanto, a casa di Virginia, cosa vuoi che possa succederle?».

«Non lo so, sono in ansia, oggi mi ha detto di avere avuto dei dolori qui!» disse indicando con il dito sotto il seno, a sinistra.

«Lì?» chiese Giorgio, indicando a sua volta e impallidendo.

«Sì, al cuore. Spero non sia nulla di preoccupante. Le ho detto di stare un poco a riposo, è così debole... Forse, nel tentativo di farle vivere un'esistenza normale e di non farla sentire diversa dai suoi coetanei, stiamo sottovalutando la sua patologia. Invece dobbiamo tener conto che, purtroppo, nostra figlia è malata».

Improvvisamente Giorgio Luciani si sentì mancare. Gli cadde il giornale di mano e cominciò a singhiozzare.

In quel momento, a casa di Virginia, Ylenia si stava confidando sui suoi sentimenti nei confronti di Ale. Entrambe valutavano i dettagli della situazione. Lei voleva capire se fosse il caso di continuare a dedicargli gran parte dei suoi pensieri oppure concentrare le energie nello studio.

Quel pomeriggio i due ragazzi, come accadeva ormai spesso, si erano visti per studiare insieme. Da quando Ylenia era entrata nella sua vita, Ale era molto cambiato. Si impegnava a scuola, si curava di più, era più ordinato, passava meno tempo con Claudio e aveva abbandonato certe brutte abitudini.

Ylenia, dal canto suo, apprezzava le attenzioni che lui le riservava. Anche un cieco avrebbe notato quanto era cotto. Ale però aveva imparato a corteggiarla in maniera elegante, a non pretendere nulla e ad accontentarsi dei sorrisi che lei gli dispensava, senza chiedere niente in cambio.

«Guarda che carino!». Ylenia tirò fuori dallo zaino un peluche a forma di giraffa, con i guantoni da boxe, tutto spettinato e con gli occhi neri per via di qualche pugno.

Virginia lo prese in mano per guardarlo meglio: «Se lo dici tu che è carino... a me sembra orribile!».

«Me l'ha regalato Ale» continuò Ylenia, arrossendo.

«Non avevo dubbi».

«Ti spiego. Me l'ha regalato perché oggi è passato un mese da quando ci siamo conosciuti, e la prima volta che l'ho visto lui mi ha investito in corridoio ed era conciato più o meno così...».

«Davvero? Chissà che bello spettacolo! E come mai era conciato così, si può sapere? Tira di boxe?».

«Ma chi, lui? Figurati, con quelle braccine rachitiche!». Ylenia scoppiò a ridere, poi osservò meglio il peluche: «Secondo te perché ha scelto una giraffa, come animale che lo rappresenta?».

«Ah, non lo so, non me l'hai ancora fatto conoscere...». Virginia restituì il peluche all'amica.

«Hai ragione, ma non è colpa mia se non è saltata fuori l'occasione».

«Sì, come no! Tutte scuse. Per me hai paura che rimanga folgorato dalla mia bellezza!».

Virginia iniziò ad atteggiarsi per scherzo, e Ylenia scoppiò a ridere: «Però, complimenti! Devo dire che sei la modestia fatta persona! E comunque sappi che lui non ha occhi che per me...».

«E tu ci godi. Ammetti che ti darebbe fastidio se si innamorasse di un'altra?».

«Non è vero».

Ylenia era poco convinta e Virginia sbuffò: «Guarda che è inutile mentire con me! E quindi? Perché era conciato così quella volta?».

«Non me l'ha mai voluto dire, sai? Gliel'ho chiesto più volte, ma dice che si vergogna troppo per raccontarmelo. Cavoli suoi...».

«Sì, certo! Cavoli suoi! Sono sicura che muori dalla voglia di saperlo».

«No, figurati. Eppure sai, ci conosciamo da poco ma è come se lo conoscessi da sempre. Mi fa stare bene, sono davvero felice di averlo incontrato».

Ylenia aveva gli occhi sognanti mentre apriva il suo cuore all'amica e ricordava tutti i bei pomeriggi passati insieme ad Ale, con le sue attenzioni e le sue premure.

«Dovresti vedere la tua faccia adesso! Sembra che tu ce l'abbia scritto in fronte che ti piace!».

Ylenia, imbarazzata come una bimba sorpresa a rubare le caramelle, si nascose il viso in fiamme tra le mani e scosse la testa.

«See, no! A me per il culo non mi ci prendi! Ma se ti piace così tanto, cosa aspetti a dirglielo?» domandò Virginia sorridendo.

Ylenia provò a essere sincera con la sua amica: a volte diventava un po' fastidiosa, ma rimaneva comunque una grande amica, di quelle che perdoni sempre, anche quando ti fanno saltare i nervi.

«Non lo so, non ci riesco. Dopo quello che mi è successo in Colombia, non riesco più a fidarmi di nessuno».

Virginia fece gli occhi dolci e una smorfia buffa: «Nemmeno di me?».

«Dai, non scherzare, davvero, ho troppa paura che possa finire male, che le cose si complichino e di perdere tutto, anche la sua amicizia, capisci, e non lo sopporterei. Non credo di saper più fare a meno di lui...» e così dicendo le diede un colpetto con la giraffa che stringeva fra le braccia.

«Tesoro mio, sei innamorata cotta!».

Ylenia le fece segno di no con la testa.

«No, ti sbagli, non credo di esserne innamorata. Non potrei mai innamorarmi di lui».

«E perché mai?».

«Perché sono convinta che in fondo anche lui è un bastardo con le ragazze: un sacco di mie compagne me lo ripetono dal primo giorno di scuola».

«Vabbè, magari è cambiato».

«E se così non fosse?».

«Non hai voglia di correre il rischio?».

«No, credimi, sarei troppo sospettosa, troppo paranoica! E poi non me la sento proprio di iniziare una nuova storia adesso, è ancora troppo presto».

«Ma perché, scusa? Almeno provaci. Non vorrai dirmi che pensi ancora a quello stronzo?».

«A volte».

«Non ci credo!».

«E va bene, ok! No, non penso più a lui, ma...».

«Niente "ma"! Le cose da fare sono due: o ti butti, e come va va, oppure metti le cose in chiaro e gli dici di rassegnarsi».

«E se poi sparisce? Sono molto affezionata a lui, è un amico, tutto qui...».

«Così ti comporti da egoista! Lui sta soffrendo, credimi!».

«Lo so. Oggi, ad esempio, c'è stato un momento in cui ho creduto che volesse baciarmi». Ylenia arrossì al solo pensiero.

«Davvero? E tu?».

«Be', ecco, all'inizio ero tentata, però poi ho evitato che succedesse. Ho avuto una reazione strana, non so dirti nemmeno io il perché. Mi sono arrabbiata, gli ho mollato un ceffone e sono scappata via urlandogli che è un porco. Che cretina!».

Virginia si stupì: «Ma perché?».

«Credimi, non lo so davvero, mi è venuto così. Domani mi scuserò con lui».

«Credo proprio che sia il caso. Se vuoi un consiglio, non lasciartelo scappare. A tirarla troppo, la corda, prima o poi si spezza, e lui potrebbe stancarsi dei tuoi continui rifiuti. E poi, credimi, te lo dico per esperienza personale: di questi tempi è difficile trovare un ragazzo che sia così carino e gentile e abbia tante attenzioni senza pretendere nulla in cambio. Ma soprattutto, non è facile trovare un ragazzo che ti faccia stare bene».

Ylenia non rispose, si limitò ad arrossire e a sorridere.

«Vuoi sapere la verità? Tu sei cotta a puntino, pronta per essere mangiata! Hai solo paura di ammetterlo».

Ylenia arrossì di nuovo: «Forse hai ragione».

«Cosa?».

«Niente...».

«Guarda che ti ho sentito!».

«E allora che chiedi?».

«Volevo solo essere sicura».

«Uffa».

«Invece di sbuffare, datti una mossa e digli cosa provi».

«Vedremo».

«Ma perché sei così testarda? Lo sai come andrà a finire? Che tu quel ragazzo lo perderai. Quando finalmente troverai il coraggio di confessargli i tuoi sentimenti, sarà troppo tardi perché lui avrà trovato un'altra, una che lo merita più di te!».

«Grazie, eh? Bell'amica!».

«Ma se è così che la penso!».

«Allora speriamo che ti sbagli...».

«Sì, speriamo, ma sappi che io mi sbaglio molto di rado».

«Così porti sfiga!».

«Non provare a dare la colpa a me! La colpa è tutta tua e della tua testaccia dura! E poi, io posso portare solo fortuna! Un giorno, quando sarete una coppietta felicemente sposata, vedrai che mi ringrazierai!».

«Eh, certo...».

«Vuoi darmi retta almeno una volta? Guarda che me lo prendo io sul serio, se non ti decidi!».

Ylenia non rispose. Virginia diede un'occhiata veloce all'orologio appeso alla parete.

«Ora però è meglio che vai, tua madre sarà in pensiero!».

«Sì, mamma! Non so chi di voi due sia peggio, se la mamma acquisita o quella vera!».

«E tu perché non cresci un po', così non avrai più bisogno di due mamme? Adesso va', ti accompagno...».

«Non importa, conosco fin troppo bene la strada. Salutami tuo fratello, quando lo vedi! Sembra che lo faccia apposta a non farsi mai vedere quando ci sono io...».

«Sì, figurati! È sempre al lavoro. Comunque te lo saluto, buonanotte allora».

«Notte!».

Le due amiche si diedero un bacio sulla guancia, poi Ylenia si avviò verso casa.

Mentre camminava lungo il viale tirò fuori dalla tasca il cellulare e mandò un SMS: "È inutile che ci provi, tanto a te non ti si fila di sicuro! Comunque grazie per i consigli, mammina. Domani parlerò con Ale!".

Dopo pochi secondi, arrivò la risposta: "Vipera, lo sai che non farei mai niente che potrebbe ferirti! E non starei tanto a romperti le palle, se non volessi il meglio per te! Sogni d'oro!".

Aveva appena salito i gradini davanti casa, quando sentì di nuovo suonare il cellulare: "E comunque mi si fila, mi si fila! Stanne certa!".

Eccola lì, Virginia, odiosa come solo lei sapeva essere, a volte. Senza risponderle, Ylenia ripose il cellulare nella tasca posteriore dei jeans. Per un attimo il dubbio la assalì. Ma no, lei non era certo il tipo giusto per Ale. Ne era certa. Più o meno. E comunque non si sarebbero mai potuti innamorare, quei due. Forse. Be', come si dice, meglio prevenire che curare. Anche di Ashley si fidava ciecamente e aveva fatto malissimo! Meglio farli incontrare il più tardi possibile. Non avrebbe retto un'altra pugnalata alle spalle. Se solo Virginia fosse stata meno, meno... Meglio lasciar perdere.

Scrollando le spalle, inserì le chiavi nella toppa. Quando richiuse, si rese conto che i genitori stavano discutendo animatamente in salotto. Per non disturbare, rimase nell'ingresso senza farsi vedere. Sentì il padre che singhiozzava e si spaventò, non riusciva davvero a immaginare cosa stesse accadendo. Mille pensieri iniziarono a balenarle in testa: "Forse i miei vogliono divorziare? Forse siamo diventati poveri?". Si avvicinò per sentire quello che stavano dicendo.

«Che ti prende, Giorgio? Ti senti male?».

«Ambra, io devo dirti una cosa, una cosa terribile! Non posso più tenere questo segreto!».

Ylenia era sulla soglia del salotto.

«Ecco, vedi, in realtà non ci siamo trasferiti qui in Italia per il mio lavoro, ma per un motivo molto più serio...».

«Cosa stai cercando di dirmi?».

«Ascoltami Ambra, devi essere forte, devi esserlo per la nostra bambina, perché lei adesso ha bisogno di noi, perché lei... vedi, lei sta...».

In preda al panico, Ylenia decise di farsi vedere e chiedere spiegazioni.

«Io sto cosa, papà? Cosa? Parla! Cosa mi sta succedendo?».

La ragazza scoppiò a piangere. Sospettava da tempo che il padre le stesse tenendo nascosto qualcosa, e adesso ne aveva la certezza.

«Ylenia, cosa fai qui? Quando sei arrivata?». Ambra era sorpresa di non averla sentita.

Giorgio piangeva come un ragazzino, ma ritrovandosi davanti la figlia cercò di darsi un contegno. Le andò incontro e l'abbracciò.

«Va tutto bene, piccola, va tutto bene! Noi ti salveremo! Io e la mamma ti salveremo! Non volevo che venissi a saperlo così, ti giuro, non avrei mai voluto, io...». Non poté finire la frase perché fu colto da un'altra crisi di pianto.

Ambra alzò la voce: «Insomma, vuoi dirmi che sta succedendo? Cosa ci stai nascondendo? Dimmelo, avanti! Parla! Mi stai uccidendo in questo modo!».

«Sedetevi, vi prego, sedetevi qui...» disse Giorgio, poi si rivolse alla moglie: «Ricordi quello specialista che mi aveva consigliato il mio collega, il dottor Kovacic?».

Ambra annuì.

«Ecco, vedi, sono stato da lui qualche giorno prima della nostra partenza e mi ha detto che il cuore di nostra figlia è molto compromesso, e che è necessario un trapianto, altrimenti lei...».

«Morirò? Io morirò, papà? È questo che stai cercando di dire? Io sto morendo, non è così, forse?». Ylenia cominciò a battere i pugni sul divano, disperata.

«Non è possibile! Ci dev'essere un errore, è impossibile, avevi detto che non dovevamo preoccuparci, che sarebbe andato tutto bene, avevi detto...». Ambra era sconvolta, non riusciva a credere a ciò che aveva sentito, non riusciva a smettere di tremare, la verità l'aveva sconvolta. «Perché ce l'hai tenuto nascosto, perché? Come hai potuto? Avevamo il diritto di sapere, noi dovevamo sapere!» e così dicendo iniziò a colpire con il pugno il braccio del marito. «Dovevi dircelo, dovevi dircelo subito! Come hai potuto?», ma non riuscì a proseguire perché le sue parole erano rotte dai singhiozzi.

«Mi dispiace tesoro mio, mi dispiace, non sapevo che fare. Ma vedrai che tutto questo si sistemerà, vedrai! Il dottore mi ha dato una speranza, ha detto che si può tentare un trapianto, ed è per questo che siamo venuti in Italia, perché i donatori sono tanti, e poi Ylenia è nata in Italia, quindi è favorita nella lista d'attesa, capisci?».

Né Ambra, né tantomeno Ylenia in quel momento potevano capire nulla di ciò che stava dicendo Giorgio. Erano entrambe troppo stravolte e distrutte dal dolore.

«Quanto tempo mi rimane da vivere?» chiese infine Ylenia con un filo di voce.

«Oh, tesoro, questo non ha importanza, vedrai, tu vivrai a lungo, avrai un cuore nuovo, e andrà tutto bene».

Ylenia interruppe il padre, urlando, tra le lacrime: «Dimmelo! Voglio saperlo! Ho il diritto di saperlo! Tu devi dirmelo!».

Lui ebbe appena il tempo di confessare che le rimanevano pochi mesi di vita. La ragazza scappò nella sua stanza, sbattendo la porta.

«Perché Giorgio, perché proprio a lei? È così giovane! Perché proprio a lei, non è giusto» riuscì a dire Ambra con un filo di voce.

Giorgio abbracciò la moglie, ma in quel momento entrambi sentirono Ylenia ansimare e scendere le scale di corsa. La ragazza era in preda a una delle sue crisi, era andata in iperventilazione e non riusciva a respirare. Cercava di chiedere aiuto, ma il respiro troppo affannato non glielo consentiva. Teneva le braccia strette sul petto, le sembrava che mille coltelli le trafiggessero i polmoni. Provava un dolore acuto e le gambe non la reggevano più.

I due genitori ritrovarono la calma e la lucidità di sempre, e in poco tempo riuscirono ad affrontare la crisi, a tranquillizzare la ragazza e a regolarizzare il suo respiro. Mentre Giorgio la prendeva in braccio per farla sdraiare sul divano, Ambra corse in cucina a prendere un sacchetto di carta, glielo avvicinò alla bocca coprendole il naso, la fece respirare dentro e dopo pochi minuti la situazione era tornata alla normalità. Poi la riaccompagnò nella sua stanza per farla riposare un po'. Dopo pochi minuti anche il marito le raggiunse. Sedendosi sul letto accanto alla figlia, le prese la mano e iniziò a scusarsi: «Mi dispiace, piccola mia, mi dispiace! So che avrei dovuto essere sincero con te, davvero, mi dispiace tanto! Potrai perdonarmi?».

La ragazza girò la testa dall'altra parte. Proprio in quel momento suonò il telefono. Ambra si alzò e andò nella sua camera per rispondere, poi tornò nella stanza con il cordless in mano e lo porse alla figlia: «Tesoro, è Ale al telefono, vuole parlare con te. Dice che hai il cellulare spento».

La ragazza, ancora troppo sconvolta, urlò piangendo: «Lasciatemi in pace, tutti quanti, non voglio parlare con nessuno! Digli di lasciarmi in pace!».

Ambra tornò nella stanza accanto e un po' imbarazzata disse che Ylenia aveva molto da fare e non poteva rispondere al telefono. Ma Ale aveva sentito le urla della ragazza all'altro capo del filo e n'era rimasto turbato. Di certo non poteva immaginare cosa stava succedendo in quella casa, e così attribuì lo strano comportamento di Ylenia a quel bacio che aveva cercato di strapparle nel pomeriggio.

"Sono un idiota!" si disse, dopo aver riattaccato il telefono. "Sono solo un idiota! Ho rovinato tutto, come al solito! Io e la mia fretta del cazzo! Ma non potevo aspettare ancora un po'... Adesso le ho confermato i suoi sospetti su di me e non vorrà più vedermi! Adesso penserà che sono un poco di buono! Che coglione!".

Si gettò sul letto con la testa tra le mani, ma passati i primi momenti di sconforto la rabbia cominciò a prendere il posto dell'angoscia: in fondo non aveva fatto nulla di grave. È normale che se a un ragazzo piace una ragazza abbia voglia di baciarla. Era lei ad aver avuto una reazione esagerata: gli aveva dato uno schiaffo immeritato, gli aveva urlato che era un porco ed era scappata via, e adesso non voleva neanche parlargli al telefono. Non era giusto, assolutamente. Forse era un po' troppo viziata e presuntuosa. Cosa si aspettava, che lui le andasse dietro tutta la vita aspettando di vedersela portare via da qualche figlio di papà, con un macchinone di grossa cilindrata e magari la moto per le scampagnate estive? E dire che era cambiato tanto per lei, aveva anche trascurato il suo migliore amico per farla felice, ma probabilmente non se n'era neanche accorta.

"No. Adesso basta. Da domani torno a essere l'Ale di sempre! E se vuole, può venire lei a chiedermi scusa, altrimenti basta, sono stanco di farle da schiavetto, sono stanco di aspettare che si decida! Non se lo merita proprio!".

Deciso a cancellare Ylenia dal suo cuore, si alzò, frugò nello zaino e buttò nel cestino il fermacapelli che lei una volta aveva dimenticato in classe e che lui aveva raccolto senza più restituirglielo, felice di avere qualcosa che serbasse il suo profumo. Lo stesso fece con un CD che gli aveva prestato. Prese poi i quaderni con i suoi appunti e li ripose insieme al resto, deciso a restituirglieli il giorno dopo, tanto ormai non ne aveva più bisogno, non gliene fregava più nulla di essere promosso. E se suo padre l'avesse mandato a lavorare tanto meglio, per lo meno non avrebbe più visto certi professori rompicoglioni.

"Basta! Ho chiuso con lei! Sono stufo! E che palle. E che cazzo. Non la sopporto più. Adesso ha proprio rotto".

Non poteva certo immaginare che nel suo letto Ylenia stava versando fiumi di lacrime, il corpo scosso da tremiti e singhiozzi. Il sogno di un futuro con Ale non si sarebbe mai potuto avverare perché lei, forse, non sarebbe vissuta abbastanza da sostenere gli esami di maturità. Figurarsi se avrebbe mai potuto vivere una storia, una vera storia con lui.

Né il ragazzo poteva supporre quanto lei, in quel momento, avrebbe voluto che lui la stringesse forte, la confortasse e le promettesse che tutto sarebbe andato bene, che avrebbero vissuto felicemente insieme.

Ancor meno poteva sapere che lei, tra le lacrime, non riuscisse nemmeno a ricordare i lineamenti di quel ragazzo di Bogotà che aveva creduto di amare, perché soltanto ora aveva scoperto l'amore, adesso che la sua mente e il suo cuore erano occupati dal volto di Ale. Non avrebbe mai creduto che lei, stringendo forte il peluche che le aveva regalato quello stesso giorno, pronunciasse tra le lacrime tre parole: Ale, ti amo.

21.

Il giorno dopo Ylenia non andò a scuola e rimase a letto a dormire fino a tardi, o per lo meno a tentare di dormire, perché aveva la testa piena di ricordi e pensieri assurdi. Tutto sembrava scorrerle davanti agli occhi. Iniziò a immaginarsi un futuro con il suo amore, a sognare il giorno del matrimonio, ripensò agli amici lontani e provò una fitta di dolore, di disperazione.

Quando il padre rientrò dal lavoro fu il primo ad andare a trovarla. Avrebbe fatto e dato di tutto per salvarla e per donarle nuovamente il sorriso.

«Si può?» chiese, bussando e aprendo delicatamente la porta.

Ylenia, già sveglia ma senza alcuna voglia di alzarsi, si lasciava coccolare dalle lenzuola e non rispose nulla. Finse di dormire, nella speranza che andasse via.

«Lo so che sei sveglia!» esclamò lui.

Si sedette accanto a lei sul letto, sfiorandole le gambe come per sollecitarla ad alzarsi e riprendere in mano la sua vita, a non abbattersi. Avvicinò il naso ai capelli della ragazza per sentirne il profumo.

«Coraggio, piccola mia. Non dobbiamo arrenderci ora. Vedrai, ce la faremo, è già quasi tutto pronto per la tua operazione, presto avrai un cuore nuovo e questo periodo sarà solo un brutto ricordo».

«Davvero, papà?» chiese lei, sorpresa.

«Certo, tesoro» mentì lui.

Non aveva il coraggio di dirle come stavano davvero le cose, non avrebbe nemmeno voluto che lei sapesse la verità, soprattutto non in quel modo.

«E se l'operazione dovesse andar male?».

«Vedrai, avremo i migliori specialisti del mondo. Non correrai alcun rischio, te lo garantisco».

Ylenia era sempre meno convinta e nutriva poche speranze. Dopo quella terribile notte, si era quasi rassegnata e non voleva illudersi inutilmente. In ogni modo, preferì tenere per sé quei pensieri. Le strade della vita sembravano condurla in un tunnel e la luce che aveva appena intravisto all'orizzonte era destinata a spegnersi presto, senza possibilità di rivelarsi di nuovo.

«Che ne dici, ci alziamo adesso? È una bellissima giornata, e poi vorrei fare una passeggiata in giardino con te, ho una cosa da farti vedere» la invitò il padre.

Ylenia si tirò le coperte fin sopra il naso: «Adesso non mi va...».

«Ti prometto che non te ne pentirai. Forza!».

Giorgio le tolse le coperte di dosso, poi si alzò dal letto e aprì le tende, lasciando che i raggi del sole baciassero dolcemente il viso di sua figlia.

«Dai, vestiti, io ti aspetto di sotto» le disse mentre lasciava la stanza.

Dopo pochi minuti, ormai rassegnata, Ylenia era pronta davanti alla porta. Le uniche cose che stonavano erano gli occhi gonfi e rossi di pianto e l'espressione gelida del suo viso. Sembrava di plastica o di porcellana, proprio come diceva sempre il papà: una bambola di porcellana pronta a rompersi in mille pezzi. «Forza, principessa, andiamo!» disse Giorgio porgendole il braccio.

Sforzandosi di sorridere e di essere carina come sempre, Ylenia accettò l'invito. I due s'incamminarono a braccetto per lo splendido giardino che iniziava a fiorire in quegli ultimi giorni d'inverno.

«Tra poco sarà primavera, chissà come sarà bello questo giardino tutto in fiore!».

Quella frase le lasciò l'amaro in bocca al pensiero che forse sarebbe stata la prima e l'ultima volta che l'avrebbe visto fiorire. Si sentiva già morire dentro, e la cosa più difficile era fare in modo che nessuno se ne accorgesse.

«Certo tesoro, sarà splendido, proprio come te».

Giorgio le passò un dito sul naso, poi, dopo qualche minuto di silenzio, le disse: «Adesso però devi chiudere gli occhi e non aprirli prima che te ne dia il permesso. Intesi?».

La ragazza, che nella curiosità di quel momento aveva ritrovato un poco di serenità, obbedì. Con la guida del padre fece ancora qualche passo e finalmente poté vedere, dentro un recinto verde, una cavalla bianca in compagnia di un cavallo nero che trottavano l'uno accanto all'altra.

«Questi sono per te, tesoro!».

«Per me? Davvero? Oh, grazie papà, grazie! È il regalo più bello che abbia mai ricevuto in vita mia! Non so come ringraziarti, davvero!».

I due animali riuscirono a farle ritrovare un po' della felicità e della spensieratezza che spettano di diritto a ogni ragazza di diciott'anni. Abbracciando suo padre, capì che sia lui che la mamma avrebbero lottato e fatto di tutto per darle una bella vita. Si rese conto che per premiare i loro sforzi era necessario che lei per prima riuscisse a ritrovare la speranza e la fiducia, che non si abbandonasse allo sconforto. Non doveva arrendersi, né per se stessa, né per tutte le persone che l'amavano e avrebbero terribilmente sofferto la sua mancanza.

«Ehi, ehi!» si sentì urlare in lontananza. «Guardate che io sono gelosa!».

Entrambi si voltarono e videro Virginia che si agitava dalla finestra della sua stanza.

«Virginia, scendi giù, devo farti vedere una cosa!» le gridò Ylenia mettendo le mani intorno alla bocca a mo' di megafono.

«Ok, arrivo! Ma i cani sono chiusi nel recinto?».

«Sì, sta' tranquilla, puoi venire giù senza pericolo» rispose Giorgio, e in un attimo Virginia li raggiunse in giardino.

«Allora io vi lascio sole».

Giorgio abbracciò di nuovo la figlia e le sussurrò in un orecchio: «Voglio vederti sempre con questo sorriso. Dobbiamo aiutarci, vedrai che questa storia sarà solo un brutto ricordo. A dopo».

La ragazza annuì, guardandolo intensamente negli occhi per fargli capire che aveva compreso il messaggio. Non distolse lo sguardo da lui finché non fu rientrato in casa.

Virginia la riportò con i piedi per terra: «Sei uscita prima da scuola, oggi?».

«Veramente non ci sono proprio andata!». Ylenia non aveva il coraggio di incrociare il suo sguardo.

«E come mai? Cosa è successo? Non dovevi chiedere scusa al tuo Ale oggi? Non dovevi confessargli ciò che provi realmente per lui?».

A sentir pronunciare quel nome Ylenia provò una fitta al cuore. Come spiegare all'amica che il suo era un amore impossibile, come spiegarle la sua triste situazione? Cercò di scacciare dalla mente quei brutti pensieri.

«Non mi sentivo molto bene stamattina. E non credo di aver nulla di cui scusarmi! Poi non ho voglia di parlare di lui adesso!» le rispose.

Virginia notò che i suoi occhi si stavano riempiendo di lacrime. Intuì che era successo qualcosa, ma capì anche che era meglio lasciar perdere. Si limitò ad abbracciarla sorridendole dolcemente: «Non preoccuparti, tesoro. Qualsiasi cosa sia successa, vedrai che si risolverà tutto...».

«Sì, ma adesso...».

«Non ti preoccupare, non c'è bisogno che tu me lo dica. Quando ne avrai voglia me lo racconterai, ok? Non devi sentirti in alcun modo in obbligo con me».

Ylenia rimase in silenzio per qualche secondo.

«E questi due stalloni sono un regalo di tuo padre?».

«Già! Sai andare a cavallo?».

Virginia annuì, poco convinta.

«Sì, una volta ci andavo, ma non so se mi ricordo più come si fa!».

«Oh, è un gioco da ragazzi. Basta che lo impari una volta e te lo ricordi per tutta la vita».

Virginia scoppiò a ridere: «Un po' come fare l'amore!».

«Sì, come fare l'amore, proprio così. Su, andiamo a farci un giro». Ylenia abbozzò un piccolo sorriso.

22.

Quella mattina il banco accanto a quello di Ale era desolatamente vuoto.

Il ragazzo, che aveva quasi dimenticato la rabbia del giorno prima, pensò che Ylenia continuasse a evitarlo e tornò a essere in collera con lei.

Claudio arrivò, fischiettando allegramente come al solito, e gli chiese un po' acido: «Come mai la tua ragazza non è venuta oggi?».

«Guarda che non è la mia ragazza! È solo una mia amica. E ancora per poco, mi sa!».

«Ok, scusa tanto! State sempre a fare coppia fissa! Allora, se oggi non sei impegnato con lei, ti va se nel pomeriggio ci facciamo un giro?».

Anche se non dava a vederlo, Claudio era geloso di tutto il tempo che Ale, il suo amico di sempre, passava con Ylenia. Aveva l'impressione di non starle molto simpatico e infatti, ogni volta che i due si vedevano, lui non era mai incluso nell'invito.

«Ok, va bene. Se vuoi, dopo la scuola andiamo a pranzare da qualche parte insieme, che ne dici?».

«Perfetto, così poi ci facciamo un giro in macchina. Ah, comunque stasera...».

Claudio non poté terminare la frase perché proprio in quel momento il professore di italiano, appena entrato in aula, iniziò a fare l'appello: adesso che la maturità era vicina, i due ragazzi stavano ben attenti a non farsi richiamare, seriamente preoccupati per l'ammissione agli esami. Così Claudio fece segno all'amico che avrebbe continuato il discorso più tardi.

Ale in realtà non aveva molta voglia di uscire con lui e si pentì quasi subito di aver accettato. L'unica cosa che gli andava era stare a casa a riflettere, per cercare di trovare una spiegazione dello strano atteggiamento di Ylenia, o magari presentarsi a casa sua e farsi spiegare perché la sera prima non aveva voluto parlargli nemmeno sotto tortura, almeno a giudicare dal tono della voce. Eppure non ne aveva il coraggio.

Alla fine si convinse che un po' di distrazione gli avrebbe fatto bene: se non altro gli avrebbe impedito di pensare a lei e di farsi altre inutili paranoie.

La mattinata passò velocemente.

Ale guardava continuamente il cellulare per vedere se Ylenia si faceva viva, magari per spiegargli il motivo della sua assenza, ma rimase deluso.

All'uscita i due ragazzi andarono a mangiare in una spaghetteria nei pressi del lungomare e dopo pranzo passeggiarono fino al chioschetto sulla spiaggia per prendere una birra. Anche se la primavera non era ancora sbocciata e il freddo invernale continuava a farsi sentire, quel luogo era sempre popolatissimo. Sotto sotto Claudio si augurava di incontrare qualche bella ragazza, mentre Ale sperava che un miracolo gli portasse Ylenia proprio lì: almeno si sarebbero chiariti una volta per tutte.

Prima di uscire dal ristorante Ale aveva fatto un tentativo di chiamarla, ma il suo cellulare era sempre spento. Si convinse ancora di più che la ragazza stesse facendo di tutto per evitarlo e non sapeva farsene una ragione. Mentre camminava in silenzio in compagnia di Claudio, si guardava intorno nella speranza di vederla. Ogni luogo gli ricordava lei, si sentiva come se un'importante e bellissima storia d'amore fosse finita e gli sembrava ridicolo, perché tra loro non c'era mai stato nulla più di un innocente bacio sulla guancia.

Cosa stava succedendo? Perché Ylenia era cambiata così, all'improvviso, senza una spiegazione? Solo perché lui aveva provato a baciarla?

Più ci pensava e meno capiva. Era così assorto da non accorgersi che l'amico si era fermato perché erano arrivati a destinazione. Continuò a camminare con la testa tra le nuvole e solo dopo aver percorso ancora qualche metro si rese conto che Claudio non era più accanto a lui. Si voltò e lo vide davanti al chiosco che gli faceva segno di tornare indietro.

«Certo che sei proprio distratto! Ma si può sapere che ti prende?» chiese stupito Claudio, quando Ale lo ebbe raggiunto. «È successo forse qualcosa con Ylenia?».

Ale non sapeva se fosse il caso di raccontare al compagno com'erano andate le cose, ma in fondo era pur sempre il suo migliore amico e decise di aprirsi con lui, magari il suo parere gli sarebbe stato d'aiuto.

«Non è successo niente, o almeno non credo. Non so. Andava tutto bene fino a ieri pomeriggio, poi ho provato a baciarla, ma in maniera del tutto innocente, mi è venuto spontaneo, eravamo tanto vicini... Ho pensato che anche lei lo volesse, o almeno è questo che mi ha fatto capire...».

«E lei?».

«E lei mi ha dato uno schiaffo ed è scappata via urlando, e non sono più riuscito a parlarle. Hai visto anche tu, oggi non è nemmeno venuta a scuola! Ho provato a chiamarla, poco fa, ma ha il cellulare spento. Ieri sera, quando le ho telefonato a casa, le ho sentito dire chiaramente che non voleva parlare con me! Non so più che pensare, più la frequento e meno la capisco!».

«Se vuoi un consiglio, devi togliertela dalla testa! Quella ragazza è troppo in alto per te! E poi non credo che alla sua famiglia tu potresti andar bene. Vogliono qualcuno ancora più ricco di loro, per la figlia. Chissà, magari i genitori le hanno impedito di vederti...».

«Non mi sembrano quel tipo di persone, e poi in amore i soldi non contano» disse Ale, ancora più demoralizzato. «E poi tu che ne sai di queste cose, non sei mai stato innamorato!».

«È vero, ma io so cosa ti serve per riprenderti. Stasera ci penso io a tirarti su di morale!».

Ale immaginò che l'amico stesse per proporgli uno dei suoi soliti giri di prostitute, così lo anticipò inventando un pretesto per evitare che gli chiedesse di accompagnarlo.

«Stasera ho già un impegno, mi dispiace! Grazie, comunque!».

«Peccato, perché stasera mio fratello dà una festa a casa. Te ne stavo parlando stamattina, ma poi è entrato il prof e mi è passato di mente».

«Be' mi piacerebbe, ma non importa. Non ho nulla da festeggiare, io...».

«Invece ti farebbe bene. Non puoi disdire il tuo impegno?».

«No, mi dispiace».

«Ma con chi devi vederti?».

«Con una vecchia conoscenza».

«Maschile o femminile?».

«Non sono cose che ti riguardano» disse Ale con un po' d'imbarazzo.

«Certo che sei proprio strano! Chiama e disdici».

«Non ci penso proprio!».

Per far tacere l'amico Ale finse che gli stesse suonando il cellulare. Si allontanò di qualche passo e simulò una conversazione, poi si riavvicinò riponendo il telefono nella tasca dei jeans.

«Chi era?».

«La vecchia conoscenza...».

«E che voleva?».

«Nulla, ha disdetto l'appuntamento. Contento?».

«Certo che sì, almeno stasera puoi venire alla festa a casa mia, no? È alle nove e mezza».

«Non lo so...».

«Che devi fare a casa da solo? Non ti riconosco più! Che fine ha fatto il vecchio Ale?».

«Boh! Non so, davvero. Può essere che mi convinco, magari più tardi...».

«Sì, ma dato che hai litigato con Ylenia, chi sarà ad accompagnarti?».

«Accompagnarmi?».

«Si entra solo in coppia. Sai com'è, per evitare che si creino casini».

«Ma dai, sono il tuo migliore amico...».

«E che c'entra? La festa la organizza mio fratello, mica io!».

In realtà Claudio avrebbe anche potuto lasciar correre, ma covava un po' di rancore nei confronti di Ale. In cuor suo sperava che lui e Ylenia rompessero, così loro sarebbero tornati gli amici casinari e nullafacenti di sempre.

«E dove la trovo una ragazza che mi accompagni?».

Ale pensò per un attimo di riprovare a chiamare Ylenia, ma scartò subito l'idea: doveva essere lei a farsi sentire, questa volta.

«Forse dovresti volare più basso!».

«Volare più basso? Che vuoi dire?».

Claudio indicò una ragazza alta, bionda e slanciata che passeggiava da sola sul lungomare. Aveva l'aria piuttosto triste, e il vento che le scompigliava i lunghi capelli le donava un aspetto quasi innaturale. Era la ragazza più bella, ammirata e corteggiata di tutta la scuola. Solo in pochi erano riusciti a uscire almeno una volta con lei, ma mai nessuno, tra quei pochi fortunati, ce l'aveva fatta a rubarle il cuore.

«Più basso si fa per dire! Non c'è paragone! Silvia è un vero schianto, perché non inviti lei? Sarebbe splendido riuscire a portarla alla festa...».

Ale non rispose e Claudio pensò che l'amico stesse seriamente valutando la sua proposta. Lo guardò stupito, e poi gli chiese: «Non dirmi che stai davvero pensando di invitarla! Guarda che stavo scherzando!».

«Perché, che ci sarebbe di male?».

Claudio scoppiò a ridere.

«I ragazzi più belli della scuola ci hanno già provato e lei ha sempre rifiutato. Non credo proprio che tu abbia speranza. È una partita persa in partenza, lascia stare».

«Ma chi te l'ha detto? Magari potrei piacerle... E poi ci conosciamo dai tempi delle medie, non vedo perché dovrebbe rifiutarmi...».

«D'accordo! Allora scommettiamo cinquanta euro che non ci riesci?».

«Ci sto! Prepara pure i cinquanta euro, perché li hai già persi!» esclamò Ale, piuttosto sicuro di sé. «E adesso accompagnami a casa, che non ho più voglia di stare in giro» esclamò, incamminandosi di nuovo verso la macchina.

23.

Una volta a casa, Ale si sedette alla sua scrivania con i gomiti sul tavolo e la testa tra le mani senza sapere che fare. Era giusto invitare Silvia alla festa? Cosa avrebbe detto Ylenia se fosse venuta a saperlo? Di sicuro non ci sarebbe stato nessuno che la conosceva, e quindi nessuno avrebbe potuto raccontarglielo, a parte Silvia stessa e Claudio, ma a quanto ne sapeva le due ragazze non erano amiche e Claudio non lo avrebbe mai tradito. Magari era un modo per farla ingelosire, così almeno avrebbe finalmente tirato fuori i suoi veri sentimenti.

C'era un altro grosso problema: cosa fare se Silvia avesse rifiutato? Alla fine aveva ragione Claudio: era la più bella della scuola, non era affatto semplice riuscire a portarla fuori e lui sicuramente aveva pochissime speranze. Quel pomeriggio, mosso un po' dalla rabbia nei confronti di Ylenia e dalle provocazioni dell'amico, si era lasciato trasportare e si era convinto di potercela fare, ma adesso si ritrovava davanti al telefono senza riuscire a decidersi se chiamarla.

"Basta! O la va o la spacca! Mi metto nelle mani del destino, non posso fare altrimenti, sarà lui a decidere per me". Ale prese in mano la cornetta, compose il numero e attese che qualcuno rispondesse.

«Pronto?».

«Pronto... ehm... ciao, sono Ale!».

«Ah, ciao!».

«Ti starai chiedendo come mai ti ho chiamata... Be', ecco, siccome il fratello di Claudio ha organizzato una festa a casa sua, ho pensato di chiederti se ti andava di venirci insieme a me...».

«Vuoi invitarmi alla festa? E per fare cosa?».

«Come per fare cosa? Per divertirci un po', no?».

«Ah sì? E com'è che dovremmo divertirci un po'?».

«Be', ballando, scherzando, quello che si fa sempre alle feste, ma come mai mi fai tutte queste domande? C'è forse qualcosa che non va?».

«Può darsi, vedi, io non sono Silvia, sono sua madre...».

A quelle parole Ale si sentì morire, e mentalmente imprecò, ma si riprese in tempo.

«Chiedo scusa, signora. Potrei parlare con Silvia, per favore?».

«Adesso te la chiamo. E comunque è bene che tu sappia una cosa...».

«Cosa? Mi dica!».

«Se dovesse accettare il tuo invito, la rivoglio intera così come te l'ho data, se ci tieni alla vita!».

«Sì, certo, non si preoccupi, gliela riporterò tutta intera, non avevo alcuna intenzione di...».

«Sì, sì, che bravo ragazzo... Silviaaaa, vieni al telefono!».

Ale era rimasto piuttosto colpito da quella donna. La sua voce suonava giovanile, ma al tempo stesso era acida e diffidente.

«Che caratteraccio...» sbuffò, pensando che non fosse più al telefono.

Ma per sua sfortuna la donna, dall'altro lato della cornetta, gli chiese, ancora più acida: «Hai qualche problema?».

«No, no, assolutamente! Stavo parlando con mia nonna!».

«Ah, ecco, mi sembrava di aver capito male... Ti passo mia figlia...» concluse la donna, e mentre la cornetta passava dall'orecchio della madre a quello della figlia, Ale poté udire che raccomandava alla ragazza di stare attenta perché lui era uno di quelli che ci volevano provare.

«Che stai dicendo, mamma, smettila!» esclamò Silvia, avvicinandosi la cornetta alla bocca.

«Pronto?».

«Silvia? Sei tu?».

«Sì, sono io, tranquillo!». La ragazza scoppiò a ridere: «Mia madre è andata via. Ma tu chi sei?».

«Sono Ale».

«Ah, Ale, ciao!».

«Simpatica tua madre...».

«Immagino ti avrà torturato, come fa di solito».

«No, no, assolutamente! Mi ha fatto solo qualche domanda, ma ci sono abituato. Anche mia nonna fa lo stesso, è molto assillante...».

Dopo aver detto quella bugia Ale pensò alla nonna, che da qualche anno ormai non faceva altro che pregare la Madonna senza pronunciare una parola con gli altri.

«Davvero? Credevo che tua nonna non fosse così in salute. Vedi un po' cosa si inventa la gente...».

«Ehm... eh sì, già già...».

«Allora, a cosa devo l'onore della tua chiamata?».

«Be', ecco... volevo dirti che...».

«Sì? Dimmi!».

«Io... volevo dirti...».

«Sì?».

«Be', ecco...».

«Cosa volevi dirmi? Parla pure, avanti!».

«Io volevo dirti che non mi ricordo più cosa volevo dirti...».

«Quanto sei buffo!».

Silvia scoppiò a ridere di nuovo. In quel momento aveva il cuore in gola e non le importava quale fosse il motivo della telefonata. Importava solo che lui le volesse parlare.

«Ah, sì, ecco, adesso ricordo. Ho telefonato per dirti che stasera c'è una festa a casa di Claudio, e mi chiedevo se ti andava... Insomma, io ci terrei...». Ale non aveva il coraggio di terminare la frase per paura di una brutta risposta da parte della ragazza.

«Ci terresti a fare cosa? Ti sei dimenticato cosa dire?».

«No, no, ecco... ci terrei che tu venissi con me! Mi piacerebbe invitarti, ecco!».

«Ok!».

Ale non credeva alle sue orecchie. Non poteva essere così facile, Silvia era desiderata da tutti e a tutti si negava... Non poteva essere...

«Davvero? Ne sei sicura?».

«Sì, davvero, certo che ne sono sicura, che domande fai? E perché sei così sorpreso?».

«Perché non me l'aspettavo, visto che al 99% dei maschi della scuola che ti hanno invitato a uscire hai detto di no».

«Vuol dire che mi interessava proprio quell'1% che mancava! Ora scusami, ma devo proprio lasciarti, ho molto da fare. Ti aspetto stasera, allora. Verrai in auto, immagino, giusto?».

A quella domanda Ale si sentì come pietrificato: quello era proprio un bel problema...

«Ale... ci sei? C'è forse qualche problema?».

«No, no, nessun problema...».

«Allora ci vediamo stasera?».

«Sì, alle nove sarò a casa tua! Ciao allora!».

«Ciao, a stasera!».

Terminata la conversazione Ale si sentiva peggio di prima. Per prima cosa non sapeva guidare ancora molto bene, e per giunta non ce l'aveva neanche, un'auto...

Si affacciò alla finestra e vide che il padre era appena rientrato dall'autolavaggio. Se non altro, un problema era risolto. Non sarebbe stato facile prendere l'auto di nascosto, ma doveva farlo per forza. Non poteva assolutamente tirarsi indietro.

«Adesso mi tocca trovare qualcuno che mi insegni a guidare bene in un paio d'ore!» esclamò il ragazzo, grattandosi la testa. Poi, all'improvviso, gli venne in mente la persona adatta: Claudio.

Ale scappò in garage e tirò fuori il suo motorino, un "Sì" Piaggio decisamente troppo vecchio e malandato, che utilizzava solo per le emergenze. Si mise in sella e, senza nemmeno avere il tempo di allacciarsi il casco, partì in direzione della casa di Claudio. Fortunatamente i due ragazzi non abitavano lontano e in pochi minuti raggiunse il villino dell'amico. Una volta arrivato, posteggiò il motorino, suonò il campanello e dopo qualche secondo si ritrovò davanti la mamma di Claudio.

«Buongiorno signora!».

«Ciao Ale, come mai da queste parti?».

«Sono venuto a cercare Claudio».

«Claudio non c'è, mi ha detto che andava a studiare».

Ale rimase stupito: «A studiare? E dove?».

«Mi aveva detto che sarebbe venuto a casa tua, ma a quanto pare ha mentito!».

«A casa mia?».

Ale rimase in silenzio per qualche istante. Si era reso conto che con quella visita a sorpresa aveva messo nei guai l'amico e voleva trovare una soluzione. Dunque improvvisò sul momento: «Ah sì, ma certo! Ora ho capito com'è andata! In effetti eravamo rimasti che ci saremmo visti a casa mia, ma io me ne sono dimenticato e sono uscito. Sicuramente Claudio sarà davanti a casa mia ad aspettarmi, sarà meglio che lo raggiunga. Be' allora io vado, grazie mille signora...».

Senza darle il tempo di replicare, Ale si rimise in sella al suo motorino e prese a scorrazzare per la città.

Dove poteva essere in quel momento Claudio? Ci pensò un po' e subito gli venne in mente: sicuramente l'avrebbe trovato davanti a una delle macchinette del videopoker della sala giochi in centro. Vi si diresse immediatamente e trovò parcheggiata la sua macchina. Per fortuna aveva visto giusto. Quando entrò, Claudio era appiccicato allo schermo. Per di più era piuttosto teso perché aveva già perso una grossa somma di denaro e quella era la giocata decisiva: o perdeva tutto o vinceva una montagna di soldi.

Ale lo afferrò per il risvolto della maglietta, facendolo scendere dallo sgabello.

«Vuoi levarti di lì?».

«Che cazzo ti prende? Sei diventato matto?».

«Quando dici a tua madre che sei a casa mia, potresti quantomeno farmelo sapere, così evito di metterti nei casini! E poi che ci vieni a fare qui, che tanto non vinci mai? Stai buttando solo via i tuoi soldi!».

«Facevo la mia ultima giocata».

«Ma piantala!» lo rimproverò Ale. «Non ti vergogni? Tuo padre fa tanti sacrifici per mandare avanti la famiglia e tu vieni qui a sperperare?».

«Oh, ma che t'è successo? Da quando in qua sei diventato un filosofo?».

Proprio in quell'istante, la macchinetta iniziò a fare un gran fracasso: una cascata di monete tintinnavano cadendo nel vassoio. Claudio aveva vinto. Nel giro di pochi minuti, però, il gruppetto di gente che si accalcava lì intorno aveva già dato l'assalto al vassoio scappando via: al povero ragazzo non restava che qualche moneta.

Sconvolto, Claudio guardò l'amico negli occhi, indeciso se tirargli un pugno in faccia o dargli un calcio nei cosiddetti. «Ti rendi conto? Per colpa tua si sono presi tutti i miei soldi! E ora chi me li ridà? Coglione!».

Piuttosto imbarazzato per la situazione, Ale tentò di scusarsi.

«Mi dispiace, non l'ho mica fatto apposta! Ma ora siamo pari: poco fa ti ho salvato il culo dicendo a tua madre che molto probabilmente eri a casa mia ad aspettarmi...».

«Ma vaffanculo! Sai che bel guadagno! Ho perso tutto! E si può sapere perché mi stai cercando? Che diavolo vuoi da me, insomma?».

«Ho bisogno che tu mi dia una mano. Devo fare un po' di pratica... Con l'auto, intendo dire! Non so se sono in grado di guidare».

«E sei venuto fin qui a rompermi i coglioni solo perché vuoi che t'insegni a guidare? Cos'è, la tua adorata Ylenia si è forse stancata di camminare?».

«Che c'entra adesso Ylenia! La devi sempre tirare in ballo? Ti prego, è davvero importante, fammi questo favore. E poi non devi mica insegnarmi, basta che controlli se mi ricordo come si fa, e siamo a posto!».

Nonostante tutto, Claudio voleva molto bene ad Ale, e dopo essersi fatto pregare ancora un poco decise di dare una mano al suo migliore amico.

La motivazione principale che lo spinse a dimenticare la faccenda del videopoker era la certezza che quel pomeriggio, con Ale che si impratichiva nella guida, sarebbe stato davvero uno spasso. Se non altro, si sarebbe fatto delle belle risate.

24.

«Dove stai andando?».

Claudio non rispose.

«E dai, la vuoi smettere? Basta con questa storia!».

«Che cavolo, la fai facile, mica li hai persi tu tutti quei soldi! Anzi, non mi ci far pensare, che non so nemmeno perché diavolo ti sto aiutando. Non ti meriteresti un bel niente!».

«Mamma mia quanto sei venale! Guarda che i soldi non fanno la felicità».

«Be', forse è vero, però ti danno una mano a raggiungerla, la felicità! E comunque io non ci parlo con te!».

«Ah sì? E allora come hai intenzione di farmi fare pratica, se non vuoi rivolgermi la parola?».

Claudio non rispose.

«Ho capito, non solo sei venale, sei anche infantile! Ora ti metterai a frignare e cercherai la mamma...» Ale scoppiò a ridere e Claudio frenò di botto.

«Oh, ma sei pazzo?».

«Scendi!».

«Cosa?».

«Ti ho detto scendi dalla macchina!».

«Ti sei bevuto il cervello? Hai visto dove siamo? Come ci torno a casa, io? Non fare l'idiota!».

Claudio era rosso in viso e aveva lo sguardo duro. Poche volte Ale lo aveva visto così.

«Le cose sono due: o scendi immediatamente da questa macchina o stai zitto fino a quando non ti ridarò il permesso di parlare. Chiaro?».

Ale era un po' perplesso.

«Ma dai...».

«Scendi!».

«E va bene, va bene! Faremo come vuoi tu, d'accordo? Però vedi di darti una calmata, la stai facendo un po' troppo lunga, non credi?».

Claudio gli lanciò un'occhiataccia, poi girò la chiave e ripartì. Ale si sistemò sul sedile e per ingannare il tempo si mise a guardare fuori dal finestrino. Dopo un po' di tempo capì che l'amico stava girando a vuoto per il paese.

«Si può sapere dove cazzo stai andando?».

«Non mi pare di averti detto che puoi parlarmi, hai deciso di scendere qui?».

«Uffa, cambia musica, che cominci a diventare noioso. Allora, me lo dici dove diavolo stai andando?».

«Sto cercando un cazzo di posto in cui tu possa provare a guidare senza distruggermi la macchina, ecco dove! Sei contento adesso?».

«Allora potevi dirlo subito! Lo so io dove possiamo andare. Hai presente il vecchio aeroporto? Quello in periferia che ormai è in disuso da anni».

Claudio annuì.

«Non esiste posto migliore. C'è tutta la pista a nostra disposizione ed è tutta un rettilineo. E poi abbiamo il parcheggio, che è immenso, e non corro il rischio di tamponare qualcosa o qualcuno. Se ti sbrighi in pochi minuti saremo lì».

Claudio non rispose nulla, ma seguì il consiglio dell'amico.

Svoltò al primo incrocio e dopo circa una decina di minuti raggiunse il posto indicato.

«Ecco, fermati qui».

«Qui?».

«Sì, certo. Perché, cosa c'è che non va? Qui non c'è anima viva, e soprattutto non c'è rischio di fare incidenti».

«Ma sei scemo? Guardati attorno! In pista ci sono mattoni, pietrisco e ferro: al mio paese si chiama materiale edile. E là c'è tutta l'attrezzatura da lavoro. E sempre al mio paese questo vuol dire che non siamo per niente da soli, sicuramente da qualche parte ci saranno degli operai al lavoro. È meglio che ce ne andiamo».

«Che dici? Sempre il solito paranoico! Tutto il materiale che c'è in giro si trova qui da almeno un paio di secoli. Anni fa avevano deciso di ristrutturare l'aeroporto, per renderlo di nuovo funzionante, ma lo sai come vanno le cose in Italia, iniziano i lavori e li lasciano a metà. È sempre così».

Claudio non sembrava ancora convinto.

«Senti, dammi retta una volta tanto. Fidati, e smettila di rompere!».

«Pure!».

Claudio alla fine si lasciò convincere e decise di fermarsi. Tirò la leva del freno a mano e senza spegnere il motore aprì lo sportello e si cambiò di posto con Ale.

«Allora: questo è il volante e i pedali ai tuoi piedi sono freno, frizione e acceleratore. Il freno sta al centro, a destra c'è l'acceleratore e a sinistra la frizione. Questa invece è la leva del cambio».

«Uffa! Guarda che le so 'ste cose! Ti ricordo che la patente l'ho presa, anche se tutti sembrano meravigliarsene! Devi solo permettermi di fare pratica nella guida».

Claudio capì le intenzioni di Ale e si affrettò a togliere le chiavi dal quadro, per paura che partisse senza il suo permesso.

«Forse c'è un dettaglio che non ti è ancora chiaro: se vuoi usare la mia auto, o si fa come dico io o niente. Intesi? Forza, ripeti quello che ti ho appena spiegato!».

«Che palle! Da quando in qua sei diventato un maestrino? Dammi quelle chiavi e non rompere i coglioni!».

Con un gesto veloce del braccio Ale tolse le chiavi di mano all'amico, le inserì, le girò e la macchina si mise in moto. Iniziò ad accelerare, ma non successe nulla.

«Questa macchina ha qualche problema... guarda: accelero ma non succede niente, tranne finire un pieno di benzina. Faresti meglio a portarla da un buon meccanico, o forse fai prima a rottamarlo, questo catorcio!».

«Quanto sei scemo! Ma quanto! Perché sto qui a perdere tempo con te, poi, non lo so davvero! È inutile, sei proprio negato! Lascia perdere: va' in bicicletta, forse quella riesci a guidarla!».

«Scusa... è colpa mia se la macchina non va?».

Claudio si mise le mani attorno alla bocca a mo' di imbuto.

«Deficiente! Se vuoi che la macchina si muova devi togliere il freno a mano! Idiota! Lo sanno anche i bambini dell'asilo! Dove cazzo l'hai trovata, la patente? Nell'uovo di Pasqua come sorpresa o dentro a un sacchetto di patatine?».

Ale spense il motore e abbassò lo sguardo sulla leva del freno.

«Bastava dirlo! Di sicuro a te che sei un pilota professionista queste cose non capitano, ma io è la prima volta dopo tanto tempo che mi metto al volante».

«Sì, sì, per carità! Hai ragione tu, va bene? Ora mi dai retta? È già tardi, e se è vero che vuoi imparare a guidare in modo decente entro oggi sarà meglio che ci sbrighiamo».

Ale annuì e fece un sorrisetto ironico.

«Ok... ti ascolto, capo».

Claudio fece del suo meglio per insegnare all'amico a guidare. Nei mesi passati senza prendere in mano un volante Ale aveva dimenticato quel poco che aveva appreso a scuola guida. Infatti non riusciva a percorrere più di qualche metro senza che la macchina si spegnesse. Dopo un'ora di spiegazioni si trovavano ancora al punto di partenza.

«Ma che noia! Una scimmia al volante sarebbe più brava di te! Quante volte ti dovrò ancora ripetere che non devi lasciare la frizione così bruscamente? Poi mi devi i soldi della benzina, guarda: sono quasi rimasto a secco per colpa tua».

Ale tentò per l'ennesima volta di avanzare e finalmente riuscì a percorrere un buon pezzo di strada senza che la macchina si fermasse.

«Hai visto? Dovevo solo prendere confidenza con questo rottame... ora vado come il vento!».

«Certo, un asso...».

«Guarda!».

Preso dall'euforia del successo, Ale accelerò scalando le marce. Quando lo vide inserire la quinta, Claudio iniziò a preoccuparsi seriamente.

«Ehi, vacci piano, non sei mica Schumacher!».

«Che c'è? Ti dispiace che l'allievo superi il maestro?».

«Che stai dicendo? Sono solo preoccupato per l'incolumità della mia auto e di me stesso».

Ale si voltò verso l'amico.

«Qual è il problema? Qui non ci sono muri dove posso andare a sbattere. Tu e il tuo pezzo da museo non correte assolutamente alcun rischio».

«Ma che fai? Guarda la strada mentre parli con me, idiota!».

Ale voltò nuovamente lo sguardo e davanti a lui si materializzò un cartello con la scritta PERICOLO.

«Rallenta, non hai visto quel segnale?» esclamò Claudio preoccupato.

«Scemo! Non hai visto che era tutto arrugginito? Sarà lì da chissà quanti secoli. Quanto sei ingenuo! O forse non sai più che inventarti per farmi rallentare... Mi dispiace ma devi rassegnarti al fatto che sono molto più bravo di te».

«Aleeeex! Ti ho detto di non togliere gli occhi dalla stradaaaaa! Ale, presto, rallentaaaaa!».

L'avvertimento di Claudio non riuscì a impedire che la povera 127 si schiantasse prima contro una transenna e poi finisse dentro una fossa scavata dagli operai che stavano ristrutturando il vecchio aeroporto. I due ragazzi fortunatamente se la cavarono con lividi ed escoriazioni non gravi, ma la macchina era mezza distrutta. Il paraurti anteriore si era spezzato, i fari frantumati e il cofano era rovinosamente rientrato verso l'interno, danneggiando buona parte del motore e della carrozzeria. Il parabrezza, poi, si era tutto scheggiato nello scontro. Insomma, adesso l'auto era veramente da rottamare.

Uscito dall'abitacolo attraverso il finestrino posteriore, Claudio non si curò nemmeno di aiutare Ale, bloccato all'interno. Fece un giro intorno alla macchina e quando si rese conto delle condizioni in cui era ridotta, cadde a terra svenuto.

25.

Le lancette segnavano le otto in punto e Ale era davanti allo specchio a pettinarsi con cura i capelli ribelli. Dopo l'esperienza di un mese prima, a scuola, ma anche grazie all'amicizia con Ylenia, aveva imparato a curarsi di più e tenersi sempre in ordine.

Accese lo stereo e cominciò a canticchiare una canzone in inglese, pensando che per fortuna nessuno lo stava ad ascoltare: non pronunciava una parola in maniera corretta neanche per sbaglio!

Quando si staccò dallo specchio erano già le otto e venti. Dopo un ultimo sguardo di ammirazione (si sentiva davvero un figo, quella sera), pensò a come risolvere l'ultimo problema: rubare la macchina al padre. L'ideale sarebbe stato riuscire a riprendersi anche la patente, ma papà la teneva sotto chiave ed era davvero impossibile impadronirsene senza che se ne accorgesse. Poteva solo sperare e pregare che tutto andasse per il meglio.

Andò in soggiorno per rendersi conto della situazione e vide il padre seduto in poltrona che, come sempre, stava guardando un film alla televisione. Si avvicinò per osservare meglio, in punta di piedi, e si accorse che anche quella sera si era addormentato.

Furtivamente si mise a cercare le chiavi dell'auto. Per fortuna erano appoggiate sul tavolinetto di vetro del soggiorno, accanto a occhiali, sigarette e portafogli. A passo veloce, per paura di far tardi, si diresse verso la porta d'ingresso ma si bloccò di colpo perché ebbe come l'impressione che la nonna avesse detto qualcosa. Si voltò verso di lei e tese l'orecchio, ma non sentì altro. Si fermò allora un istante per guardarla bene, ma si rese conto che non c'era nulla di diverso. Come sempre era sull'inginocchiatoio, davanti all'immagine della Madonna, a recitare il rosario. Eppure che strano, gli era proprio sembrato che la nonna gli avesse detto: "Sta' attento a ciò che fai!", ma era impossibile perché non apriva bocca da anni. Sicuramente era stata un'impressione, uno scherzo della mente dovuto alla tensione di quel piccolo furtarello. Senza curarsene troppo aprì la porta, cercando di fare meno rumore possibile, e se la richiuse alle spalle. Mentre si dirigeva verso il garage ripassava mentalmente tutti gli insegnamenti di Claudio di quel pomeriggio. Chissà come se la sarebbe cavata.

Una volta raggiunto il box, per non rischiare di svegliare il padre, tolse il freno a mano dalla macchina e a motore spento la spinse fuori dal cortile del condominio. Con qualche difficoltà mise in moto e cambiò marcia senza premere il pedale della frizione, facendo un gran baccano, ma era già troppo distante perché il padre potesse sentirlo e svegliarsi.

Quando raggiunse l'indirizzo di Silvia guardò l'orologio e si accorse di essere in perfetto orario. Suonò tre colpi di clacson e attese il suo arrivo, rimproverandosi di non aver pensato di comprarle un mazzo di fiori: alle ragazze piaceva tanto e nei film funzionava sempre.

Ormai non c'era più tempo per recuperare. Scese dall'auto e si guardò intorno, per vedere se magari ci fosse qualche fiorellino da strappare nel giardino dei vicini, ma niente da fare, non c'era l'ombra di un fiore nel raggio di diversi chilometri. Un po' deluso, salì di nuovo in auto.

Chissà, magari la serata sarebbe andata bene lo stesso, fiori o non fiori, ma soprattutto era necessario che si togliesse dalla testa Ylenia. Temeva che Silvia potesse accorgersi che in realtà lui pensava a un'altra, e non voleva assolutamente che succedesse.

Si sentiva particolarmente nervoso quella sera, ma non sapeva se fosse dovuto al fatto che stava uscendo con la ragazza più bella della scuola o alla storia di Ylenia. Probabilmente era vera la seconda ipotesi ma non aveva voglia di ammetterlo. E per giunta stava guidando senza patente!

Una cosa però era sicura: aspettava già da venti minuti, e ancora di Silvia nessuna traccia. La cosa iniziava a infastidirlo seriamente. Pensò che magari la ragazza non aveva sentito i colpi di clacson, quindi decise di scendere dall'auto e suonare il campanello. Al citofono gli rispose la sorella minore, che gli chiese di pazientare alcuni minuti, presto Silvia sarebbe scesa. Ma dopo un altro quarto d'ora la porta d'ingresso non si era ancora aperta.

Davvero seccato, Ale si ripromise di rimproverarla appena fosse arrivata. Per colpa sua stavano facendo tardissimo ed era quasi tentato di andarsene e piantarla lì, se non altro per insegnarle un po' di educazione.

La verità era che si sentiva terribilmente in colpa nei confronti di Ylenia e quella lunga attesa gli sembrava una punizione divina. Ma perché, poi?

In fondo lei lo aveva rifiutato, mentre Silvia sembrava ben disposta nei suoi confronti. Perché mai avrebbe dovuto farsi tanti scrupoli? Perché si sentiva tanto meschino?

In un attimo, come per magia, quei pensieri svanirono quando, dopo più di trenta minuti di attesa, vide Silvia finalmente davanti al portone di casa, bella e sensuale come non mai, fasciata in un elegante abitino nero e con i capelli raccolti. In quel momento si convinse che non doveva assolutamente buttare al vento l'occasione che gli si era presentata quella sera. Dimenticò tutti i discorsi che si era preparato durante l'attesa per farle capire quanto fosse arrabbiato per il suo comportamento: anche l'irritazione si era dissolta nella rugiada della sera. La sua mente era improvvisamente vuota, si sentiva in estasi, in paradiso.

E il meglio doveva ancora venire, perché quando lei si accostò al finestrino per scusarsi del ritardo lo sguardo di Ale fu catturato dalla scollatura mozzafiato di quel vestito così sexy che lasciava ben poco spazio all'immaginazione. Silvia si accorse immediatamente della sua reazione e la cosa non le dispiacque affatto. Come inizio non c'era male, in effetti.

Imbarazzato e ipnotizzato da tanta bellezza, Ale si rese conto dell'occhiata della ragazza, ma si stupì di non vederla arrossire e abbassare lo sguardo. Certo, che stupido, non stava mica uscendo con Ylenia! Quella sera era in compagnia di una ragazza che aveva voglia di divertirsi, proprio come lui, e che non avrebbe rifiutato le sue attenzioni e le sue avances!

«Spero di non averti fatto aspettare tanto!».

Silvia fece il giro per salire in macchina, camminando lentamente, di proposito, per dare tempo ad Ale di ammirarla in tutto il suo splendore.

«Ma no, figurati, sono qui al massimo da una trentina di minuti, che vuoi che sia! Per te aspetterei anche un'eternità!».

«Ah, meno male! Credevo di averti fatto attendere un po' troppo, per la verità».

In effetti si era davvero rotto, poco prima, a stare in macchina così tanto tempo e per un attimo pensò di nuovo di farglielo notare, poi però l'occhio gli cadde ancora su quella meravigliosa scollatura e le parole che gli uscirono di bocca non furono certo di irritazione.

«Sta' tranquilla, non me ne sono neanche accorto. Allora, andiamo?».

Silvia annuì e Ale girò la chiave. Il quadro si accese e il motore si avviò, ma lui era così eccitato da aver dimenticato tutto ciò che Claudio gli aveva insegnato. Cosa doveva fare per mandare avanti l'auto? Premeva l'acceleratore e non succedeva nulla.

«C'è qualche problema con la macchina?».

«No, tranquilla, quest'auto fa sempre così. Ho detto mille volte a mio padre di farla controllare, ma...».

Ale tentò altre volte, ma la macchina non ne voleva sapere. Ci pensò un po' su, poi le disse: «Scusami un attimo, devo fare una telefonata».

Così aprì lo sportello, scese dall'auto e cercò nella rubrica del telefonino il numero di Claudio. Il ragazzo era a casa a intrattenere gli invitati che cominciavano ad arrivare. Quando rispose alla chiamata, Ale sentì solo una musica assordante.

«Claudio... Claudio! Ma che è 'sto casino? Claudio... mi senti?».

«Ma chi è? Pronto?».

«Claudio... mi senti?».

«Sì, ma chi sei?».

«Sono io, Ale! Non fare lo stronzo, dai! Non sarai ancora arrabbiato per quello che è successo oggi!».

«Chi cerca? Oronzo...? Mi spiace, ma ha sbagliato numero!».

Claudio interruppe la telefonata e Ale, sempre più nervoso, si affrettò a richiamarlo.

«Pronto?».

«Claudio?».

«Ma chi sei?».

«Claudio, sono Ale! Aaaale!».

«Ah, Ale, sei tu! Perché non me l'hai detto subito?».

«Veramente è da mezz'ora che cerco di dirtelo. Vabbè, lasciamo stare. Piuttosto stammi a sentire, sono in un grosso guaio!».

Ale sentì che Claudio stava parlando con qualcun altro.

«Claudio, cazzo! Mi vuoi ascoltare?».

«Scusami, ma qui arrivano gli invitati e li devo salutare! Tu piuttosto, che fine hai fatto?».

«Cosa hai detto? Non riesco a sentirti!».

«Aspetta un secondo, che mi sposto da qui».

«Sì, ma sbrigati però, perché ho il cellulare senza soldi e sono in una situazione del cavolo!».

«Ok!».

Claudio uscì in giardino e finalmente i due poterono parlarsi.

«Allora, si può sapere che cazzo vuoi? Hai deciso di distruggermi anche i maroni, oltre alla macchina?».

«Ehi? Che ti è successo? Dov'è finito il Claudio di poco fa?».

«Ringrazia che ancora ti rivolgo la parola, va! Poco fa ero davanti agli ospiti e non ti ho urlato qualche parolaccia solo per questo».

«Senti, comunque, io sono a casa di Silvia e non riesco più a far camminare l'auto di mio padre».

«Bum!».

«Eh?».

«Va' a raccontare 'ste stronzate a qualcun altro!».

«Ma è vero...».

«Sì, latin lover dei miei coglioni!».

«Ma se ti ho detto che è vero, idiota!».

«Ma valla a raccontare a qualcun altro, io ho da fare! Ciao!».

Claudio riattaccò di nuovo e Ale lo richiamò per la terza volta, sempre più nervoso.

«Ma si può sapere che vuoi? Tanto è inutile, non ci credo che sei con Silvia».

«Porca miseria! Sono da solo, va bene? Ora mi vuoi dire come diavolo devo fare per far camminare questa macchina?».

Claudio rimase in silenzio per qualche secondo. Ale sembrava davvero arrabbiato.

«Ma l'hai tolto il freno a mano?».

Ale si diede uno schiaffo in fronte e riattaccò senza nemmeno ringraziare l'amico.

Intanto Silvia, sentendolo urlare, si era affacciata al finestrino per capire cosa stesse accadendo.

«Ale, è successo qualcosa? Dai, andiamo! Mi sono rotta di aspettare!».

Pure! Che coraggio!

Il povero Ale rientrò in macchina e si rese conto che in effetti Claudio aveva ragione. Il problema era proprio quello, aveva dimenticato di togliere il freno a mano. Si affrettò ad abbassare la leva e l'auto si avviò senza problemi.

Pensò a quale fosse il modo più veloce per arrivare a casa di Claudio, ma poi decise di imboccare una strada secondaria, per paura di incontrare qualche pattuglia, anche se significava allungare di molto il percorso. "Ci manca solo che mi fermi la Polizia, stasera, e siamo a posto!" pensò.

«Sei bellissima stasera!» disse invece. «*Oh my darling, you are wonderful tonight...*».

Erano le uniche parole di una canzone che era riuscito a imparare proprio per l'occasione.

26.

Quando finalmente riuscirono ad arrivare a casa di Claudio, Ale posteggiò in malo modo. Tenendo Silvia per mano, la scortò fin davanti al portone di casa dell'amico. Suonò il campanello e fu proprio Claudio ad aprire. Il ragazzo si accorse della presenza di Ale, ma non di quella di Silvia, che si era allontanata di pochi passi per rispondere a una chiamata sul cellulare.

«La mia carta da cinquanta euro, grazie!» esclamò tendendo la mano.

Divertito, Ale lo guardò con un sorrisetto strafottente. Si avvicinò a Silvia, che stava riponendo il telefonino nella borsetta, la prese per mano e la fece entrare. Poi, rivolgendosi a Claudio, che non riusciva a credere ai propri occhi, esclamò con aria di sufficienza: «Non preoccuparti per i miei cinquanta euro, me li darai domani...».

«Scusami un secondo Ale, devo andare in bagno a controllare il trucco, torno subito». Silvia lo baciò sull'angolo della bocca prima di allontanarsi e lui, che non stava nella pelle, si avvicinò all'orecchio del suo amico.

«Anzi, tieniteli, così non sono più in debito con te per i soldi che ti ho fatto perdere al videopoker e per la macchina che ti ho distrutto» gli sussurrò.

Claudio non era ancora riuscito ad aprire bocca. Non poteva credere che Silvia avesse accettato di uscire con Ale. Con tutto quello che era successo nel pomeriggio, non si era nemmeno ricordato di chiedere all'amico come fosse andata a finire con la ragazza.

«Non penserai di cavartela così facilmente! Io...» si riscosse, ma non riuscì a terminare la frase.

Proprio in quel momento si avvicinò a entrambi il loro compagno Pietro, quello che tutti chiamavano "il Figo", e Claudio si allontanò immediatamente, ancora scocciato con lui perché aveva raccontato in giro la storia delle prostitute.

«Ciao Ale!» salutarono due ragazze che lui trovava terribili ma che a Pietro dovevano piacere molto, visto il modo in cui le stringeva.

«Come va?». Ale non aveva voglia di intrattenersi con lui.

Pietro indicò le due ragazze: «Meglio di così non potrebbe andare. E tu? Sei venuto da solo, vero? E pazienza, cose che capitano, non preoccuparti! O per lo meno, capitano a quelli come te...».

A queste parole entrambe le ragazze scoppiarono a ridere.

«Be', veramente sono venuto con Silvia» e così dicendo la indicò, mentre lei lo raggiungeva sorridente.

Le due racchie smisero di ridere e Pietro non seppe più cosa dire. Quando Silvia fu vicina, Ale le mise un braccio dietro la schiena e poi le chiese: «Conosci Pietro, il mio compagno di classe?».

Lei disse che lo conosceva di vista.

«Allora, Pietro, non ci presenti le tue amiche?» continuò Ale con ironia.

«Oh, scusami, me n'ero dimenticato! Queste sono le mie due ragazze. Lei è Serena, e lei Valentina».

«Le tue due ragazze?» intervenne Silvia, curiosa. «Com'è che hai due ragazze?».

«Perché può permetterselo» esclamarono in coro le due dame.

Pietro strizzò l'occhio ad Ale: «Che ne dici?».

«Di che?».

«Ma come di che! Di questi due angeli! Non trovi che Serena assomigli a Belen e Valentina alla Canalis?».

«In effetti, ora che me lo fai notare, sono proprio uguali! È davvero impressionante!».

Silvia faticò per lo sforzo di non scoppiare a ridere.

«Noi andiamo a ballare. Ci si vede!» disse Ale allontanandosi, non potendone più di quell'idiota.

«Mamma mia, che cessi!» disse poi nell'orecchio a Silvia, che finalmente poté ridere di gusto.

Quando entrarono nella sala da ballo, tutti i maschi presenti guardarono Ale con non poco stupore. Molti erano sorpresi perché avevano ricevuto almeno un rifiuto dalla ragazza. Altri, che non avevano mai visto la coppia, erano solo invidiosi, ma quelli che conoscevano bene entrambi non potevano credere ai loro occhi: era decisamente impensabile che la più bella della scuola accettasse l'invito di un ragazzo come Alessandro Cutrò.

Lui invece, inorgoglito da quegli sguardi di invidia e ammirazione, e stuzzicato dalle continue provocazioni della ragazza, era riuscito a rimuovere, almeno per quella sera, il nome e il viso di Ylenia. Sembrava non esistesse altro all'infuori di Silvia.

Tra danze e cocktail, risate con gli amici e tanti sguardi complici tra loro, la serata stava passando velocemente. Iniziarono i balli latinoamericani e le risate aumentarono perché c'era sempre il fighetto della situazione che si cimentava nell'impresa ma non riusciva a seguire il ritmo e i passi del gruppo, un vero spasso che scatenava l'ilarità di tutti i presenti.

Erano quasi le due e una dolce e lenta melodia trascinò di nuovo in pista tutte le coppiette.

Ale s'inginocchiò e baciò la mano di Silvia: «Madame, mi concede l'onore di questo ballo?».

«Certo, perché no?» esclamò lei alzandosi dalla sedia, incurante dei piedi che urlavano sopra i tacchi troppo alti.

Forse non esisteva ragazza più felice sulla terra, quando sulle note di *I'll be missing you* Silvia si abbandonò all'abbraccio del suo compagno e gli appoggiò la testa sul petto. Ale poteva sentirne il profumo, e le sue labbra dischiuse sembravano supplicare un bacio.

Perché non ascoltare quella dolce supplica? Inclinò leggermente la testa e si abbassò in direzione delle sue labbra, ma proprio in quel momento si sentì picchiettare sulle spalle. Si voltò e vide Claudio che come al solito era arrivato a rovinare tutto. L'amico stava infatti ballando un lento con Gilda, la loro compagna di classe, e le farfugliava qualcosa all'orecchio.

«Voglio la rivincita!».

Con la mano Ale gli fece segno di spiegarsi meglio, e quando furono di nuovo vicini il ragazzo riprese: «Scommetto cinquanta euro che non riesci a farci niente!».

Ancora una volta Ale fece segno che non capiva, e al terzo giro, quando ormai la canzone era quasi finita, Claudio gli sussurrò: «Una dichiarazione d'amore!».

Ale aveva intuito che si trattava di una scommessa ma non gli era ben chiaro cosa ci fosse in gioco. Era evidente però che fosse una scommessa già persa in partenza: impossibile che Silvia potesse innamorarsi di lui. Non ci era riuscito con Ylenia, figurarsi con lei! Ylenia... chissà cosa faceva, chissà con chi era, come l'avrebbe presa se avesse saputo della sua serata con Silvia!

«Ale, guarda che la canzone è finita». Silvia gli stava sorridendo dolcemente.

Era tanto assorto nei suoi pensieri che stava ancora dondolandosi in mezzo alla pista. Non si era neanche accorto che le luci erano di nuovo accese.

Si bloccò di botto e per scacciare i pensieri propose: «Andiamo un po' fuori? Fa un caldo qui dentro...».

La ragazza acconsentì subito, anzi sembrava felice della proposta.

Fuori era davvero molto freddo e Silvia indossava solo il suo abito leggero. Da vero gentiluomo, Ale pensò bene di togliersi la giacca e di mettergliela sulle spalle. Lei gli sorrise per ringraziarlo, poi si strinse a lui.

«Mi abbracci?» chiese, guardandolo fisso negli occhi.

Ale non se lo fece dire due volte.

Rimasero così, abbracciati, senza parlare. L'unico rumore che si sentiva era il sibilo del vento che, avvolgendo la ragazza come una candida coperta, ne diffondeva il dolce profumo.

«Mi accompagni un attimo in macchina? Ho dimenticato il cellulare».

Ale annuì e prendendola per mano si diresse insieme a lei verso la macchina.

Quando furono vicini, premette il pulsante dell'allarme. Le quattro frecce lampeggiarono e l'auto si aprì. Proprio in quel momento si ricordò che l'aveva vista prendere il cellulare dalla borsetta quando stavano per entrare a casa di Claudio. Come mai, allora, gli aveva chiesto di andare in macchina?

Intanto la ragazza aveva aperto lo sportello, si era seduta sul sedile posteriore e non aveva nemmeno finto di cercare. Lo stava invitando a entrare.

«Come mai sei voluta venire qui?» chiese lui, mentre richiudeva lo sportello.

«Te l'avevo detto, dovevo prendere il cellulare!» rispose Silvia ridendo.

«Ma se il cellulare era in borsa!».

«E va bene, mi hai scoperto...».

Improvvisamente abbandonò l'atteggiamento provocante che aveva tenuto tutta la sera e si trasformò in una ragazza timida, in grado anche lei di imbarazzarsi e arrossire.

«Perché sei diventata rossa?».

«Perché volevo stare un po' sola con te!». Silvia non aveva il coraggio di guardarlo in faccia.

Adesso Ale era seriamente in difficoltà, non sapeva bene come comportarsi.

«Come mai non hai un fidanzato? Sono tanti i ragazzi che ti fanno la corte».

«Be', non m'interessano».

«Allora non t'interessa nessuno, adesso?».

«A dire la verità sì, c'è un ragazzo che mi interessa, ma lui non mi ha mai guardato e credo sia innamorato di un'altra!».

Ale non disse nulla.

«Mi piace dai tempi delle medie, ma non ho mai avuto il coraggio di confessarglielo. E lui non se n'è mai accorto» proseguì.

«E chi sarebbe questo fortunato?».

«Tu, Ale...».

Rimase pietrificato. La ragazza più bella della scuola, quella che tutti volevano, quella che tutti desideravano, quella che pochissimi avevano avuto, gli stava confessando di essere innamorata di lui dai tempi delle medie. E lui, come un cieco, un idiota, non si era mai accorto di nulla! E pensare che aveva sempre sognato un momento simile, lo considerava un sogno irrealizzabile, e adesso invece lei era lì, in carne e ossa, bellissima, dolcissima e fragile, e gli stava chiedendo di amarla.

Travolto dall'emozione, sentì un sapore nuovo sulle labbra, il sapore di una ragazza meravigliosa che lo baciava con passione, ardore e disperazione.

Era come se stesse vivendo un sogno, il suo corpo era altro da sé, come se agisse per conto suo, il potere della mente annullato. Silvia gli era avvinghiata, e lui le stava baciando la fronte, il mento, il collo, le labbra, le mordicchiava l'orecchio, e poi giù, su quella scollatura che ormai non c'era più, perché le bretelline erano scivolate e il vestito era già sul sedile anteriore, insieme al reggiseno. Adesso la accarezzava dappertutto, aveva tra le dita l'elastico delle sue mutandine, ed era più forte di lui, non riusciva a fermarsi, non poteva frenarsi, la voleva, la desiderava ardentemente, voleva possederla e farla sua, finalmente sua. Lei iniziò a tremare come una foglia d'autunno, forse non era pronta per arrivare fino a quel punto, credeva di essere matura ma era solo una ragazza bisognosa di tenerezze e di coccole.

«Ale, ho paura! Devo dirti una cosa... io non l'ho mai fatto prima» disse Silvia con la voce palpitante e le labbra sulle sue.

Ale si fermò di botto, aprì gli occhi e la guardò. Aveva gli occhi socchiusi e il viso arrossato. Sembrava affamata di baci e di carezze, desiderava solo la bocca e le mani di lui sul suo corpo, chiedeva soltanto di essere amata. Null'altro.

«Mi dispiace, non posso...». Ale si rimise a sedere, lasciandola lì mezza nuda, sdraiata sul sedile, con gli occhi lucidi e un desiderio che lui non poteva soddisfare, perché lui, nella testa, aveva soltanto un nome. Un nome che, per quanto si sforzasse di dimenticarlo, era di un'altra.

«Che significa?» chiese Silvia, incredula. Istintivamente tentò di coprirsi con le braccia il seno nudo.

«Mi dispiace, ma io sono innamorato di un'altra. Non posso farti questo. Non posso essere il primo, non me lo merito. Una cosa così importante... Mi dispiace».

Ale parlava e si rivestiva, mentre Silvia si era allungata sul sedile per raccogliere le sue cose senza guardarlo.

«Ho sbagliato, non saremmo dovuti arrivare fino a questo punto. Spero potrai perdonarmi».

Silvia scoppiò a piangere: «Perdonarti? Ti rendi conto di cosa mi stai dicendo? Sei un bastardo! Mi hai illusa per cosa? Perché mi hai invitato questa sera? Perché siamo arrivati a questo punto? E perché adesso mi lasci qui, in questo modo? Ma ti rendi conto di come mi posso sentire? Ti rendi conto di quanto mi hai umiliata? È per colpa di quella là, non è vero? Quella puttanella straniera a cui corri sempre dietro? Be', se proprio lo vuoi sapere, a lei non gliene frega niente di te! Niente, hai capito? Sei un povero illuso».

«Non chiamarla puttanella! Non la conosci nemmeno! Non hai il diritto di giudicarla!».

Silvia era sbalordita. Non replicò nulla, limitandosi a rannicchiarsi sul sedile e a piangere le sue lacrime.

«Ti aspetto qui fuori, accanto alla macchina. Chiamami quando hai finito di rivestirti, sei troppo sconvolta per rimanere alla festa. Ti riaccompagno a casa».

Silvia si rivestì velocemente e rimase qualche minuto da sola in macchina, troppo amareggiata per parlare.

A lei Ale piaceva davvero, e lui l'aveva illusa. L'aveva portata alla festa, le aveva fatto credere chissà cosa, l'aveva spogliata, l'aveva toccata, e quando stava finalmente per farla felice si era tirato indietro, perché in realtà non voleva lei, ma un'altra. Lei era solo un diversivo, il divertimento di una sera. Il suo cuore, la sua mente, i suoi gesti erano tutti per Ylenia, che invece non meritava una sola di tutte quelle attenzioni.

Senza parlare aprì lo sportello di Ale, e lui capì che poteva risalire in macchina. Si sistemò sul sedile e posandole una mano sulla spalla le disse: «Mi dispiace davvero tanto, ti giuro che non volevo, non credevo... Spero che riusciremo a chiarire...».

«Non toccarmi!» gli urlò lei, girandosi di scatto.

Aveva il trucco sbavato, gli occhi gonfi, la sua bella acconciatura era tutta rovinata, il cuore a pezzi.

Ale capì che era meglio rimanere in silenzio, questa volta l'aveva fatta grossa. L'aveva ferita profondamente e forse lei non sarebbe mai stata in grado di perdonarlo.

Accese l'auto e si diresse verso casa sua.

«Cosa dovevo aspettarmi da uno che si fa le prostitute? Che stupida! Io pensavo che per piacerti dovevo essere sensuale e intrigante! Povera sciocca! Mi raccomando, divertiti con i tuoi amici quando racconterai come mi hai umiliato stasera, e loro rideranno di me».

«Guarda che io non sono quel tipo di persona! Non è vero che vado con le prostitute e non racconterò a nessuno quello che è successo stasera! E poi, per quel che può valere, sappi che se solo tutto questo fosse successo qualche mese fa non avrei esitato un secondo a fare l'amore con te e se tu l'avessi voluto mi sarei fidanzato volentieri, ma adesso è troppo...».

Silvia lo interruppe urlando, sbattendo i pugni sul cruscotto: «Sta' zitto, zitto, non voglio sentire scuse, non mi interessano le tue bugie! Non lo capisci che così mi fai solo più male? Ti odio, non voglio vederti mai più! Bastardo! Ti odio!».

Per il resto del tragitto i due restarono in silenzio. Ale aveva un terribile mal di testa, a causa dell'alcol e di tutto il resto.

Aveva rifiutato Silvia. Aveva perso un'occasione unica, lei non lo avrebbe mai più neanche salutato, e tutto questo perché? Per un amore probabilmente non corrisposto nei confronti di una ragazza che forse non avrebbe avuto mai.

Ma andava bene così. Se avesse fatto sesso con Silvia, non avrebbe più avuto il coraggio di guardare Ylenia negli occhi. Che strano, fino a poco tempo prima non si sarebbe fatto tanti scrupoli per una storia così incerta, e nemmeno per una certissima. Non si sarebbe mai lasciato scappare un'occasione del genere, anche a costo di perdere una persona cara. Fino a qualche mese prima era diverso, era un ragazzino. Non era mai stato veramente innamorato.

Silvia scese dalla macchina sbattendo lo sportello, senza salutare. Aveva cercato di ricomporsi come meglio poteva, per evitare le domande della madre, ma per tutta la strada non aveva fatto altro che singhiozzare disperatamente.

Ale aspettò che fosse entrata in casa prima di ripartire. Per un secondo fu assalito dal timore che potesse fare una pazzia, poi si rese conto che presto la ferita si sarebbe rimarginata.

27.

Ale si ritrovò da solo per strada, con l'unico desiderio di sentire o vedere Ylenia. Gli sarebbe bastato per essere di nuovo felice ma quando provò a chiamarla scoprì che il suo telefono era ancora spento. Del resto era notte fonda, si disse, probabilmente stava dormendo.

Mise il cellulare nel cruscotto dell'auto e per un secondo distolse lo sguardo dalla strada. Quando alzò la testa, vide davanti a sé un posto di blocco.

«Porca puttana! Che idiota! Avrei dovuto fare il giro dalla periferia! Con tutto quello che è successo stasera mi è proprio sfuggito di mente! Cazzo!».

Guardò lo specchietto retrovisore per vedere se c'erano altre auto dietro la sua, ma la strada era deserta. Inoltre aveva fretta di tornare a casa, distrutto com'era, e quindi aveva premuto un po' troppo sull'acceleratore. Di sicuro i carabinieri se n'erano accorti e l'avrebbero fermato.

Le sue previsioni infatti si avverarono: un carabiniere al centro della corsia alzò la paletta e gli fece segno di accostare.

«Cazzo! Cazzo, cazzo, cazzo!».

Non sapeva davvero cosa inventarsi. Scappare? Ancora peggio. Fermarsi? Non aveva alternative. Comunque la rigirasse, era nei guai fino al collo.

«Favorisca patente e libretto, per piacere!» disse il carabiniere, che intanto si era avvicinato al finestrino.

«Sì, certo!». Ale, cercando di mantenere la calma, gli porse la carta d'identità e il libretto.

L'uomo lo guardò male.

«C'è qualche problema, agente?».

«Qualche problema? Almeno un paio! Intanto, come la mettiamo con i limiti di velocità? E poi, qui ci sono solo documento d'identità e libretto. Non mi ha dato la patente».

«Ah, sì, certo! Mi scusi un secondo...». Ale si sentiva svenire, ma fingeva di rovistare nelle tasche dei pantaloni.

Piuttosto spazientito, l'agente lo invitò a scendere dall'auto.

«Insomma, ce l'ha o non ce l'ha questa patente?».

«Ehm, veramente no...» confessò il ragazzo, sorridendo e grattandosi la testa.

«Come sarebbe a dire, veramente no?».

«No, cioè, in realtà ce l'ho!».

«E allora che aspetti a darmela? Sbrigati, su, che non abbiamo tempo da perdere!».

«Be', agente, il fatto è che ce l'ho, ma non ce l'ho!».

«Mi stai a prendere per il culo?».

«No, le spiego, io la patente l'ho presa, solo che non l'ho portata con me, ecco, l'ho dimenticata a casa. In realtà me l'ha sequestrata mio padre!».

«Benissimo, allora. Devo farti una multa per guida senza patente, un'altra per eccesso di velocità e un'altra ancora per non avere allacciato la cintura di sicurezza. E, già che ci siamo, controlliamo la revisione!».

Ale aveva il cuore in gola. Non sapeva nemmeno di cosa gli stessero parlando, ma sperava che fosse tutto a posto.

Il carabiniere controllò il libretto di circolazione e gli disse che la revisione era scaduta.

«Allora sono in totale ottocento euro di multa, più il sequestro dell'auto per la revisione scaduta».

Il carabiniere tirò fuori il blocchetto dei verbali e iniziò a compilare la prima pagina.

«No!».

Ale gli tolse istintivamente la penna dalle mani, facendolo innervosire ancora di più.

«Ma che fai?» disse il carabiniere, segnalando al collega di avvicinarsi.

«La prego! Ho avuto una serata terribile! Ho rubato la macchina a mio padre per far colpo su una ragazza, che però non è la ragazza che voglio veramente, perché quella in realtà è un'altra, che non mi ha mai guardato e mi considera solo un amico. Lei invece era la più bella della scuola, ma io l'ho rifiutata dopo che mi ha confessato che le sono sempre piaciuto, ed eravamo sul punto di farlo, capite, ma mi sono tirato indietro perché era la sua prima volta, e poi per paura della reazione dell'altra ragazza, quella che mi piace sul serio, e l'ho ferita gravemente, e adesso non vorrà mai più guardarmi in faccia, e...».

«Quale delle due? Quella di stasera, o l'altra che ti piace veramente?».

L'appuntato, che in fondo aveva solo qualche anno più di Ale, sembrava interessato alla storia, ma ricevette una gomitata nel fianco da parte del brigadiere.

«Quella di stasera! E adesso non so nemmeno se ho fatto bene, perché se Ylenia dovesse continuare a rifiutarmi, come un coglione ho buttato al vento un'occasione d'oro! In fondo, prima che arrivasse lei, a me Silvia era sempre piaciuta, ma ora c'è solo lei e io non riesco a pensare ad altro, ma al tempo stesso non riesco a capirla, perché sembra che io le piaccia, ma poi quando mi faccio avanti mi rifiuta! Per non parlare poi della scuola, i miei professori mi odiano, ho una media pessima e non so nemmeno se riuscirò a essere ammesso agli esami. In più, se prendo un altro brutto voto, mio padre minaccia di ritirarmi da scuola e mandarmi a lavorare. Insomma, vi prego, la mia vita è già abbastanza incasinata! Fatemi la multa, ma non sequestratemi l'auto, mio padre mi ucciderà! Parlo sul serio, lui quando vuole può essere molto violento! Vi prego, abbiate pietà di me!».

I due uomini si guardarono in faccia, indecisi sul da farsi. Ale sembrava sinceramente disperato, e l'appuntato si era preso a cuore quel povero ragazzo.

«Che dice, brigadiere, procediamo così? Gli facciamo la multa ma non gli portiamo via l'auto?» propose.

«In fondo non sembra un cattivo ragazzo».

«Quindi che devo fare?».

«Fagli la multa e lascialo andare».

Quando i carabinieri gli consegnarono la multa, Ale la guardò chiedendosi dove mai avrebbe potuto trovare i soldi per pagarla. Sospirando si rimise al volante e si diresse verso casa.

Una volta arrivato, andò in soggiorno a controllare la nonna. Le si avvicinò, ma sembrava che come al solito lei non fosse presente. Prima di andare in camera sua le bisbigliò a un orecchio: «Forse è meglio se la prossima volta non apri bocca! Che serata di merda!».

28.

Erano già passate due settimane dall'ultima volta che aveva sentito Ylenia, e Ale cominciava a essere seriamente preoccupato. Cosa le era successo? Non era da lei assentarsi tanti giorni da scuola, per di più aveva il cellulare sempre spento e a casa rispondeva la segreteria.

Le aveva lasciato mille messaggi, ma non aveva mai richiamato. Le aveva anche mandato degli SMS, ma probabilmente, se non aveva acceso il cellulare, non li aveva neanche letti.

Forse aveva cambiato numero. Chissà se si sarebbe fatta sentire o vedere, chissà se era ancora arrabbiata con lui, se le erano arrivate delle voci, magari della serata con Silvia a casa di Claudio. Forse era per quello che non l'aveva più cercato. Se solo gli avesse dato la possibilità di spiegare...

Ale era a letto, ancora mezzo addormentato, senza una risposta alle sue domande. Avrebbe voluto che fosse sempre domenica mattina. Che bello poter rimanere a letto fino a mezzogiorno, con la luce della primavera che si faceva spazio tra le finestre socchiuse e quei rumori di vita appena fuori, nella stagione delle promesse.

Stranamente si era svegliato presto quel giorno. Accadeva di rado che alle dieci del mattino, di domenica, avesse già gli occhi aperti. Si girò dall'altro lato, tirandosi su le coperte per farsi altre due orette di sonno, ma il cellulare iniziò a squillare.

«Che palle! Chi è che rompe a quest'ora...».

Si alzò per andare a recuperare il telefonino sotto la montagna di vestiti dispersi sulla scrivania. Quando lesse il nome sul display quasi non credeva ai propri occhi.

«Pronto... Ylenia, sei tu?».

«Sì, sono io Ale. Ciao, come stai?». Ylenia aveva la voce stanca e triste.

«Sto benissimo, ma tu piuttosto, che fine hai fatto? Non ti sei più fatta vedere né sentire, pensavo ce l'avessi con me!».

«No, sta' tranquillo, ho avuto solo un po' di febbre. Infatti volevo scusarmi per come mi sono comportata con te in queste due settimane. Ho sentito i tuoi messaggi in segreteria, ma non ti ho richiamato perché sono stati momenti un po' difficili. Purtroppo non è un buon periodo per me, ultimamente. Comunque non preoccuparti, non ce l'ho affatto con te».

«Meno male! Anch'io ho passato dei giorni di fuoco e mi sono reso conto che non posso oppormi al volere del destino...».

«Che strano! Anch'io, proprio in questi giorni, ho capito la stessa cosa. Il destino di ogni persona è già scritto e nessuno può interferire nel suo disegno».

"Che dolce. Quanto la amo..." pensò Ale tra sé e sé. Poi disse: «Cosa c'è? Hai una voce strana, è successo qualcosa? Però se non ti va di parlarne, sta' tranquilla! Non devi dirmelo per forza se non ne hai voglia, non fa niente».

"Che dolce, quanto lo amo. Oh, Ale, è vero, c'è qualcosa che non va! Io credo di amarti, ma noi non potremo mai stare insieme, perché io sto morendo! Come sarebbe bello poterti urlare la verità al telefono e piangere fino a domani. È questa l'unica cosa che desidero davvero. Ma non posso. Non posso. Perdonami, amore mio. Non posso dirti la verità. Lo vorrei, giuro. Ma non posso".

«Ylenia? Ci sei?».

«Sì, scusami, mi ero un po' distratta».

«Allora... c'è qualcosa che non va?».

«No, non c'è nulla che non va, tranquillo! Sono ancora un po' influenzata, tutto qui. Te l'ho detto che ho avuto la febbre, e mi è venuto anche un brutto raffreddore. Ti ho chiamato proprio per questo. Ti va se oggi pomeriggio ci vediamo per studiare un po' insieme? Così posso rimettermi in pari con voi e recuperare quello che mi sono persa nei giorni di assenza... Ti va?».

«E me lo chiedi? Ma certo, con molto piacere!».

Ale era troppo felice. Finalmente poteva esserle utile in qualche modo, ma soprattutto aveva ritrovato la sua Ylenia di sempre, l'unica al mondo capace di fargli battere il cuore e dimenticare tutte le altre.

«Ti aspetto verso le tre?».

«D'accordo, ci vediamo nel pomeriggio».

«Perfetto! Allora ciao...».

«Aspetta un secondo».

«Che c'è?».

«Mi ha fatto davvero molto piacere sentirti. Mi sei mancata, in questi giorni».

"Anche tu mi sei mancato maledettamente, amore mio! Ma non posso dirtelo, mi dispiace, non potrò mai dirtelo!".

«Smettila di fare lo scemo! Ci vediamo più tardi! Ciao!».

Ylenia riattaccò il telefono senza nemmeno lasciargli il tempo di rispondere. Ale guardò il suo cellulare. Che strano, ancora peggio delle altre volte. In genere le faceva piacere quando lui le diceva cose dolci, arrossiva e iniziava a ridere imbarazzata, ma stavolta non aveva accettato nemmeno quella piccola confessione. Che strano...

Ma che importava, l'unica cosa che contava in quel momento era che lei non fosse arrabbiata e volesse vederlo. Gli bastava per essere il ragazzo più felice del mondo.

Si rimise a letto, con un sorriso beato sulla faccia, assaporando la gioia che avrebbe provato nello stare di nuovo accanto a lei. Si preparava i discorsi, ripromettendosi di non farla indispettire e alla fine, cullato dai pensieri, si riaddormentò.

Quando riaprì gli occhi, si accorse che erano già le due e un quarto del pomeriggio. Aveva quarantacinque minuti per pranzare, prepararsi e andare a casa sua.

Corse in cucina e aprì le ante della credenza per cercare qualcosa di veloce con cui sfamarsi. Rovistando tra le provviste trovò una lattina di carne in scatola, che però era di una marca diversa da quella che di solito comprava suo padre.

"Sarà una sottomarca della Simmenthal!" si disse, mentre cercava nel cassetto delle posate una forchetta. Non riuscendo a trovarla, per fare prima tirò la linguetta d'alluminio e svuotò l'intero contenuto direttamente in bocca, accorgendosi pochi istanti dopo che aveva un sapore tremendo.

«Ma che schifo!» esclamò, sputandola nella spazzatura.

Si ripulì la bocca, strofinò il ripiano di marmo sul quale aveva appoggiato la lattina, la gettò nel secchio dell'immondizia e si diresse nella sua stanza.

In corridoio incontrò il padre, appena rientrato, con un cucciolo di Yorkshire tra le mani. Un batuffolo di peli, biondo, con un nastrino rosso sul collo: una cagnolina.

«Buongiorno! Ti sei svegliato, finalmente! Hai visto, ti ho messo da parte un piatto di pasta in cucina. L'hai mangiata?».

Ale, sorpreso, pensò che il mondo intero si stesse prendendo gioco di lui.

«No, mi sono arrangiato con quello che ho trovato. E questo chi è? Che ci fa qui?» disse Ale indicando la cagnolina.

«Non è un amore? L'ho preso alla fiera, per tua nonna. Le farà compagnia. Si chiama Sissi».

«Non credo proprio che ne abbia bisogno».

«Fammi un favore. Mi prendi una scatoletta di carne per cani? Le ho comprate stamattina».

«Uffa, papà, è tardi! E io mi devo sbrigare».

«Su, che ci vuole! Le ho messe lì, guarda, nella seconda anta in alto della cucina, insieme alle altre scatolette». Il padre gli indicò, dalla porta, lo sportello al quale si riferiva.

Ale ci mise poco a realizzare. Di corsa andò a rovistare nel contenitore della spazzatura per vedere se i suoi sospetti erano confermati. Sull'etichetta lesse: "Per cani pieni di vitalità", e corse in bagno a vomitare. Pensò che quella creatura non era ancora entrata in casa e già aveva cominciato a far danni.

"La giornata sta cominciando male. Sarà meglio che vada a vestirmi, altrimenti arriverò in ritardo da Ylenia".

Non sapeva cosa indossare, non voleva fare brutte figure. Iniziò a provare pantaloni e camicie, e alla fine si decise per dei jeans comprati al mercato qualche giorno prima e una maglia sportiva.

Quando fu pronto, scese in garage per prendere il suo vecchio motorino, ma appena fece scattare il cavalletto si accorse che aveva una gomma a terra.

«E che palle!» esclamò, guardandosi intorno per cercare una soluzione alternativa.

Avrebbe potuto riprendere la macchina del padre, ma se lui se ne fosse accorto stavolta l'avrebbe ucciso sul serio. Meglio lasciar perdere. Per poter pagare la multa, anzi la serie di multe che si era beccato la sera che era uscito con Silvia, era stato costretto a vendere la sua adorata playstation insieme ai giochi e agli accessori, la chitarra, i bongos e la preziosissima collezione di fumetti. Per giunta aveva dovuto chiedere un prestito a una vecchia zia, sorella della nonna, con la promessa di farle dei lavoretti gratis in casa.

I suoi occhi caddero allora su una vecchia bici che usava in passato la nonna, buttata in un angolo, semicoperta da un telo e ormai in disuso perché aveva i freni rotti.

"A mali estremi!" si disse senza indugiare oltre, e una volta in sella iniziò a pedalare verso casa di Ylenia. Era quasi arrivato a metà strada quando si rese conto di aver dimenticato lo zaino con i libri e dovette tornare indietro per recuperarlo.

Per far prima pensò bene di prendere una scorciatoia. Era una ripida discesa che lo avrebbe portato direttamente dietro casa sua. La bici iniziò ad acquistare velocità durante il tragitto e nonostante lui tirasse con tutta la sua forza la leva dei freni, la bicicletta non voleva saperne di rallentare la corsa. Per evitare di schiantarsi contro qualche auto o qualche muro, fu costretto a frenare con i piedi, consumandosi la suola delle scarpe e rischiando più volte di cadere e di rompersi un braccio o una gamba.

Quando finalmente riuscì ad arrivare a destinazione, si cambiò velocemente le scarpe, prese lo zaino, vi infilò dentro i libri e si rimise in sella.

Prima però si fermò per comprare dei fiori, ma non sapeva cosa scegliere. Un mazzo di rose? Meglio di no, di certo l'avrebbe male interpretato e si sarebbe arrabbiata. Delle orchidee? Troppo costose. Delle violette? Troppo poco. Dei girasoli? Troppo grandi e difficili da trasportare in bicicletta.

Alla fine il fioraio, una persona molto paziente, gli mostrò delle piccole margherite.

«Fantastico!» esclamò Ale, felicissimo della scelta. Gli sembravano perfette per Ylenia. Avevano la sua bellezza semplice, pura, acqua e sapone, e in più erano fiere e dolci, come lei.

"Speriamo che le piacciano!" pensò mentre pagava e riponeva i fiori nello zaino, augurandosi che non si rovinassero.

Quando finalmente raggiunse il cancello di villa Luciani lo trovò semiaperto ed entrò direttamente senza suonare il citofono. Poggiò la bici contro il muro interno della recinzione e si diresse lungo il viale, verso il portone d'ingresso. Diede un'occhiata veloce al recinto di Romolo e Remo, per controllare che i due cani si trovassero nelle loro cucce, e lui al sicuro: non aveva mai avuto un buon rapporto con gli animali. Il recinto sembrava chiuso e lui fece per proseguire, ma si bloccò improvvisamente.

"Che strano! Mi è sembrato di aver sentito ringhiare!".

Si girò nuovamente a destra e si accorse del terribile errore: il cancelletto era semplicemente accostato, non chiuso. Per giunta, i due alani gli stavano ringhiando alle spalle. In preda al panico, si tuffò dentro al recinto e vi si chiuse dentro, lasciando i cani davanti al cancelletto ad abbaiargli contro.

Proprio in quel momento squillò il cellulare. Era Ylenia che, richiamata da tutto quel baccano e preoccupata per il ritardo di Ale, era uscita in giardino e lo stava chiamando.

«Si può sapere com'è che sei sempre in ritardo?».

«Si può sapere com'è che ogni volta che vengo io i cani sono sempre liberi?».

«Dove sei?».

«Esci e vedrai!» esclamò Ale, interrompendo la chiamata.

Ylenia si diresse verso le cucce dei cani, attirata dal loro abbaiare, per capire cosa stesse succedendo, e non poté trattenere le risate di fronte alla scena.

«Come sei buffo nel recinto! Ma che ci fai lì dentro?».

«Che ci faccio? Cerco di sfuggire alle grinfie di quelle due bestiacce! Mi odiano, lo so, ogni volta la stessa storia. Perché non lo chiudete mai questo benedetto cancelletto?».

«Dai, quanto la fai lunga! Se sono due angioletti! Non è vero, piccoli miei?».

Ylenia prese ad accarezzare i due cagnoni che le si erano accucciati ai piedi scodinzolando, felici di vederla.

«Vieni fuori da lì, i cani li tengo io».

Titubante, Ale uscì dal recinto e, non appena i due cani furono rinchiusi, tirò fuori dallo zaino il mazzo di margherite e glielo porse sorridendo.

«Grazie, sono bellissime! Non dovevi... Come facevi a sapere che sono i miei fiori preferiti?» disse Ylenia baciandolo sulla guancia.

«Infatti, non lo sapevo» rispose lui, felice di averci azzeccato.

«Su, andiamo dentro che è già tardi!» lo invitò Ylenia prendendolo per un braccio.

Quando furono in casa chiamò i genitori: «Mamma, papà, c'è Ale!».

«Ciao, Ale!» si limitò a gridare il padre dallo studio.

«Salve, signor Luciani!» rispose il ragazzo.

Dalla cucina, Ambra preferì invece raggiungere i due ragazzi in corridoio, per salutare Ale e offrirgli qualcosa da bere.

«Mamma, ci pensi tu a mettere questi in un vaso?» disse Ylenia porgendole il mazzetto di margherite.

«Certo! E tu Ale, sei sicuro di non volere nulla?».

«No, davvero, la ringrazio!».

«Allora vi lascio andare a studiare» disse Ambra tornando in cucina.

«Grazie, mamma!».

«Non capisco cosa ci trovi mia madre di tanto speciale in te» lo punzecchiò Ylenia mentre salivano le scale. «Ha una specie di adorazione nei tuoi confronti. È così contenta quando vieni a studiare qui...».

«Magari pensa che sono il tipo giusto per sua figlia!» esclamò Ale ridendo.

«Smettila! Tira fuori i libri, piuttosto, così ci mettiamo a studiare» lo ammonì Ylenia.

Prima di aprire il libro di storia i due si guardarono con intensità. In quel momento sembrava che il mondo intero fosse chiuso in quella stanza. Avevano tutto. O per lo meno, tutto quello che serviva per essere felici. Mancava solo una cosa: il coraggio di confessarselo.

Ylenia aprì il libro e invitò il ragazzo a prestare un po' d'attenzione a ciò che avrebbe letto, ma già dalle prime parole la mente di Ale cominciò a vagare con l'immaginazione: Ylenia seduta sulle sue gambe, in un magnifico panorama esotico!

La ragazza si accorse che lui era altrove e lo richiamò all'attenzione, portandolo nuovamente sulla terra.

«Mi vuoi ascoltare, o no?».

«Scappiamo insieme?».

«Cosa?».

«Immagina che bello: io, tu, il rumore del mare, le palme, i gabbiani che volano in cielo...».

«Ale, ma sei fumato?».

Ylenia scoppiò a ridere, e Ale tirò fuori dalla tasca il cellulare. Con un semplice clic riuscì a imprigionare quella risata gaia e fresca sul suo schermo. Quando sollevò lo sguardo, si accorse però che Ylenia non rideva più e lo stava guardando male. Molto male.

«Cancellala!».

«No dai, perché? È così bella!».

Ylenia diede appena un'occhiata al cellulare, contrasse la faccia e si mise le mani sui fianchi.

«Se non la cancelli ti caccio via di casa!».

Sorridendo, Ale decise di accontentarla, benché a malincuore. Non capiva davvero le ragazze con la fissazione di venir male nelle foto. Era così bella e spontanea in quello scatto!

«Allora? La cancelli o no? Sono venuta malissimo! E non farmi mai più una foto a tradimento! Prometti?».

«Prometto, prometto!».

Ale non aveva alcuna intenzione di mantenere la promessa, certo com'era di avere mille altre occasioni per poterla fotografare di nuovo. E, se gli avessero detto che in realtà si sbagliava di grosso, non ci avrebbe mai creduto.

29.

Il pomeriggio passò velocemente. Ale e Ylenia studiarono in allegria, concedendosi ogni tanto qualche pausa per riposarsi un po' e chiacchierare da buoni amici.

«Uffa, non ce la faccio più! Smettiamo, ti prego!» implorò Ale intorno alle sette del pomeriggio, seriamente distrutto.

«Ok, in effetti anch'io sono stanca. Direi che per oggi abbiamo fatto abbastanza».

«Meno male! Devo sgranchirmi le gambe. Vado un attimo in bagno, ok?».

«D'accordo, seconda porta a destra. Te lo ricordi, no?».

«Sì, sì, certo...».

Rimasta sola, Ylenia iniziò a mettere a posto il tavolo. Ripose le penne negli astucci, chiuse libri e quaderni e li sistemò uno sopra l'altro, in due pile: una con le sue cose, e l'altra con quelle di Ale. Poi prese in mano il diario di scuola del ragazzo e iniziò a sfogliarlo, come per scoprire qualcosa di lui. Era pieno di frasi scritte in modo quasi incomprensibile e di cancellature, qualche pagina era addirittura stata strappata. Probabilmente quei fogli erano stati utilizzati per formare palline di carta da lanciare ai compagni. Qua e là spuntavano scarabocchi e disegnini, tentativi disperati di sfuggire alla noia di certe lezioni. Aprì una pagina a caso, ancora intatta, e in un angolo vi disegnò un piccolo cuore con la penna rossa: accanto scrisse il suo nome. Dopodiché lo richiuse e glielo mise nello zaino.

Proprio in quel momento Ale rientrò nella stanza e, attirato dai rumori provenienti dall'esterno, si avvicinò alla finestra.

«Ma cosa sono questi spari?».

«Non sono spari, sono botti di avvertimento!». Ylenia si avvicinò a sua volta alla finestra.

Ale le passò un braccio intorno alle spalle e la strinse a sé: «E come mai?».

Ylenia avrebbe voluto allontanarsi e fuggire, ma non ne ebbe la forza. Si abbandonò al suo abbraccio, che sperava non terminasse mai. Erano lì, entrambi sentivano l'odore dei loro corpi, si sfioravano la pelle, si cercavano, si desideravano. Se quei botti avessero smesso di esplodere, si sarebbero sentiti i battiti accelerati dei loro cuori. Era più forte di lei, era così bello quando la teneva stretta a sé! Cercando di godersi quel piccolo attimo di gioia, chiuse gli occhi.

«Qui siamo vicini a Vada. Lì, in questi giorni, ci sono i festeggiamenti in onore del patrono. Ci sarà un mare di gente».

«Ah, lo sai tu che sei qui da poco e non lo so io!».

Ale era emozionato come un bambino e la stringeva più forte a sé. Ylenia, che si sentiva morire tra quelle braccia, annuì, ma poi, quando i botti cessarono, per sfuggire all'imbarazzo della situazione gli propose di uscire.

«Andiamo a fare una passeggiata in giardino, ho bisogno di prendere un po' d'aria».

Ylenia era già fuori dalla stanza, ma Ale la fermò: «Aspetta un secondo! Prendo lo zaino, così poi torno a casa direttamente!» disse iniziando a raccogliere le sue cose.

«D'accordo, come vuoi».

Quando furono in giardino, Ylenia lo prese per la manica e si mise a correre.

«Vieni, devo farti vedere una cosa!».

Percorsero pochi metri e si fermarono davanti al recinto dei cavalli.

«Non sono una meraviglia? Me li ha regalati qualche settimana fa mio padre» disse la ragazza sorridendo.

«Caspita, che regalo!» esclamò lui un po' imbarazzato.

Di certo, se un giorno fosse riuscito a farla innamorare, non avrebbe mai potuto offrirle doni tanto costosi!

«Sai andare a cavallo?» chiese Ylenia, aprendo il recinto.

«Per niente!».

Ale la seguì all'interno dello steccato mantenendosi a distanza, un po' intimorito dai due animali.

«Prova, monta sull'altro» esclamò lei già in sella.

«Non se ne parla neanche».

«Perché no? Dai, è facile, fifone!».

«No no, non voglio rompermi l'osso del collo!».

«Allora sali su questo, insieme a me, così ti insegno» propose Ylenia.

Senza pensarci due volte, Ale fu subito in groppa al cavallo.

«Potevi almeno farmi finire la frase!» scherzò lei, stupita dalla velocità con cui era montato.

Mostrandogli i movimenti, gli impartì una piccola lezione con i principi fondamentali.

«Hai capito?» chiese alla fine.

«Credo di sì».

«Perfetto! Allora monta l'altro, così ci facciamo un giro!».

«D'accordo, come vuoi. Con te non si può mica discutere».

Ale era un po' deluso perché il contatto ravvicinato era durato veramente troppo poco. Tra mille difficoltà riuscì a guidare il cavallo per le stradine di periferia, per fortuna poco trafficate, e insieme raggiunsero un parco giochi lì vicino. A quel punto poté tirare un sospiro di sollievo.

«Scendiamo, ho voglia di passeggiare un po'» disse Ylenia.

Dopo aver legato le redini a un palo, girarono tra scivoli e giostre che a quell'ora erano deserti, poi si sedettero sull'altalena, uno accanto all'altra, dondolandosi leggermente.

«Posso farti una domanda personale?» se ne uscì a un certo punto Ale, rompendo il silenzio.

«Cosa vuoi sapere?».

«Hai mai avuto un fidanzato?».

«Perché me lo chiedi?».

«Lo sai già il perché...».

«No che non lo so!».

«Così, per curiosità...».

«Sì, per curiosità! Comunque sì, stavo con un tipo prima di venire qui in Italia. Tu?».

«Ho avuto qualche ragazza, ma sempre storie brevi. Non ne ho mai trovata una con cui fare sul serio. E la tua storia, come mai è finita?».

«È finita perché lui era un bastardo!».

«Ti ha fatto soffrire?».

«Abbastanza».

«Allora adesso dovrò andare in Colombia per spaccargli la faccia!».

«Non credo ne valga la pena! E poi, con quelle braccia magre magre non penso proprio che riusciresti a batterlo. Anzi, finiresti KO al primo colpo!».

Ale rimase qualche istante in silenzio, poi scese dall'altalena e bloccò il dondolio.

«Io non potrei mai farti del male, lo sai questo, vero?».

Ylenia non rispose e voltò la testa da un'altra parte. Che destino crudele, ora aveva l'amore, ma non la speranza di sognare insieme a lui, di vivere con lui.

Dolcemente, Ale le sfiorò il mento, costringendola a guardarlo negli occhi.

«Sei troppo importante per me! Io non farei mai nulla per ferirti... Ylenia, io...».

Senza finire la frase, chiuse gli occhi e accostò le sue labbra a quelle di lei. Stavolta, niente fughe né movimenti bruschi.

Sembrava che finalmente Ylenia si fosse arresa alla necessità di sentirsi, per una volta, un po' più vicini, ma proprio nel momento in cui stava per sfiorarle la bocca, lei gli diede una spinta e lo fece cadere per terra. Senza nemmeno dargli il tempo di rialzarsi saltò giù dall'altalena e, mentre slegava i cavalli dal palo, gli urlò tra le lacrime: «Perché devi sempre rovinare tutto, Ale, perché? Lo vuoi capire che tra di noi non ci potrà mai essere niente? Mai! Mettitelo in testa!».

«Aspetta!» urlò allungando la mano verso di lei, ma era troppo tardi. Ylenia, al galoppo sul suo cavallo bianco, era già lontana e, per giunta, anche il cavallo nero era partito al galoppo dietro di lei, lasciandolo a terra.

«Maledetto!» esclamò, cercando di ripulirsi i pantaloni.

Triste e avvilito, Ale ritornò all'abitazione di Ylenia per riprendersi la bici. Quando arrivò trovò il cancello semiaperto e stavolta non esitò a entrare, sicuro che i cani fossero ben chiusi nel recinto. Mentre stava per recuperare la bici, volse un triste sguardo verso la villa che si innalzava maestosa in lontananza, alla fine del viale. Senza riuscire a trovare una spiegazione al comportamento di Ylenia, sospirò e girò la sua bicicletta, pronto per andarsene.

E pensare che si era ripromesso di non farla arrabbiare! Ma questa volta almeno lei era stata chiara. Aveva detto che non ci sarebbe mai potuto essere nulla tra loro, quindi era davvero il caso di dimenticarla. Non riusciva a capire il motivo di quei continui rifiuti. Si era lasciata abbracciare quando guardavano insieme i fuochi d'artificio, non aveva opposto la minima resistenza. Anzi, sembrava felice. E non poteva averlo preso come il semplice abbraccio di un amico, era chiaramente di più, molto di più.

Tanto valeva allora finirla lì anche con l'amicizia: che se ne faceva di una ragazza capace solo di farlo star male? Non si sarebbe mai potuto accontentare di averla unicamente come amica: troppo preso da lei, ormai, ogni volta che stavano insieme da soli il suo unico desiderio era di stringerla forte e baciarla.

Basta, da quel giorno avrebbe detto addio a Ylenia per sempre.

Mannaggia a lei, a quell'ora avrebbe potuto fare romantiche passeggiate con la bella Silvia, se solo fosse stato meno stupido e meno illuso. Se solo non fosse stato tanto innamorato di Ylenia!

A quel pensiero tirò un calcio al cancello della villa, che si richiuse facendo un gran rumore. Un rumore che attirò l'attenzione di Romolo e Remo, liberi per il giardino. Giorgio Luciani, infatti, pensando che Ale fosse andato via li aveva fatti uscire dal recinto mentre lui e la figlia erano al parco giochi.

Vedendoli arrivare di corsa, in preda al panico Ale afferrò la bici, se la mise in spalla e si arrampicò con molta difficoltà sul muro di cinta. Quando arrivò in cima, però, si rese conto che gli servivano le mani libere per scendere dal lato della strada. Così fu costretto a gettare la bici dall'alto, facendola cadere rovinosamente sull'asfalto. Una volta a terra, la controllò e si rese conto che le ruote e il manubrio erano irrimediabilmente danneggiati. Ormai era impossibile guidarla e così dovette andarsene a piedi, solo con i suoi pensieri, trascinandosi dietro la bicicletta, che gettò nel primo cassonetto.

Arrivato a casa, era talmente stanco e sconsolato che non aveva voglia nemmeno di mangiare. Si chiuse in camera sua, gettandosi pesantemente sul letto.

Si sentiva morire al pensiero di dover dimenticare Ylenia, ma che altro poteva fare? Perché era così sfortunato? Tutte le sue storie d'amore erano sempre finite male, per un motivo o per l'altro, e con Silvia era stato davvero il colmo! Se non altro, la rabbia nei confronti di Ylenia per quell'episodio l'avrebbe aiutato a dimenticarla più facilmente.

Provò a mettersi comodo per cercare di riposare un po', ma le folate di vento che entravano dalla finestra aperta gli procuravano dei brividi di freddo lungo la schiena. Di malavoglia si alzò e la chiuse, ma un ultimo colpo di vento fece volare via dei fogli dalla scrivania, disperdendoli sul pavimento. Ale si chinò per raccoglierli e li rimise a posto.

La sua attenzione fu attirata da un'agendina telefonica che non utilizzava più da un po' di tempo. Si sedette sulla sedia e iniziò a sfogliarla. Tra i tanti numeri segnati ce n'era qualcuno cerchiato con la penna rossa. Erano tutti i numeri delle sue ex.

Li copiò su un foglietto di carta, scrivendo accanto a ogni numero il nome della ragazza, e iniziò a fare il suo giro di telefonate. A ognuna delle sue ex fidanzate chiese il motivo per il quale lo avevano lasciato e le risposte che ricevette furono tutte quante più o meno simili.

«Vuoi sapere per quale motivo ti ho lasciato? Semplice, perché tu non hai mai amato me, ma lei!» rispose la prima.

«Lei chi, scusa?» chiese Ale, che non ricordava d'averla tradita.

«Quella che ho fra le gambe, caro il mio Ale! E vedi di cancellare il mio numero, stronzo!».

La seconda gli rispose di averlo lasciato perché lui l'aveva tradita con la sorella, la terza spiegò che non ne aveva idea, dato che lui era sparito senza nemmeno una spiegazione, la quarta gli disse che era un porco, e anche la quinta e la sesta fornirono risposte analoghe.

Tirando le somme, la causa del fallimento delle sue storie era stato sempre il sesso. E pensare che con Silvia era successo esattamente il contrario! Si era arrabbiata con lui perché sul più bello l'aveva rifiutata. Ma perché era stato tanto scemo?

E Ylenia, allora? Con lei non aveva mai neanche parlato dell'argomento. Era forse tanto pudica da scandalizzarsi per un bacio? Impossibile! Gli aveva confessato di aver avuto già un ragazzo, e di sicuro lui l'aveva baciata, se non addirittura fatto altro!

A quel pensiero si sentì morire. Non riusciva a immaginare la sua Ylenia tra le braccia di un altro, gli faceva troppo male al cuore.

Scacciando dalla mente quell'immagine si mise a letto, sperando che il giorno dopo tutto sarebbe tornato in qualche modo a posto.

30.

I giorni che seguirono furono molto tristi per Ale. Con Ylenia ormai erano arrivati al punto di scambiarsi soltanto un saluto. Non si erano più visti oltre la scuola dall'ultima volta al parco giochi: lei aveva sempre rifiutato i suoi inviti e addirittura cambiato posto di banco, con la scusa che dall'ultima fila aveva difficoltà a leggere la lavagna. L'ultimo SMS glielo aveva inviato per fargli gli auguri di Pasqua. Inoltre si assentava spesso e aveva l'aria stanca e corrucciata. Una volta l'aveva sorpresa a piangere in corridoio, ma appena aveva tentato l'approccio lei si era allontanata senza spiegazioni.

Come se non bastasse, la voglia di studiare stava decisamente calando. Da quando Ylenia non lo aiutava più, le lunghe ore sui libri gli costavano molta fatica.

Il peggio però era non poterla dimenticare. Si chiedeva anzi se mai un giorno ci sarebbe riuscito. Più cercava di non pensare a lei, più il suo viso gli tornava in mente. Si sentiva in trappola, come se nessuno al mondo potesse salvarlo tranne lei.

Per lo meno il suo vecchio amico Claudio non lo aveva abbandonato e stava facendo di tutto per tirarlo su di morale. Anche quella sera sarebbe passato a prenderlo per andare a fare un giro: aveva detto che gli avrebbe fatto una sorpresa, magari era riuscito a riparare la sua vecchia 127 dopo che lui l'aveva distrutta quel giorno infausto.

Il rumore di un clacson distolse Ale dai suoi pensieri. Si affacciò alla finestra, convinto di vedere Claudio, ma al posto della vecchia Fiat trovò una nuovissima Opel che sembrava appena uscita dal concessionario. Pensò si trattasse del fidanzato della sua dirimpettaia, che cambiava macchina ogni mese, così rientrò nella sua stanza.

Dopo qualche istante sentì il clacson suonare di nuovo. Probabilmente la ragazza stava perdendo tempo a prepararsi. Si era appena gettato sul letto, quando sentì chiamare il suo nome a squarciagola.

Si affacciò alla finestra e si rese conto che la voce era di Claudio, ma per quanto lo cercasse con lo sguardo non riusciva a vederlo da nessuna parte.

«Quand'è che ti decidi a scendere?» gli urlò.

«Dove sei?».

«Sono qua!».

«Sì, ma qua dove?».

«Qua, in auto!».

Gli prese un colpo quando lo vide dentro a quel macchinone.

«Che cazzo ci fai lì? Scendi, sbrigati, che se ti becca il proprietario ti fa arrestare!» si affrettò a gridargli.

«Il proprietario, veramente, sono io».

«Tu? Ma che...».

Ale si precipitò di corsa verso la porta di casa, ansioso di ascoltare le spiegazioni dell'amico.

«Papà, io sto uscendo» urlò mentre era già con un piede fuori dalla porta.

«Perché non studi, invece di uscire? Hai sempre la testa nel divertimento, tu? Guarda che se ti bocciano ti conviene non tornare più a casa perché t'ammazzo!» rispose il padre con voce ferma e decisa.

Suo padre aveva tutte le ragioni. Ormai gli era impossibile riuscire a recuperare l'anno scolastico e di sicuro avrebbe dato l'ennesima delusione a quel pover'uomo.

«Non preoccuparti, ho studiato abbastanza per oggi» mentì.

«Non ti azzardare a far tardi!» furono le sue ultime parole, ma Ale aveva già chiuso la porta.

«Si può sapere a chi l'hai rubata quest'auto? O a chi hai rubato i soldi per comprarla?» chiese Ale all'amico, esaminando la macchina in lungo e in largo.

«Cosa vai a pensare? Ho solo vinto i soldi al casinò!».

«Al casinò? Ma sei rimbambito? Non ti bastava il videopoker giù in paese, ora pure il casinò! Guarda che così diventi dipendente! E quanto avresti vinto?».

«Tanti bei bigliettoni, amico mio, e li ho spesi tutti per questo gioiellino!».

«Quale casinò, quello in città? E quando ci sei andato?».

«Qualche giorno fa. Ti spiego, ho accompagnato mia madre per una visita in ospedale...».

«Sta male?».

«No, tranquillo, è soltanto incinta».

«Come, è incinta? E me lo dici così? Auguri!».

«Vabbè, grazie, ma non è questo il punto. Siccome c'era molto da aspettare l'ho lasciata lì, sono andato a farmi un giro e sono passato per caso davanti a questo casinò».

«Seee, per caso, e io dovrei crederti! Hai lasciato tua madre da sola per andare a giocare al casinò, sei proprio un figlio ingrato!».

«Ha parlato il santarellino! Perché tu invece sei il figlio modello! Comunque, mi lasci finire di raccontare 'sta cazzo di storia?».

«Parla, parla, mamma mia, come sei suscettibile!».

«Quando mi sono trovato lì davanti ho sentito come una forza magnetica che mi ha costretto a entrare. E ho fatto bene, perché così ho potuto prendermi questa signorina!».

«Caspita, che culo! È fantastica!».

«E guarda lo stereo...».

«Bello, cavoli...».

«Ascolta un po', senti che suono...».

Più che dall'acustica, Ale rimase colpito da *Breathe*, una canzone di Midge Ure.

«Davvero molto bella».

«Sì, lo so, è un impianto sofisticato, legge anche gli MP3».

«Veramente io mi riferivo alla canzone. È uno di quei brani che andrebbe bene come colonna sonora in un momento romantico».

«A me piuttosto fa pensare a una bella scopata».

«Sei sempre il solito, non cambi mai. Quand'è che ti deciderai a crescere un po'?».

«Non è mica colpa mia se non ho ancora trovato la ragazza giusta. Beato te che sai cos'è l'amore!».

Ale rimase in silenzio per riflettere un po'. Lui in realtà dell'amore sapeva ancora ben poco. Fino a quel momento non ci aveva capito granché.

«Sì, l'amore è un bel sentimento, ma è così complicato che ti può far perdere la bussola della ragione. E poi io in amore sono sfortunato».

«Perché?».

«Perché ho capito che tutte le storie, così come hanno un inizio, prima o poi avranno anche una fine. E non possiamo far nulla per impedirlo».

«Ma lo sai che è vero?».

«Cosa? Che tutte le storie prima o poi finiscono?».

«No, è vero che si perde la ragione, se cerchi di capirci qualcosa. Io, a starti dietro, l'ho già persa...».

A quelle parole Ale scoppiò a ridere. La canzone stava volgendo al termine e poi attaccò un altro pezzo, meno melodico e più ritmato.

«È bellissima. Tienilo questo CD. Andrà bene come sottofondo per un momento bello della tua vita».

«Per esempio?».

«Che ne so... E adesso dove stai andando?».

«A Livorno!».

«A fare cosa?».

«A trombare con le mignotte!».

«Falla finita! Pensa piuttosto a trovarti una fidanzata, così potrai fare l'amore con lei tutte le volte che vorrai!».

«E dove la trovo una ragazza? Quelle che piacciono a me manco mi vedono».

«Allora cambiamo aria. Vicino a casa di Ylenia c'è l'uscita per Vada. Lì c'è sempre un sacco di gente».

Claudio non sembrava convinto: «E se non troviamo nessuno in giro a Vada?».

«Se non provi, non lo saprai mai».

Ale aumentò il volume dello stereo e sulla scia delle note i due giunsero a destinazione.

31.

I due ragazzi rimasero piacevolmente sorpresi quando arrivarono in paese. Per strada c'era tantissima gente, ma soprattutto tantissime loro coetanee.

Ale indicò una piazzola alla loro destra: «Posteggia là!».

«Ma non c'è parcheggiato nessuno...».

«E allora? Non c'è posto da nessun'altra parte».

«Vabbè!».

Scesi dall'auto, Ale diede una pacca sulle spalle all'amico.

«Caro Claudio, sono certo che qui troverai la donna dei tuoi sogni».

«Magari!».

I due si incamminarono lungo la strada per un giro di perlustrazione. Ma per quanto Claudio cercasse di attirare l'attenzione delle ragazze, tutte sembravano avere occhi solo per Ale.

«Uffa, non mi guarda nessuno!».

«Non è vero, quelle tre per esempio ti stanno guardando».

«Dove?».

Claudio volse lo sguardo, contento di aver finalmente trovato delle ragazze interessate a lui, ma vide solo tre vecchiette sedute davanti a un portone che li fissavano incuriosite.

«Smettila! Che stronzo, ti diverti tanto a sfottermi? Bell'amico, cavolo!».

«Scusa, dai, non fare così! Andiamo in un locale, magari sarai più fortunato!» replicò Ale ridendo.

«Io direi di tornarcene a casa».

«Su, restiamo ancora un po', sono sicuro che questa è la tua serata. Guarda quel bar. Sembra pieno di gente, entriamo lì».

«Uffa! Lo sai che ti preferisco quando sei paranoico?».

Ale e Claudio entrarono e si sedettero al bancone per ordinare qualcosa. Un ragazzo molto carino si avvicinò loro, sorridendo e ammiccando in modo inequivocabile.

Ale scoppiò a ridere di nuovo: «Vedi che qualcuno hai conquistato...».

«Ma la smetti? Andiamo via!».

«Aspetta, aspetta un attimo! Quella tipa ti sta guardando! Forza, fatti avanti!».

Ale indicò una ragazza seduta a un tavolino in fondo al locale e spinse l'amico in quella direzione.

«Non credo sia una buona idea. Quelli che sono con lei non ne sarebbero felici, penso. Ci stanno già guardando storto. Andiamocene!».

«Non abbiamo ancora ordinato nulla!» protestò Ale ma, accorgendosi che l'amico era molto contrariato, acconsentì: «E va bene, come vuoi tu, andiamocene».

Quando tornarono alla macchina Claudio trovò una brutta sorpresa, un bigliettino colorato sotto il tergicristallo.

«Cazzo, una multa per divieto di sosta!».

«Eppure non c'è nessun cartello, qui...».

Ale si guardò intorno e dovette ricredersi subito. Il cartello infatti c'era, semicoperto dai rami di un albero del marciapiede. Per questo, dall'auto, i due non l'avevano notato.

«Ecco perché non c'era posteggiato nessuno! Perché mai ti do sempre retta? E adesso come faccio? Ho speso tutti i soldi che avevo per l'auto nuova... non è giusto!».

In quel momento accanto a loro passò il gruppetto incontrato prima nel locale, tra cui la ragazza che guardava Claudio.

«Guarda chi c'è... la tua Giulietta ti sta nuovamente fissando» disse Ale per sdrammatizzare.

«Sì, e se ne va via con quelli! Sai che bello!».

Claudio e Ale salirono in macchina.

«Dai, non fare così! Magari la incontrerai di nuovo, non te ne sarai già innamorato...».

«Come faccio a innamorarmi se non la conosco nemmeno?».

«E che c'entra? Nemmeno io conoscevo Ylenia quando mi sono innamorato di lei. Questi sono colpi di fulmine, mio caro!».

Claudio mise in moto e si avviò verso la strada di casa.

«Sei ancora innamorato di lei?».

Ale rimase qualche secondo in silenzio.

«Purtroppo sì».

«Ma se ti ha già rifiutato due volte! E poi ti ha detto chiaro e tondo che non vuole avere nulla a che fare con te». Claudio non riusciva a comprendere la testardaggine dell'amico.

«Questo lo so, ma non posso farci nulla. Non riesco a dimenticarla. E poi, sono certo di piacerle, anche se non vuole lasciarsi andare ai sentimenti, e non mi spiego perché. È come se ci fosse qualcosa che la blocca».

«E cosa?».

«Se solo lo sapessi... nelle ultime settimane non sono riuscito a parlare un secondo con lei».

«Perché non la inviti alla festa della scuola?».

«La festa della scuola? Di che parli? Io non ne so nulla».

«Dove vivi? L'anno scolastico è quasi finito e al nostro liceo stanno organizzando una serata in discoteca. Ci saranno anche altre scuole».

«Ah, sì, ho capito. La fanno ogni anno ma non ci siamo mai andati, giusto?».

«Esattamente, solo che quest'anno, visto che affittare una discoteca costa troppo, ho sentito dire che probabilmente si terrà nella villa privata di uno dei rappresentanti d'istituto».

«Ah sì? Una specie di festa di fine anno, insomma».

«Sì... davvero non ne sapevi niente? Manca ancora più di un mese, ma non si parla d'altro in classe. In questi giorni si dovrà scegliere il tema della festa».

«Ultimamente sono stato distratto da altre cose. E poi non penso che Ylenia accetterebbe».

«Perché dici così? Non l'hai detto tu che se non provi non puoi saperlo?».

«Credimi, con lei il discorso è molto diverso. Sta facendo di tutto per evitarmi, anche se non ne capisco il motivo, e sono certo che non ci verrebbe mai con me».

«Sarà... io invece credo che dovresti metterla con le spalle al muro e costringerla a dirti la verità. Hai il diritto di sapere per quale motivo non vuole stare con te. Comunque hai tempo per rifletterci, la festa si terrà qualche giorno prima degli esami».

«Vedremo. È presto per tornare a casa, perché non andiamo da qualche altra parte?».

«E dove?».

«Andiamo a prenderci una birra al solito pub, sicuramente ci sarà qualcuno che conosciamo».

Claudio annuì e cambiò strada. Al pub che frequentavano incontrarono molti loro amici, e tra una birra e una risata si fecero le tre del mattino.

«Cazzo!» esclamò Ale, guardando l'orologio «Domani c'è scuola, andiamo a casa, è tardissimo».

«Sì, è meglio, mi sta venendo sonno...».

Dopo aver salutato, i due ragazzi se ne andarono.

Quando Ale rientrò in casa, come sempre camminò al buio in corridoio. Non poteva certo immaginare che suo padre aveva piazzato una sedia davanti alla porta della sua stanza, così che il ragazzo, inciampando, avrebbe fatto rumore, consentendogli di controllare l'orario del suo ritorno.

Tutto infatti si svolse proprio come previsto. Ale dovette sorbirsi una bella sgridata e quando finalmente andò a letto erano le quattro passate. Puntò la sveglia e, facendo un calcolo veloce, si rese conto che avrebbe dormito solo poche ore.

Prima di chiudere gli occhi sentì il rumore della sirena di un'ambulanza che squarciava prepotentemente il silenzio della notte. Non ci fece caso più di tanto, capitava spesso, da quelle parti. Non poteva certo immaginare chi stesse trasportando in ospedale in quel momento.

32.

Fino a un'ora prima Ylenia si girava e rigirava nel letto, incapace di prendere sonno. Alzatasi per guardare l'orologio, era inciampata nel tappetino ed era caduta a terra, facendo un gran rumore. Aveva svegliato Virginia, rimasta a dormire a casa sua.

«Ylenia, che succede?». Virginia aveva acceso la luce trovando l'amica distesa sul pavimento, con gli occhi lucidi e terribilmente pallida.

«Vieni, torna a letto...». La stava aiutando ad alzarsi, ma sembrava le mancassero le forze.

«Sono inciampata in questo maledetto tappeto».

«Che hai? Perché stavi piangendo? Non riesci a dormire?». Virginia era seriamente preoccupata.

Ylenia fece segno di no con la testa ma poi, senza riuscire più a trattenersi, scoppiò a piangere tra le braccia dell'amica.

«Tesoro, che succede? Cos'hai? Ti senti male? Sei talmente pallida...».

Ma Ylenia non riuscì a risponderle. Cominciò a tremare e poi cadde a peso morto tra le sue braccia.

«Ylenia, Ylenia!».

Virginia la chiamava a gran voce mentre cercava di trascinare il corpo privo di conoscenza sul letto, dandole piccoli schiaffetti sul viso per farla riprendere. Vedendo però che non dava segni di vita, iniziò a spaventarsi sul serio.

«Ambra! Giorgio! Venite qui, presto!».

Non poteva correre a chiamarli. Era schiacciata dal peso del corpo di Ylenia e aveva paura a lasciarla da sola.

«Ambra!» urlò ancora più forte, tra le lacrime «Giorgio! Vi prego, venite subito, sta male...».

Fortunatamente pochi istanti dopo i genitori di Ylenia entrarono nella stanza e l'aiutarono a stenderla sul letto.

«Cos'è successo?» chiese Giorgio.

«Non lo so... mi sono svegliata e l'ho trovata sul pavimento. Era inciampata nel tappeto, mi ha detto, poi è scoppiata a piangere ed è svenuta. Non so cosa sia successo, stavo dormendo». Virginia era sconvolta e non riusciva a fermare i singhiozzi: «Fate qualcosa, vi prego, è così pallida, sta male, sta molto male... aiutatela, vi prego!».

Ambra le prese la mano: «Non preoccuparti, cara, ora ci siamo noi. Mio marito sa cosa deve fare. Tu adesso vieni in cucina con me. Andiamo a prendere un bel bicchiere d'acqua, sei troppo turbata».

«E Ylenia? Non possiamo lasciarla qui...».

«Ci pensa Giorgio. Lui sa già cosa fare, sta' tranquilla. Vieni, andiamo».

Nel tragitto lungo le scale Virginia non disse nulla. Quando arrivarono giù in cucina riprese a fare domande.

«Che succede? Perché Ylenia è svenuta? Era bianca come un lenzuolo».

«È una lunga storia. Appena ti sarai calmata, ti spiegherò tutto. Adesso però bevi, su, e respira profondamente».

Ambra le porse un bicchiere d'acqua, e quando la ragazza si fu calmata le spiegò la situazione: «Devi stare molto vicina a mia figlia, ha bisogno dell'aiuto di tutti noi. Lei ti vuole molto bene e la tua presenza le sarà indispensabile».

Virginia non riusciva a capire, era spaventata e preoccupata, e aveva l'impressione che le stessero nascondendo qualcosa. Proprio in quel momento entrò Giorgio, angosciato: «Ho chiamato un'ambulanza. Ylenia non ha ancora ripreso conoscenza e non so più cosa fare. Saranno qui a momenti!».

Poi ritornò di corsa dalla figlia.

Virginia ricominciò a piangere: «Mi volete spiegare cosa sta succedendo? Che cos'ha Ylenia? Sta male?».

Ambra cercava in tutti i modi di nascondere la sua preoccupazione per la figlia, ma temeva fortemente per la sua vita.

«Virginia, ascoltami, è meglio che resti qui. Cerca di stare tranquilla. Io e Giorgio andremo in ospedale con Ylenia. Poi ti spiegheremo ogni cosa, d'accordo?».

La ragazza si limitò ad annuire e proprio in quell'istante sentì la sirena dell'ambulanza avvicinarsi.

Ambra corse ad aprire il cancello e ben presto la luce azzurra del lampeggiante investì l'intero giardino e l'ingresso della casa.

In pochi minuti gli uomini del pronto intervento caricarono Ylenia su una barella e la portarono via insieme ai genitori, lasciando Virginia sola in casa, piena di dubbi e paure.

Che stava succedendo? Cosa aveva Ylenia? Perché non riusciva a riprendersi? La testa le scoppiava di pensieri.

Attese tutta la notte in cucina, ed era già pieno giorno quando finalmente poté riabbracciare la sua amica. Era la stessa Ylenia di sempre, solo un po' più pallida, forse, comunque apparentemente in buona salute.

«Tesoro, come ti senti?» esclamò Virginia, stringendola forte.

«Adesso sto bene...». Ylenia abbozzò un piccolo sorriso.

«È molto stanca, deve riposarsi un po'» le disse Giorgio, sorreggendo la figlia.

Virginia annuì e la guardò salire le scale, aiutata dal padre. Ambra la prese per mano e la fece accomodare sul divano accanto a lei. La strinse forte e iniziò a piangere come una bambina. Lei non riusciva a capire, voleva consolare quella donna che le era sembrata sempre tanto forte e coraggiosa, mentre adesso improvvisamente appariva debole, fragile. Non sapeva cosa fare, cosa dire, l'unica cosa che le venne spontaneo fare fu passarle una mano sulla spalla, perché capisse che poteva contare su di lei per qualsiasi cosa.

«Perdonami, mi dispiace, non credevo di crollare in questo modo!» disse Ambra quando ritrovò la calma, mentre si asciugava gli occhi con un fazzoletto.

«Non si preoccupi di questo, non c'è ragione».

«Credo sia arrivato il momento di dirti quali sono le condizioni di salute di Ylenia. Però devo chiederti di essere forte, perché non è bello quello che sto per raccontarti. È molto importante che tu le stia accanto. Ti vuole molto bene, ti considera come una sorella maggiore e anche per noi ormai sei una di famiglia».

Man mano che Ambra raccontava della malattia, delle crisi, dei dottori, degli ospedali, delle cure tentate, Virginia non voleva credere alle proprie orecchie. A ogni parola provava una terribile fitta al cuore, si sentiva morire. Perché tutte le persone a cui voleva bene dovevano sempre lasciarla? Perché una povera e innocente ragazza doveva essere condannata a morte così giovane? Si sentì terribilmente piccola davanti all'enorme dramma che aveva colpito quella famiglia. Come avrebbe fatto a dire addio a quella che ormai era diventata la sua migliore amica? Come sarebbe riuscita a starle accanto, sapendo che aveva i giorni contati? Come avrebbe potuto rimanere la stessa Virginia di sempre, ora che conosceva il triste destino di Ylenia?

Il cuscino che teneva stretto cominciò a bagnarsi di lacrime. Ambra l'abbracciava, anche lei con gli occhi rossi, e le chiedeva di essere forte per loro due, per se stessa, ma soprattutto per Ylenia.

«I dottori hanno detto che siamo vicini alla fase terminale e che presto sarà necessario il ricovero, perché dovranno monitorarla per assicurarsi che tutti i valori rimangano nella norma, ma se non si trova un cuore al più presto...» disse Giorgio, che aveva raggiunto la moglie e la ragazza in salotto.

Non riuscì a terminare la frase, perché anche lui, adesso, era scosso dai singhiozzi.

Virginia si sentì per un attimo di troppo in quella casa, e pensò che fosse meglio andare via e tornare più tardi, quando Ylenia si fosse svegliata. I Luciani non cercarono di trattenerla: entrambi erano stanchi, la nottata in ospedale era stata massacrante e l'angoscia ancora li attanagliava.

Decisero di andare a riposare un poco. Giorgio si stese sul divano, mentre Ambra andò a coricarsi accanto a Ylenia, nel posto che fino a poche ore prima occupava Virginia. In questo modo avrebbe potuto subito far fronte a ogni evenienza.

Per un attimo provò a immaginare cosa sarebbe successo se Virginia non fosse stata con la figlia quella notte e si rese conto che non era più possibile lasciarla sola, nemmeno per un attimo. Ylenia dormiva tranquilla ormai. Ambra si inginocchiò ai piedi del suo letto e cominciò a pregare. Chiese di morire lei al posto suo. Aveva la terribile sensazione che non sarebbero riusciti a salvarla e si rendeva conto che la sua vita non avrebbe avuto più senso.

Si alzò, le posò un bacio leggero sulla guancia e si infilò sotto le coperte, ma non smise nemmeno per un istante di osservare quella figura così debole e bella.

Soltanto quando la vide riaprire gli occhi riuscì finalmente a ritrovare un briciolo di serenità. Erano già trascorse diverse ore e non se n'era resa conto. Era così assorta a ripercorrere, giorno dopo giorno, tutta la storia della figlia, che non aveva avvertito il passare del tempo.

«Come stai?» le chiese.

«Sto bene, ma non riesco a ricordare cosa sia successo».

«Non ha importanza».

«Virginia dov'è?».

«È tornata a casa sua. Vuoi che te la chiami?».

Ylenia annuì, Ambra si alzò per telefonarle. Dopo pochi minuti suonò il campanello e Virginia fu subito in camera, seduta sul letto, ad accarezzare dolcemente i capelli dell'amica. Ambra pensò di lasciarle sole e scese al piano di sotto per sfogarsi un po' con il marito.

«Mi hai fatto preoccupare tantissimo! Non farlo mai più! Mi è quasi venuto un infarto, stanotte» disse Virginia con gli occhi lucidi.

Ylenia le sorrise e poi, senza guardarla in viso, le domandò: «Mia madre te l'ha detto?».

Virginia annuì. Seguirono pochi istanti di silenzio.

«Ce la farai, sono sicura».

«Stanotte ho creduto di morire. È stato orribile».

«Ormai è passata, non pensiamoci più, d'accordo?» propose Virginia, che non sapeva che altro dire. «Tua madre mi ha confidato che la prima parola che hai pronunciato, dopo aver ripreso conoscenza, è stata Ale!».

Ylenia arrossì: «Davvero?».

«Dimmi la verità: è per via della malattia che lo hai allontanato da te?».

Ylenia non rispose e Virginia comprese di aver colto nel segno.

«Perché hai deciso di privarti della felicità? Lo sai benissimo di essere innamorata di quel ragazzo. Perché non gli permetti di starti vicino, adesso che ne hai più bisogno? Non puoi essere tu a decidere per tutti e due, che senso ha? State male entrambi e basta! Perché invece non gli dici come stanno le cose e non lasci che sia lui a scegliere? Sta' tranquilla: se non se la sente, sarà il primo a dirti di no. Ma non puoi trattarlo così, e per giunta senza nemmeno uno straccio di spiegazione! Come pensi che si senta? Allontanare le persone che ami non aiuterà né te né loro. Staranno male comunque senza di te. Anzi, si sentiranno tradite perché nessuno le ha ritenute degne della verità. E si sentiranno in colpa per non esserti state vicine come avrebbero voluto».

Gli occhi di Ylenia si riempirono di lacrime.

«Ylenia, dammi retta. E non venirmi a dire che hai paura che lui stia con te solo per compassione, perché lo sai meglio di me che non è il tipo ! Io non lo conosco, ma da quello che mi racconti tu sono certa che la cosa che più desidera al mondo è poterti stare vicino, nel bene e nel male. Quindi pensaci su, prima che sia troppo tardi».

L'ultima frase fece gelare il sangue nelle vene a entrambe. Come si può pensare che potrebbe essere troppo tardi a diciott'anni? Terribilmente crudele e ingiusto, ma la cruda verità.

Virginia strinse forte l'amica e le asciugò le lacrime.

«Non preoccuparti, ci sono io con te. Non ti lascerò mai sola, te lo giuro».

Poi, sorridendole e cercando di fare forza a entrambe, le strinse le mani e in quel contatto amorevole la paura della malattia e della morte scomparve, cedendo il posto alla forza della loro amicizia.

33.

Quella mattina alzarsi dal letto era ancora più difficile del solito. «Ma che ore sono?» si chiese Ale ad alta voce quando i suoi sogni furono interrotti dal trillare della sveglia.

Allungò una mano per spegnerla e si rigirò dall'altra parte. Stranamente però la sveglia continuava a suonare. Ale pigiò di nuovo sul tasto, ma il trillo non gli dava tregua. Allora si tirò su per dare un'occhiata e si rese conto che in realtà era il cellulare a suonare.

«Dove cazzo l'ho messo?» si chiese iniziando a rovistare dappertutto.

Alla fine lo trovò dentro la tasca dei jeans che indossava la sera prima. Rispose senza guardare chi stava chiamando. Era Claudio, che lo invitava ad andare a studiare in spiaggia insieme ad altri compagni di scuola.

«Che palle, la scuola è finita ieri e già mi parli di studiare?».

«Forse hai dimenticato che tra due settimane circa abbiamo gli esami di maturità».

«Che me ne frega, tanto non li supererò».

«E smettila di essere sempre pessimista! Ti hanno ammesso, no? Non è il caso di giocarsi tutto, adesso? Ti passo a prendere tra mezz'ora». Claudio chiuse la chiamata.

In piedi in mezzo alla stanza con il cellulare in mano, Ale pensò di richiamare l'amico per rifiutare l'invito. Che senso aveva studiare se era certo che non avrebbe mai superato l'esame? Era stato ammesso per pietà, lo sapeva bene, anche se non lo ricordava volentieri.

Riaprì il cellulare e selezionò l'ultima chiamata ricevuta. Stava per premere il tasto verde, ma poi ci ripensò. Dopotutto, ormai era sveglio, che doveva fare a casa? Tanto valeva uscire, magari avrebbe incontrato qualche bella ragazza.

Dopo nemmeno un'ora Ale e Claudio erano arrivati alla spiaggia.

«Uffa... qui è sempre un problema parcheggiare» sbuffò Claudio guardandosi intorno alla ricerca di un posto.

Ale indicò un punto alla loro destra: «Perché non posteggi lì?».

«Senti, fammi un piacere! D'ora in poi decido io dove parcheggiare, intesi? Non mi va di prendere un'altra multa per colpa tua!».

«Fa' un po' come ti pare».

Claudio notò un parcheggio libero poco più avanti: «Ecco, lì andrà benissimo!».

Dopo qualche minuto i due ragazzi raggiunsero i compagni. Erano tutti seduti al chiosco, sotto un grosso ombrellone di paglia, con i libri aperti e in mano lattine di bibite ghiacciate. Vedendoli arrivare li salutarono da lontano, ma l'attenzione di Claudio fu attirata da un gruppo di ragazze che giocava a pallavolo sulla sabbia.

«Perché non andiamo lì?» esclamò indicandole.

Ale si girò nella direzione suggerita dall'amico, ma non fece in tempo ad accorgersi del pallone che gli stava arrivando addosso, colpendolo in piena faccia. Per l'urto Ale cadde all'indietro e rimase immobile con le mani sul volto per massaggiarsi la botta, imprecando tra i denti. Quando finalmente si riprese si trovò davanti agli occhi una bella ragazza dai capelli rossi che indossava solo un bikini e una gonnellina di jeans a pieghe.

«Ti sei fatto molto male?» gli stava chiedendo, sinceramente preoccupata. «Mi dispiace tantissimo, non l'ho fatto apposta...» cercò di giustificarsi.

«Sta' tranquilla, lui è un osso duro, non s'è fatto niente» intervenne Claudio senza dargli il tempo di rispondere.

Ale si toccò la fronte, fingendo di sentire dolore: «Veramente mi fa un po' male qui...».

La ragazza lo massaggiò delicatamente in quel punto e poi chiese: «Va meglio? Del ghiaccio dovrebbe aiutare. Vuoi che vada a cercarlo?».

Felice delle attenzioni dell'affascinante rossa, Ale decise di approfittare della situazione, dimenticandosi per un secondo di Ylenia.

«Forse è meglio che tu mi faccia la respirazione bocca a bocca, perché credo di aver bevuto troppa acqua...».

«Ma se in acqua non ci sei nemmeno entrato!».

«Ah, scusami, credevo di essere annegato...».

Claudio, intuendo le intenzioni dell'amico, cercò una scusa per lasciarli soli, ma venne anticipato da Ale che, una volta rimessosi in piedi, pensò di fare lo stesso favore al compagno e si allontanò con un pretesto.

Un po' imbarazzato Claudio si presentò alla ragazza, ma tanto per cambiare si accorse immediatamente che in realtà era interessata ad Ale e non a lui. Infatti si scusò subito dicendo che non poteva perdere altro tempo e doveva tornare a giocare con le amiche.

Quando lui raggiunse i compagni al chiosco, Ale domandò: «Allora, com'è finita?».

«Veramente non è nemmeno iniziata... mi ha piantato in asso non appena te ne sei andato via. Credo che sia tu a interessarle».

«Che dici? Sicuramente l'aspettavano per finire la partita...».

«Sì, certo, come no!».

Proprio in quel momento Ale si accorse che la ragazza gli stava facendo segno di raggiungerlo, dal piazzale davanti al chiosco.

«Mi sa che avevi ragione». Si alzò e si diresse verso di lei.

Quando furono vicini lei si presentò: «Non mi hai nemmeno detto come ti chiami: io sono Virginia, piacere».

«Scusami, hai ragione, io sono Ale».

I due si strinsero la mano, poi Virginia gli porse dei biglietti colorati: «Per farmi perdonare ho pensato di darti questi».

«Cosa sono?» chiese Ale, prendendoli.

«Due inviti per il party di stasera, qui sul lungomare. Con questi tu e il tuo amico potete entrare gratis. O se preferisci, puoi portare la tua ragazza...».

«Non ce l'ho, la ragazza!».

«Ora scusami, ma devo proprio andare» disse Virginia sorridendo compiaciuta.

«Aspetta un attimo...».

«Che c'è?».

«Tu ci sarai?».

Lei fece cenno di sì e tornò alla sua partita in spiaggia.

Rimasto solo, anche Ale tornò a sedersi con i compagni.

Mentre gli altri ripassavano storia e filosofia, lui e Claudio non riuscivano a staccare gli occhi dai corpi di quelle splendide ragazze seminude che giocavano sulla sabbia, lanciandosi per prendere la palla e saltando in alto per effettuare una schiacciata.

«Sai che nessuno di noi riesce a capire come diavolo hai fatto a recuperare in così pochi giorni? Eravamo tutti convinti che non ti avrebbero ammesso agli esami di maturità» disse un compagno ad Ale.

Il ragazzo si bloccò un attimo, poi rispose in tono convinto: «Trucchi del mestiere. Non dimenticherò mai il giorno in cui la prof di matematica mi ha ordinato di andare dal preside. A un certo punto, quando eravamo in corridoio, mi ha guardato dritto negli occhi, dicendomi che se volevo avere la sufficienza dovevo fare qualcosa per meritarmelo. Mi sono ritrovato dentro il vecchio magazzino. Lei, posandomi un dito sulle labbra, mi faceva capire di rimanere in silenzio. Poi ha appoggiato un piede su una sedia e dallo spacco della gonna è apparsa la gamba velata da un'autoreggente nera, avvolta dalla penombra. "Fammi vedere cosa sai fare, Ale!", mi ha sussurrato, tirandomi a sé per il colletto della camicia, del tutto padrona delle mie labbra, della mia bocca. Intanto mi sbottonava la camicia e mi tirava giù la lampo dei jeans. "Ma prof...", ho cercato di ricompormi tirandomi indietro, incredulo, spaventato, ma al tempo stesso terribilmente eccitato. "Dai, fammi vedere se sei bravo come sostieni" e così dicendo mi ha preso una mano passandosela sotto la gonna e guidandola fin sopra le mutandine, poi sotto: sospirava, si muoveva, giocava con le mie dita. Rivedo ancora quegli occhi feroci, assetati, avidi, e quel corpo che si lasciava accarezzare dalle mie mani, dalla mia lingua... i miei tremori, i miei sussulti, quei sospiri soffocati, i gemiti e la mano di lei che si muoveva su e giù nei miei pantaloni. "Vieni...", mi ha sussurrato tirandosi su la gonna e scoprendosi da dietro. Ragazzi, lo so, sembra assurdo perfino a me che ve lo racconto, ma è la pura verità, lo giuro...».

Claudio rimase qualche istante sgomento, con la bocca spalancata. Poi cominciò a balbettare qualcosa come: «L'hai presa davvero forte la botta per dire queste cazzate».

«Domandare è lecito, rispondere è cortesia. Un altro detto di mio padre. Avete chiesto e io vi ho risposto, puoi anche non credermi, non m'importa, io so la verità!».

E infatti Ale sapeva la verità e quella scena non ci si avvicinava minimamente. Ma in fondo, se doveva dire una balla, tanto valeva spararla grossa. Non avrebbe mai raccontato quello che era realmente accaduto, perché troppo umiliante.

Cosa avrebbe detto Claudio se avesse saputo quanto in basso si era spinto? Lui, con gli occhi gonfi davanti all'insegnante, a supplicarla di dargli un'altra possibilità, cercando d'inventare una storia strappalacrime piena di problemi: la mancanza della madre, il rapporto con il padre che lo costringeva a lavorare sia in casa che fuori. Sempre in lacrime, aveva aggiunto qualcosa anche sulla nonna, il jolly che gli studenti utilizzano sempre nei momenti di emergenza. La nonna, l'unica persona che gli voleva veramente bene, adesso affetta da una malattia incurabile, il morbo di Alzheimer, e lui era il solo che se ne potesse occupare, essendo l'unico nipote. A quel punto la professoressa, infastidita dalla situazione ma anche impietosita da quella scena deprimente, aveva deciso di aiutarlo a condizione che accettasse di prendere ripetizioni. Se gli amici avessero saputo quella storia, lo avrebbero preso in giro a vita!

«Ale?».

«Sì?».

«Ma che hai? Perché quell'espressione imbambolata?».

«Eh?».

«Mi sa che la professoressa oltre che nelle mutande ti è entrata anche nel cervello, amico mio. Non è che ora te ne innamori, vero?».

Ale guardò Claudio, ma non rispose nulla. Messe da parte le

fantasie sull'avvenenza della prof e gli impossibili risvolti erotici del suo insufficiente rendimento scolastico, tornò rapidamente in sé e riprese a leggere le pagine dedicate alla seconda guerra mondiale.

34.

La mattinata passò veloce. I ragazzi e le ragazze si divertirono a interrogarsi a vicenda, inventando e immaginando le domande dei professori e gli argomenti delle prove scritte. Pranzarono allegramente con qualche panino, poi si sdraiarono tutti insieme sulla sabbia a riposare. Solo nel tardo pomeriggio si salutarono per tornare ognuno a casa propria.

Prima di andarsene Ale cercò Virginia, ma con suo grande rammarico non riuscì a trovarla. Raggiunse Claudio alla macchina e lo trovò che bestemmiava come un pazzo.

«Ehi, che ti è successo?».

«Che mi è successo? Guarda...».

Ale guardò la fiancata dell'auto e vide una linea bianca che partiva dal cofano posteriore e finiva su quello anteriore.

«Ti rendi conto? Qualche bastardo mi ha rigato tutta la fiancata con una chiave. La mia macchina... era nuovissima!».

«Non prendertela con me, io ti avevo indicato un altro posteggio, sei stato tu che hai voluto per forza metterti qua».

«Tu sta' zitto, che oggi mi stai sulle palle!».

«Andiamo, su! E non te la prendere, è solo una macchina».

«Solo una macchina? Ma io ti...». Claudio si morse la mano per evitare di finire la frase, certamente priva di parole dolci.

Si mise al volante e per buona parte del tragitto non disse una parola. Quando erano ormai quasi arrivati, Ale ripensò a quello che gli aveva detto Virginia la mattina e ne parlò all'amico.

«Stasera sul lungomare c'è una festa. Si balla in spiaggia e al chiosco c'è l'open bar! Ti va di venire? Ho due inviti».

«Ci sarà anche Virginia?».

«Sì».

«Allora sei riuscito a dimenticare Ylenia, finalmente!».

«Assolutamente no!».

«Uffa, ma quand'è che ti deciderai a rassegnarti? Se vuoi un consiglio, trova qualcuna che ti faccia perdere la testa, solo così potrai passare oltre. Non è stata lei stessa a dirtelo? Chissà che non sia proprio Virginia ad alleviare le tue pene d'amore!».

«Ancora con questa storia! Ci vediamo stasera, ok?». Ale scese dall'auto.

«Ok, ciao» lo salutò l'amico, prima di fare retromarcia e allontanarsi.

Sotto la doccia Ale non fece altro che pensare alle parole di Claudio. Purtroppo stavolta doveva dargli ragione, era davvero arrivato il momento di dimenticare Ylenia una volta per tutte, non aveva scelta e non poteva continuare a sperare invano. Adesso che la scuola era finita, l'avrebbe vista solo in occasione degli esami e poi probabilmente mai più. Virginia, anche se non era bella quanto lei, aveva un fascino particolare: l'aveva colpito moltissimo ed era sicuro che l'attrazione fosse reciproca. Magari Claudio ci aveva preso: sarebbe stata Virginia a fargli dimenticare il suo triste amore non corrisposto.

Quella sera, quando arrivarono sul lungomare, Ale fu stupito di sé: aveva proprio voglia di rivedere la ragazza conosciuta quella mattina. Che fosse lei, in realtà, la vera donna dei suoi sogni? Di certo non dovette faticare molto per ritrovarla perché, non appena i due amici si avvicinarono al bancone del chiosco per ordinare qualcosa da bere, se la ritrovò davanti.

«Tu che ci fai qui?».

«Come, che ci faccio! Ci lavoro!» sorrise Virginia, e ad Ale sembrò il sorriso più bello del mondo.

«Non me l'avevi detto!».

Lei si limitò a sorridergli di nuovo. Con la musica a volume così alto, che risuonava dalle casse sistemate proprio sopra le loro teste, era davvero impossibile riuscire a sentire qualcosa anche a pochi centimetri di distanza.

Virginia gli fece segno con la mano che sarebbe stato meglio riprendere più tardi la conversazione, perché in quel momento aveva molta gente da servire.

Claudio e Ale allora si lanciarono in pista e si scatenarono tra alcol e ragazze. Soltanto nella tarda serata i due, sfiniti, tornarono a sedersi al tavolino del chiosco, e Ale e Virginia riuscirono a trovare il tempo e il modo per stare un po' da soli.

«Sono felice di vedere che sei ancora vivo, dopo la pallonata di stamattina...».

Stavano passeggiando sul bagnasciuga, lei aveva i sandali in mano e lasciava che le onde del mare le sfiorassero i piedi.

«Già, purtroppo sono ancora vivo».

Virginia si fermò all'improvviso e lo fulminò con lo sguardo: «Non dire cavolate. Sai quanti ragazzi vorrebbero avere la tua salute?».

«Dicevo così per dire... è solo che questo non è un periodo molto facile, tutto qui» si giustificò Ale alzando le mani come per dire che non aveva alcuna intenzione di commiserarsi.

«No, no, scusami tu, non volevo essere aggressiva, ma da qualche tempo ho scoperto che la mia migliore amica sta per morire e quindi divento piuttosto suscettibile quando si tocca l'argomento, anche se solo per scherzo...».

«Cavolo, sta morendo, mi dispiace, dev'essere terribile, ma quanti anni ha? E poi, se posso chiedere, qual è la causa?».

«Ha soltanto diciott'anni e ha una brutta malattia al cuore che però nessuno è riuscito a diagnosticare con precisione. Io l'ho scoperto da poco, lei lo sa già da diversi mesi. È veramente difficile, io cerco di starle vicina, ma non so bene come sia meglio comportarsi».

Virginia si sedette sul bagnasciuga e iniziò a disegnare cerchietti sulla sabbia con il dito.

«E be', certo... Ma non c'è speranza che si riprenda?» chiese Ale, sedendosi accanto a lei.

«No. Ormai per lei non ci sono più speranze...».

Non sapendo cosa dire, Ale preferì rimanere in silenzio. Non si era mai trovato in una simile situazione.

Poi, per rompere l'imbarazzo del momento, Virginia riprese: «E tu? Come mai ti dispiace tanto di essere vivo?».

«Non è che mi dispiace, è solo che, come ti dicevo, non è un bel periodo per me. La ragazza di cui sono innamorato non mi si fila proprio».

«Che stupida...».

«Chi?».

«La ragazza di cui sei innamorato!».

«E perché?».

«Io, se fossi nei suoi panni, non ti rifiuterei».

Virginia si sentì chiamare e si girò di scatto. Il proprietario del chiosco, il suo datore di lavoro, le stava facendo segno di tornare perché c'erano dei clienti.

«Mi dispiace, ma devo andare».

«Aspetta!» la fermò lui, trattenendola per la manica. «Ti rivedrò?».

«Se lo vorrai...».

«Certo che lo vorrò!». Ale ormai aveva deciso: era lei la ragazza che gli avrebbe tolto Ylenia dalla testa.

«Allora sai dove trovarmi». Virginia riuscì a divincolarsi e scappò via.

Ale rimase qualche minuto a guardarla, ammirando il suo fisico longilineo che gli ricordava tanto quello di Ylenia. Proprio in quel momento Claudio, che era rimasto da solo al chiosco, vedendo tornare Virginia da sola lo raggiunse.

«Allora... com'è andata?».

«In che senso, com'è andata?».

«Non lo so, che avete fatto, che vi siete detti».

«Niente di particolare, cosa vuoi che ci siamo detti...».

«Ho capito, ho capito! Comunque ascolta, io ho conosciuto una ragazza piuttosto carina poco fa, quindi vado a fare un giro con lei. Tu vedi di darti da fare. Tanto adesso mi sa che stanno per chiudere».

«Aspetta un attimo, accompagnami a casa prima, no?».

«Ma vaaaaa'!». Claudio si allontanò senza dare ad Ale il tempo di replicare.

Rimasto solo, il ragazzo decise di tornare al chiosco da Virginia. Anziché sedersi al tavolo o avvicinarsi al bancone, la raggiunse facendo il giro da dietro ed entrando nel piccolo locale. La trovò di spalle, intenta a lavare dei bicchieri, e le si avvicinò poggiandole una mano sulla spalla. Colta di sorpresa, la ragazza ebbe un sussulto e lasciò cadere un bicchiere nel lavandino, mandandolo in frantumi. Si ferì leggermente a un dito mentre raccoglieva le schegge di vetro.

«Ahi!» esclamò portandosi l'indice alla bocca.

«Aspetta, fa' vedere!».

«Ma no, è solo un graffietto! Lascia stare... che ci fai ancora qui?».

«Te l'avevo detto che volevo rivederti!».

«Non pensavo così presto!» disse Virginia ridendo.

Ale tirò fuori dalla tasca il portafogli e cercò qualcosa al suo interno.

«A che punto sei?» chiese mentre le fasciava il dito ferito con il cerotto che aveva trovato.

«Ho quasi finito. Mi aspetti di là, ai tavolini? Se il proprietario ti becca qui dentro non ne sarà felice!».

«Ok!».

Dopo pochi minuti Virginia fu pronta e lui le propose di andare a passeggiare sul molo, per continuare a chiacchierare.

«È da molto che lavori qui? Non ti ho mai vista prima».

«No, solo da qualche giorno».

«Capisco. Dev'essere faticoso. E finisci sempre così tardi?».

«Non sempre, dipende dalle serate».

«E come ci torni a casa? Viene a prenderti il tuo ragazzo?».

«Di solito viene a prendermi mio fratello» disse Virginia tirando fuori dalle tasche due lattine di birra e porgendogliene una.

Ale prese la lattina, la aprì e la batté piano contro quella di lei.

«Capisco. Il tuo ragazzo lavora anche lui fino a tardi?».

«Cos'è, un interrogatorio?».

«Scusami, era tanto per dire...».

«Tranquillo, stavo scherzando. Sei sicuro di star bene?».

«Chi, io? Certo! Non sono sbronzo, se è questo che intendevi dire».

«Ne sei sicuro?». Virginia si portò la lattina alla bocca. Ale la imitò.

«Magari giusto un po'!».

«Comunque non c'è nessun fidanzato, al momento...». E giù un'altra sorsata.

«Strano!». Ale finì la lattina d'un fiato.

«Perché ti sembra così strano?».

«Una bella ragazza come te immaginavo avesse la fila di pretendenti fuori dalla porta di casa...».

Virginia si sedette su un grosso scoglio: «E chi ti dice che non sia così?».

«Se fosse così non staresti qui a perder tempo con un bischero come me!».

«Vieni qui, siediti, che fai lì in piedi?».

«Non hai paura che ci provi?».

«No, sei troppo ubriaco per farlo».

«A tuo rischio e pericolo».

«E dimmi, con quante ragazze ha funzionato?».

«Cosa?».

«Questa tattica!». Virginia si sdraiò sullo scoglio.

«Io non uso tattiche...».

Ale si avvicinò a lei. Entrambi erano stesi sugli scogli, con le mani dietro la testa, uno accanto all'altro, a guardare il cielo stellato.

«Sì, come no! Mi ricordi il mio ex».

«Davvero?».

«Sì, era proprio come te. Tutto dolce e romantico, poi ho scoperto che andava con le prostitute perché non era soddisfatto del sesso con me».

«Davvero?».

«Sì, davvero. Però tu non mi sembri quel tipo di ragazzo».

«Come fai a dirlo?».

Virginia lo guardò male.

«No, davvero, non sono affatto quel tipo di persona».

Per un minuto cadde il silenzio e fu di nuovo lei a romperlo.

«Raccontami di te. Hai sorelle, fratelli, dove vivi, che fai nella vita...».

E giù birra. Ale, che aveva già finito la sua, si scolò anche quella rimasta di Virginia.

«Non ho né fratelli né sorelle, vivo da solo con mio padre. Mia madre è morta tempo fa. E poi c'è anche mia nonna, ma è come se non ci fosse».

«Perché?».

«Circa tre anni fa ha detto di aver visto la Madonna e da quel momento passa le sue giornate a pregare, senza parlare con nessuno. È totalmente estranea al resto del mondo. E tu, invece?».

«Io vivo con mio fratello da quando i miei si sono separati, due anni fa».

«Devi sentirti molto sola...».

«Sì, anche perché mio fratello fa servizio in città come carabiniere e quindi non c'è mai».

«Capisco. Allora serve qualcuno che ti faccia compagnia».

«Che fai?».

«Secondo te?».

Le labbra di Ale trovarono quelle di Virginia.

«Quanto hai bevuto?».

«Un po'!».

«Mi vuoi?».

«Sì, ti voglio...».

E così, forse per la birra a cui non era abituata, o per la magia della serata estiva e la presenza imprevista di quel ragazzo biondo così carino, Virginia si era lasciata inspiegabilmente andare. Lei, così razionale e poco disponibile alle avventure, aveva sentito la forza della passione prevalere, guidando il suo comportamento come mai prima. Qualcosa era scattato e si era ritrovata con Ale addosso, i pochi abiti scompostamente gettati intorno, scoprendo che in quel momento non avrebbe potuto desiderare nulla di diverso da ciò che stava accadendo.

35.

Ale si agitava nel letto, incapace di dare un senso alla serata. Si sentiva terribilmente in colpa nei confronti di Ylenia, senza un motivo apparente. Gli veniva quasi da piangere. Rivedeva Virginia muoversi su e giù sopra di lui, nuda, selvaggia, bella, disinibita. Stava male perché gli era piaciuto. Aveva già voglia di perdersi di nuovo dentro di lei, ma non poteva. Si sentiva un bastardo e basta. Eppure, non aveva tradito nessuno, a parte se stesso. Forse nemmeno, considerata la situazione. Era libero di vivere la sua vita senza il viso di Ylenia perennemente davanti agli occhi. Ma allora perché quel senso di colpa?

Non riusciva a smettere di pensarci e avrebbe voluto morire. Virginia sopra di lui che buttava la testa indietro, in quella loro cavalcata d'amore. Lei sospirava e sorrideva, e lui la tirava a sé per le spalle per sentirla più sua, per penetrarla più a fondo, per baciarle i seni nudi, caldi, che danzavano al ritmo del loro piacere. E poi staccarsi un attimo, per fermarsi a baciarla ancora, mentre lei, curiosa di conoscere il suo sapore, si divertiva a mordicchiarlo, a leccarlo, a baciarlo con avidità, affamata di lui.

Poi di nuovo uno dentro l'altra, in quella folle corsa di passione, inciampando nell'intreccio dei jeans, aggrappandosi alle sue natiche mentre lei spingeva in giù il bacino, verso di lui, per sfilarsi solo all'ultimo, ormai sazia, appagata, felice, mentre lui tingeva di bianco qualche granello di sabbia sugli scogli, proprio accanto a lei.

Poi rivestirsi, in silenzio, imbarazzati, senza sapere cosa pensare l'uno dell'altra. E salutarsi con un bacio leggero sulle labbra, di cui non ricordava il sapore. Un bacio che lo legava a qualcosa a cui lui non voleva essere legato. O forse sì.

Si alzò dal letto, senza sapere che fare, con quella colpa che lo opprimeva togliendogli il sonno e l'appetito. Il peccato doveva essere confessato. Solo così, forse, si sarebbe sentito finalmente libero: solo se lei gli avesse detto che lo perdonava, solo se lei avesse capito, lui avrebbe potuto cancellarlo.

E di nuovo, dopo tanto tempo, si ritrovò a comporre quel numero che non aveva mai dimenticato.

«Pronto?».

«Salve signor Luciani, sono Ale».

«Ehi, Ale, come va? È da un po' che non ti fai sentire».

«Lo so. Io tutto a posto, grazie... Ylenia è in casa?».

«Mi dispiace, ma è uscita con sua madre».

«Capisco. Vabbè, allora magari richiamo un'altra volta. Arrivederla e scusi tanto per il disturbo».

«Ma quale disturbo, figurati! Ciao, a presto».

Ale ripose la cornetta e tirò fuori il cellulare, magari Ylenia gli avrebbe risposto. Fu sorpreso di trovare sul display l'icona della bustina lampeggiante. Rimase a bocca aperta quando lesse l'SMS di Virginia: "Volevo solo dirti che questa notte con te è stato bellissimo. Spero tanto di rivederti... forse non mi crederai, ma posso assicurarti che io non sono quel tipo di ragazza!! Non è da me fare l'amore con un ragazzo appena conosciuto, ma tu hai qualcosa di speciale. Spero di vederti presto. Chiamami. Virginia".

Era talmente ubriaco, la sera prima, che non si ricordava nemmeno lo scambio dei numeri di telefono. Adesso avrebbe dovuto chiamarla, o per lo meno avrebbe dovuto rispondere all'SMS, ma per dirle cosa? Spense il cellulare e si rimise sotto le coperte. Era già mezzogiorno, ma non aveva voglia di mangiare né di vedere nessuno. Il mal di testa post-sbronza lo tormentava e si sentiva terribilmente confuso.

Poi, all'improvviso, gli venne un'idea.

"Sarà la prova del nove!" si disse. "Questo è l'ultimo tentativo. Se dovesse andar male mi dedicherò anima e corpo a Virginia e cancellerò per sempre Ylenia dalla mia vita!". Si vestì di corsa e uscì di casa.

36.

«Mi spieghi perché mai hai voluto che dicessi una bugia ad Ale?».

«Non mi andava di parlare con lui».

«Perché devi essere così testarda? Quando capirai che non è giusto il modo in cui ti comporti? Forse credi che così lui soffra di meno, ma ti sbagli! Se davvero tieni a lui, devi dirgli la verità e spiegargli il motivo del tuo continuo rifiuto».

Di solito Giorgio non si impicciava degli affari della figlia, ma stavolta la questione era troppo importante.

«Anche Virginia mi ha detto la stessa cosa, ma io non voglio! Voi non capite, non potete capire come mi sento, nessuno può capirmi...». Ylenia scoppiò a piangere e si chiuse in camera sua.

Quando finalmente fu sola iniziò a pensare ad Ale, a tutti i momenti belli passati insieme, a come la faceva stare bene e al modo in cui si erano lasciati l'ultima volta, ma soprattutto a quanto era stata fredda con lui. Ogni ricordo era una fitta al cuore. Quanto avrebbe voluto averlo vicino in quei giorni così difficili! Quanto avrebbe voluto parlare con lui, sfogarsi, confidarsi. E da quando aveva saputo quello che era successo con Silvia... Che carina era stata lei, doveva volere davvero un gran bene ad Ale. Silvia era andata a trovarla a casa sua per raccontarle quello che era successo alla festa. Le aveva detto che era una ragazza fortunata: solo una stupida avrebbe respinto Ale. Avrebbe fatto meglio a non lasciarselo scappare. Sentendosi accusata, Ylenia era stata costretta a raccontarle tutta la verità e da quel momento erano addirittura diventate amiche.

Anche Silvia le era stata vicina in quei giorni difficili, soprattutto da quando Virginia aveva iniziato a lavorare in spiaggia e si vedevano più raramente. Purtroppo pure lei non faceva altro che ripeterle di godersi i momenti che le restavano senza pensare alle conseguenze, per quanto le fosse possibile.

Ma che poteva fare, chiamare Ale e dirgli che lo amava? E se lui nel frattempo l'aveva dimenticata, o si era innamorato di un'altra? Probabilmente l'avrebbe presa per una povera pazza, vista la totale mancanza di coerenza.

Qual era la cosa veramente giusta da fare? Chi poteva saperlo? Ylenia si inginocchiò davanti al suo letto e con le mani giunte e le dita intrecciate iniziò a parlare in silenzio con Dio, per chiedere a Lui un po' di conforto, un segno, qualcosa che le indicasse la cosa migliore da fare, la giusta via. Era tanto presa dalla sua preghiera da non accorgersi che qualcuno stava bussando alla sua porta. Quando la sentì aprire si girò di scatto.

Non poteva credere ai suoi occhi. Era forse quello il segno che aspettava? Era quello il modo in cui Lui stava esaudendo la sua richiesta? Chi poteva saperlo, l'unica cosa che sentiva era che il cuore le stava esplodendo di gioia. Si tuffò letteralmente tra le sue braccia.

«Ale, amore mio, mi sei mancato così tanto!» gli disse singhiozzando.

Ale rimase di pietra quando udì quelle parole, bloccato, imbambolato, senza riuscire più a distinguere il sogno dalla realtà.

Ylenia, Ylenia, Ylenia. Per tutti questi mesi c'era stato solo quel nome nella sua testa. E nient'altro. E adesso? E adesso lei era lì, davanti a lui, a piangere tra le sue braccia, a dirgli che le era mancato. Lei che lo aveva allontanato, lei che aveva condotto quel gioco crudele, adesso lo aveva chiamato "amore mio"!

«Ylenia?» sussurrò «Sei proprio tu?».

«Certo che sono io! Chi vuoi che sia?».

«Mi ripeti quello che hai appena detto?».

Ale era come in trance, cosciente solo del respiro e del dolce profumo della pelle di lei. Ylenia abbassò la testa e senza parlare si rannicchiò tra le sue braccia, facendosi piccola, indifesa, col solo bisogno di essere cullata e amata.

«Perché sei venuto?» chiese con un filo di voce.

«Volevo invitarti alla festa di fine anno» spiegò lui, sentendosi terribilmente stupido ma al tempo stesso terribilmente felice.

«Con te andrei anche in capo al mondo».

Ylenia era diventata rossa in viso, era tornata a essere l'Ylenia che gli piaceva tanto, timida, bella, fragile. La sua Ylenia.

«Ylenia, ma... come mai questo cambiamento improvviso? Cos'è successo? Tutti questi mesi, e adesso... Io non capisco. Vuoi spiegarmi? Devi spiegarmi, altrimenti divento pazzo!».

Lei gli posò un dito leggero sulla bocca.

«Ti prego, non adesso. Ti spiegherò tutto domani sera alla festa, ma non adesso. Adesso abbracciami e basta».

Ale non capiva ma ubbidì. Anche per lui non esisteva niente di più bello che tenerla stretta a sé, non voleva rovinare quel momento con inutili domande, soprattutto perché adesso, per la prima volta, la bocca di Ylenia cercava la sua, discreta, passando prima per il collo, il mento, le guance, un piccolo bacio alla volta, per poi posarsi dolcemente sulle sue labbra. Adesso lui stava gustando il vero sapore della felicità, quella strana signora che, proprio in quel momento, stava bussando alla porta, chiedendo di entrare; mentre le loro lingue, ubriache d'amore, si cercavano e si intrecciavano, scoprì per la prima volta cosa significasse essere una cosa sola.

Anche a lui, in quel momento, venne svelato quel grande mistero che chiamano amore.

37.

«Ale... Ale!».

«Eh?».

«Lo sai che ore sono?».

«Ma che vuoi?». Ale si girò dall'altra parte.

«Sono le dieci e mezzo di sera! Va bene che siamo rientrati alle sei del mattino, ma non puoi stare tutto il giorno a poltrire nel letto...».

«Chi ti ha fatto entrare?».

«Tuo padre, e chi sennò! Era da mezz'ora che ti aspettavo qui sotto. Ti sei dimenticato che avevamo appuntamento alle dieci per andare a ballare? Dai, vestiti, così usciamo!».

«Che palle che sei, Claudio!». Ale sbadigliando si alzò, prese i vestiti e si chiuse in bagno.

«Allora, ieri non mi hai raccontato niente, com'è andata con la tua nuova fiamma?» urlò Claudio dall'altra stanza.

«Non ne voglio parlare».

«Non mi dire che hai fatto cilecca! Non è da te!».

«No, anzi, forse sarebbe stato meglio».

«Allora te la sei fatta...».

«Ma perché la devi mettere sempre in questi termini? Comunque sì, l'abbiamo fatto. Va bene?».

«Questo vuol forse dire che hai finalmente chiuso il capitolo Ylenia?».

Ale riapparve dal bagno, già vestito.

«Questo non vuol dire proprio un bel niente. Eravamo ubriachi ed è capitato, fine della discussione. Non costruirci un film. Adesso usciamo, dai!».

«Mamma mia quanto siamo permalosi...».

Claudio seguì l'amico lungo il corridoio e poi fuori dall'appartamento.

«Arrivederci, signor Cutrò».

«Ciao Claudio, non tornate tardi».

Per buona parte del tragitto i due rimasero in silenzio, ognuno con i propri pensieri.

«Ma almeno lo sai dove si trova questa discoteca?» disse Ale destandosi improvvisamente.

«No. La ragazza di ieri sera me l'ha più o meno spiegato, ma non mi ha detto di preciso dove si trova. Comunque, non appena arriveremo al quartiere che mi ha indicato lei, chiederemo in giro. Sicuramente qualcuno conoscerà la strada. Te l'ho detto che stasera si terrà l'elezione di Miss Maglietta Bagnata?».

«Sì, circa un migliaio di volte...».

«Allora, hai deciso chi portare alla festa di fine anno domani sera?».

«Sì».

«E chi, Virginia?».

«No».

«E allora chi?».

«Ylenia».

«Certo che sei proprio testardo! Lo vuoi capire che quella non ti guarda nemmeno? Non gliene frega niente di te, quand'è che te ne farai una ragione? Non accetterà mai il tuo invito».

«Veramente ha già accettato».

«Cosa?». Claudio frenò di botto.

«Ehi! Che cazzo fai?».

Claudio era rimasto di stucco nell'udire quelle parole, ma il motivo della frenata era la presenza di un uomo steso a terra al centro della strada con accanto un motorino, anch'esso abbandonato sull'asfalto.

«Cazzo! Quello è svenuto!».

«Avrà avuto un malore mentre guidava! Presto, andiamo a vedere!» disse Ale, anche lui impressionato dalla scena.

«E se fosse una tattica per derubarci?».

«Tu guardi troppi film...».

Ale scese dall'auto mentre Claudio, spaventato, decise di non seguirlo e di rimanere in macchina. Il ragazzo ebbe appena il tempo di avvicinarsi all'uomo sulla strada che questo si alzò in piedi e gli puntò contro un coltello. Indossava un passamontagna in pieno giugno. Peccato non averlo notato prima. Nel giro di pochi secondi Claudio si ritrovò davanti un altro uomo, sbucato da dietro un'auto posteggiata, anch'egli con indosso un passamontagna e armato di coltello, che gli intimò di scendere dalla macchina.

Claudio iniziò a urlare e Ale fece altrettanto. Il rapinatore, preoccupato che tanto baccano potesse attirare l'attenzione dei residenti del quartiere, invitò il complice a lasciar perdere.

«Ma che cazzo dici? Forza, scendi dall'auto» replicò l'altro convinto.

Claudio non sapeva che fare: non voleva cedere la sua macchina a quei due criminali, ma neanche lasciarci le penne.

«Forza, sbrigati! Ti ho detto di scendere!».

In quel momento una donna si affacciò al balcone e iniziò a gridare. I due rapinatori, spaventati, saltarono sul motorino e si dileguarono. Ale e Claudio poterono riprendere fiato.

«Porca puttana, meno male che non ti do mai retta» fece Claudio.

«Certo, ora la colpa è mia. Andiamocene, va! Torniamo a casa, che per stasera mi è passata la voglia di ballare».

Ale risalì in auto. Ringraziata la signora, Claudio mise in moto e partì ma, dopo aver percorso pochi metri, gli venne un dubbio.

«Mi sa tanto che ci siamo persi».

Ale sobbalzò sul sedile: «Come sarebbe che ci siamo persi? Che significa?».

«Significa che non so dove siamo».

«E adesso? Non possiamo nemmeno chiedere in giro. Non c'è anima viva. Prova a girare di là, vedi se magari incontriamo qualcuno».

«E se per caso quei due ci aspettano proprio lì?».

«Non dire sciocchezze! Saranno già lontani. Hai visto che facce da scemi avevano? Non sarebbero in grado di fare del male a una mosca».

Ma non appena Claudio ebbe svoltato l'angolo, si ritrovarono davanti la stessa identica scena di prima.

«Ma allora sono davvero cretini!».

Claudio frenò di nuovo, poi abbassò il finestrino e si mise a urlare: «Ehi, signori rapinatori, potreste spostare il motorino dalla strada così possiamo passare?».

Non riuscì a concludere la frase che si ritrovò nuovamente puntato alla gola un coltello. Di gomma.

«Noooo! Di nuovo voi due...» esclamò il rapinatore.

«Potremmo dire la stessa cosa!».

Nel frattempo il suo complice si era alzato da terra e lo aveva raggiunto, curioso di sapere cosa stesse succedendo. Non appena vide Ale e Claudio esclamò: «E che palle! Di nuovo quei due casinisti, ma che sfiga stasera! Uno non può fare il proprio lavoro in pace...».

«Ce ne vuole di coraggio a chiamarlo lavoro!» disse Ale, pentendosi immediatamente di aver aperto bocca. Anche se idioti, erano pur sempre due rapinatori e non era saggio mettersi a scherzare.

Fortunatamente i due ignorarono la battuta e uno disse: «Io il motorino ve lo sposto a una condizione!».

«Quale?» chiesero Ale e Claudio in coro.

«Acqua in bocca!».

«Ma certo. Chi vi ha mai visti? Ora possiamo andare?».

Il rapinatore fece segno al complice di spostare il motorino. Poi aggiunse: «Sparite!».

Claudio annuì e appena ebbe strada libera ripartì.

«Che roba!» esclamò Ale «Ce n'è di matti in giro...».

Claudio frenò di botto, abbassò il finestrino, fischiò ai rapinatori e li mandò a quel paese con un gestaccio.

«Non so chi sia più scemo: quei due o tu che gli vai dietro!» esclamò Ale esasperato.

«Ma dai! Facevo tanto per divertirci un po'! Li hai visti? Erano del tutto inoffensivi: con i coltelli di gomma, come i bambini a Carnevale...».

«Sì, ok, ma con questa gente bisogna sempre stare attenti, non si sa mai».

«Sarà... Intanto ora abbiamo un altro problema».

«Quale?».

«Mi pare che nemmeno qui ci sia nessuno. Come facciamo a chiedere informazioni? Non ho idea di dove siamo». Claudio iniziò a guardarsi intorno.

«Invece mi sembra che lì ci sia qualcuno». Ale indicò delle

prostitute sul marciapiede. «Senti, fa' retromarcia e cambia strada, che è meglio».

«Non sapevo che battessero anche in questa zona. Chiediamo a una di loro, no?».

«Ma sei fuori? Che pensi di fare? Tu il telegiornale non lo vedi mai?».

«Telegiornale? Io? Sì, figurati...». Claudio accostò vicino a una prostituta: «Scusa, non siamo venuti per te, volevamo solo sapere se sai indicarci come arrivare in autostrada».

La donna, probabilmente straniera, non diede una risposta ma si limitò ad alzare il dito medio.

«Che finezza!».

Ale scoppiò a ridere: «Andiamo via, lascia stare. Guarda che i controlli sulla prostituzione stanno aumentando. Scattano le foto ai clienti e poi li denunciano».

«Ma va'! Noi stiamo chiedendo un'informazione, mica siamo clienti. E poi qui in giro non c'è anima viva, chi vuoi che possa farci una foto?».

Poco più avanti c'era un'altra ragazza e Claudio ci riprovò con lei. Questa fu più gentile e spiegò loro la strada, ma in cambio chiese a Claudio un passaggio per spostarsi in un'altra zona, dato che lì non passavano molte auto. Il ragazzo ingenuamente acconsentì, incurante delle proteste di Ale.

La macchina, con i tre a bordo, si allontanò. Subito dopo accese i fari un'altra, posteggiata sul lato opposto. A bordo c'erano due carabinieri in borghese che, armati di polaroid, avevano fotografato i movimenti delle prostitute. L'indomani avrebbero consegnato le foto in caserma per far partire le denunce.

38.

«Ahi!». Virginia era entrata al buio pesto nella stanza del fratello e aveva urtato contro il suo comodino, facendosi male al ginocchio.

«Che succede?». Ivan si svegliò di botto e accese la luce.

«C'è che la sveglia suona da un bel po', ma non ti decidevi a spegnerla. Probabilmente dormivi profondamente, così sono venuta a svegliarti».

«Ma io non devo alzarmi così presto, stamattina...».

«E allora perché la sveglia ha suonato?».

«Non lo so, mi sono dimenticato di disattivarla ieri sera. Lasciami dormire un altro po', sono stanco morto» disse Ivan rimettendosi sotto le coperte.

«Ok, ti sveglio io più tardi. Sogni d'oro».

Virginia si avvicinò al fratello, gli diede un bacio sulla fronte e si chinò per spegnere l'abat-jour. Involontariamente, prima di premere il pulsante, fece cadere delle foto per terra.

«Ops... E queste?» chiese, abbassandosi per raccoglierle.

Il fratello aprì a malapena un occhio e la rassicurò: «Niente, sono le foto che abbiamo scattato ieri sera ai clienti delle prostitute. Ho dimenticato di lasciarle in caserma, erano nella tasca sbagliata, ma questo pomeriggio ci torno per fare le denunce».

Tra le tante immagini, Virginia ne notò tre in particolare. Senza farsi scorgere dal fratello le prese e se le mise in tasca, poi spense la luce e lasciò la camera di Ivan.

Tirò di nuovo fuori dalla tasca le foto e le osservò meglio. Non c'erano dubbi.

«Che bastardo!» esclamò, sbattendo la porta della sua stanza.

39.

Ale era terribilmente eccitato. Non credeva di essere mai stato così euforico in vita sua. Era tanto felice da essersi dimenticato tutto il resto.

Erano le sette ormai, tra due ore sarebbe andato a prenderla. Già aveva la scena davanti agli occhi: lui sarebbe arrivato e lei avrebbe sceso i pochi gradini che c'erano davanti alla porta d'ingresso di casa sua, bella come non mai. Le sarebbe andato incontro, le avrebbe baciato la mano, porto il suo mazzo di margherite e poi l'avrebbe aiutata a salire in macchina.

Ma chissà perché i conti non gli tornavano. Poi all'improvviso realizzò.

E la macchina? Dov'era la macchina? Si era dimenticato un piccolo particolare. Cazzo.

Era talmente sulle nuvole da non aver considerato il problema. Non poteva certo andarla a prendere con il vecchio motorino, senza contare che il suo amato catorcio era stato distrutto da Romolo e Remo il giorno prima, quando era stato da lei per invitarla alla festa.

Si rivedeva ancora attaccato al cancello, mentre cercava di suonare il citofono per implorare il signor Luciani di richiamare i cani e questi, non potendo azzannare lui, si erano divertiti a strappare a morsi la sella del motorino. Neanche a parlarne di chiedere i soldi per farla riparare: ci avrebbe fatto la figura del pezzente.

In ogni caso il problema principale da risolvere, in quel momento, era trovare un'auto per la serata. Probabilmente Claudio poteva aiutarlo: aveva cinque posti in macchina e lui era solo con la sua amica, certo gli avrebbe offerto un passaggio.

Quando lo chiamò per proporgli l'idea si sentì invece rispondere: «Mi dispiace, ho già promesso a mio fratello di andare tutti e quattro insieme. Dovevi dirmelo prima. Se vuoi al ritorno ti posso aiutare, perché tanto lui e la sua ragazza rientreranno in compagnia di altri amici».

«Tuo fratello? Che c'entra lui, non va all'università? E poi io sono il tuo migliore amico, non puoi lasciarmi a piedi».

«Mio fratello minore, scemo. Presente? Lo conosci da una vita. Terzo anno nella nostra scuola. Certo che a te l'amore fa danni al cervello. Scusa, perché non l'affitti un'auto, se proprio ti serve?».

«E dove?».

«Cerca nell'elenco telefonico, no? Prendi una bella auto con tanto di autista, così fai pure un figurone. Ora scusami, ma devo andare a finire di prepararmi».

«Ok, grazie tante, ci vediamo dopo, ciao».

Ale era piuttosto demoralizzato, ma non si perse d'animo. Trascorse l'ora seguente a chiamare tutti i numeri che trovò in elenco e alla fine prenotò l'auto meno cara che riuscì a trovare: trecento euro l'ora. Però era una limousine, quindi almeno l'ottima figura era assicurata.

All'orario stabilito Ale arrivò a casa di Ylenia. L'autista percorse tutto il viale e Romolo e Remo, da bravi cani da guardia, iniziarono a rincorrere l'auto abbaiando.

Ylenia era già davanti alla porta d'ingresso, bella da togliere il fiato. Indossava un abito verde petrolio, che s'intonava ai suoi meravigliosi occhi color smeraldo. Portava i capelli pettinati all'indietro, con qualche ricciolo che scendeva qua e là, a incorniciare il viso, un po' più truccato del solito. Sembrava più donna.

Ale era estasiato da tanta bellezza, ma non ebbe nemmeno il tempo di scendere dall'auto che la ragazza rientrò in casa, senza averlo riconosciuto.

«A quanto pare stasera uscite anche voi. E bravi mamma e papà!».

«Veramente no, non abbiamo programmi per stasera, perché?».

«Allora per chi è quella meravigliosa auto parcheggiata qui fuori?».

«Sarà Ale che è venuto a prenderti, no?».

«No, Ale non può permettersi un'auto simile...».

Ylenia tornò fuori, accompagnata dai genitori, e la sua sorpresa fu grande quando lo vide, davanti allo sportello del sedile posteriore, litigare con Remo che gli aveva azzannato i pantaloni e non accennava a mollare la presa.

«Remo, a cuccia!» ordinò decisa la ragazza, e il cane liberò immediatamente Ale.

«Buonasera...».

Il ragazzo, un po' imbarazzato per la brutta figura, salutò con una stretta di mano il padre di Ylenia e con un bacio sulla guancia madre e figlia.

«Ale! Ma quest'auto è tua? È meravigliosa...». Ylenia era stupefatta.

«No, non è mia, magari. L'ho affittata per l'occasione» le confessò a un orecchio, poi la prese per mano, aprì lo sportello e la fece accomodare sul sedile posteriore.

Salutò nuovamente i Luciani e da perfetto gentiluomo girò intorno alla macchina per salire dall'altro lato, sistemandosi accanto a Ylenia.

«Ma Ale, non era davvero il caso, ti sarà costata un occhio della testa».

«Che importanza ha?».

Sul sedile di fronte al loro c'era il mazzo di margherite che lui aveva acquistato per l'occasione. Ale lo prese e glielo porse.

«Questa sera dev'essere tutto perfetto!» e così dicendo le posò un piccolo bacio sulle labbra.

«Tu sei pazzo!».

«Sì, pazzo di te...».

Silenzio. Un bacio lungo una vita.

«Sei bellissima stasera».

«Grazie, anche tu stai molto bene. È strano vederti con quest'abito da cerimonia, sembri molto più grande, quasi un uomo».

Lui le sorrise, cercando di fingersi calmo, ma in realtà aveva il cuore in gola. E non per l'emozione di uscire con lei, ma perché in città c'era molto traffico e più passava il tempo più il costo del noleggio aumentava. Facendo un breve calcolo si rese conto che tra una cosa e l'altra aveva già superato i trecento euro.

Arrivati finalmente al luogo della festa, una splendida villa con vista sul mare, Ale scese dall'auto e aprì lo sportello a Ylenia per far scendere anche lei. Fortunatamente la ragazza si allontanò per salutare le compagne di classe e lui andò dall'autista a farsi fare il conto.

«Sono quattrocentocinquanta euro».

Porca vacca, una fortuna. O meglio, un furto. Ma per Ylenia questo e altro.

Il ragazzo gli porse la carta di credito che aveva rubato al padre, ma notò che l'autista non accennava ad andarsene.

«Che c'è ancora?».

«E la mancia?».

«Pure la mancia? Ma lei è pazzo! Dopo che mi ha prosciugato il conto ha pure il coraggio di venirmi a chiedere la mancia?».

«Ale, hai finito? Entriamo?».

Ylenia aveva smesso di chiacchierare con le amiche e si era riavvicinata al suo accompagnatore.

«Sì, un secondo!» disse lui sorridendo.

Tirò fuori un euro dalla tasca e lo porse all'autista.

«Ecco la mancia! E vada al diavolo!» tagliò corto.

Appena misero piede in giardino vennero attirati dalla voce di Claudio che, già ubriaco a inizio serata, era salito su un tavolo e dopo aver rubato il microfono al deejay aveva cominciato a recitare un discorso.

«Cari compagni, carissimi, oggi siamo tutti qui riuniti per festeggiare questi cinque anni passati insieme. Sono stati cinque anni piuttosto movimentati, ricchi di colpi di scena, cinque anni durante i quali qualcuno si è innamorato, qualcuno ha persino capito a cosa serve la matematica, qualcun altro si è ubriacato a tutte le feste, altri ci hanno abbandonato durante il percorso per ripetere l'anno, ma insomma... Tra poco saremo tutti diplomati e ognuno sceglierà la propria strada, forse non ci vedremo mai più, ma una cosa è certa: è stato bello e ci siamo divertiti un sacco. Aggiungo che mi dispiace tantissimo per quelli che non ce l'hanno fatta, o che non ce la faranno, ma non è proprio il caso di preoccuparsi, perché ci sono cose peggiori e più gravi nella vita, suvvia! Ora diamo il la alle danze, alla musica, all'alcol, al sesso e al divertimento!».

«Ma lo sai che quando è ubriaco Claudio è più simpatico?» scoppiò a ridere Ylenia.

«In effetti...».

«Allora anche lui ha un po' di sale in zucca. Ha detto delle cose molto belle. Non me l'aspettavo. Però adesso andiamo a bere qualcosa, sto morendo di sete».

«Ok, andiamo, ma...».

«Sì?».

«Te l'ho detto che sei bellissima?».

«No!».

«Bugiarda!».

«Ma se lo sai allora perché me lo chiedi?».

«Perché vorrei dirtelo all'infinito».

«E io vorrei sentirmelo dire all'infinito».

«Sei bellissima...».

40.

La serata scivolò via rapidamente, tra balli sfrenati e bicchieri buttati giù d'un fiato, risate e soliti discorsi di circostanza.

«Ehi, vacci piano!». Ale sfilò delicatamente il bicchiere dalle mani di Ylenia.

«Guarda che non sono ubriaca...» rispose lei, senza risultare molto convincente.

«Sì, ho capito... Andiamo a sederci laggiù, è più tranquillo» provò a convincerla Ale, prendendola per mano.

«Come vuoi tu, ma credimi quando ti dico che non sono ubriaca...».

In giardino, mentre passeggiavano, Ale trovò finalmente il coraggio di riprendere il discorso che tanto gli stava a cuore: «Mi pare che tu dovessi darmi qualche spiegazione stasera, o sbaglio?».

Facendo finta di nulla, Ylenia cercò di cambiare argomento: «Voglio vedere il mare, ma per colpa di questi alberi non ci riesco. Andiamo lassù...» e indicò uno dei balconi della casa.

«Lassù? Non so se possiamo».

Ale era titubante. Aveva intuito fin dove Ylenia volesse spingersi quella sera, ma lui non aveva intenzione di approfittare della situazione. Non capiva se l'ennesima svolta improvvisa fosse dettata dall'alcol o da qualcosa d'altro.

«Sì che si può. Poco fa ho visto che Claudio e Gilda sono andati su per le scale. Forza, andiamo anche noi!».

«Ok, ok. Sei sicura di farcela?».

«Ma certo... Non sono ubriaca, te l'ho detto! Vuoi venire o no?».

Ylenia si avviò decisa, facendogli segno di seguirla. Quando arrivarono al piano superiore si ritrovarono in un corridoio pieno di porte.

«E adesso? Come facciamo a sapere qual è quella giusta?» chiese Ale, guardandosi intorno.

«Semplice! Le apriamo tutte...».

E così iniziarono quella buffa ricerca, facendo a gara a chi la trovava per primo. Molte porte però erano state chiuse a chiave dall'interno, qualcuno era arrivato prima di loro. Ale si bloccò per un istante. Una romantica melodia stava scivolando nell'aria e non proveniva dalle casse del deejay. A quanto pare Claudio aveva seguito il suo consiglio e aveva scelto le note di Midge Ure per quella serata con Gilda. Ale sorrise, felice per l'amico, felice per sé e per il mondo intero. Niente e nessuno avrebbe mai potuto rovinare quel magico momento.

Dopo tanto cercare, finalmente Ylenia trovò proprio la stanza che voleva.

«Ale! Vieni, presto! È qui! Ho vinto io!».

Il ragazzo seguì Ylenia nella camera. Lei era già uscita sul balcone ad ammirare il paesaggio.

«È meraviglioso. Questa vista toglie il respiro».

«Hai ragione, però sta' attenta, non sporgerti troppo».

«Sì, papà!».

Ale la baciò con trasporto.

«Guarda quante stelle, hai visto? Hai visto? C'era una stella cadente, l'hai vista?». Ylenia saltellava felice e indicava un punto nel cielo.

«No, non l'ho vista...».

«Che peccato! Allora vorrà dire che esprimerò io il desiderio anche per te. Tanto sono sicura che è uguale al mio».

Ylenia lo baciò ancora più intensamente.

«Ylenia aspetta, io voglio sapere...».

«Ssh, ora non c'è tempo per le spiegazioni, abbiamo altro da fare...».

«Ma io...».

Ylenia lo prese per la cravatta e lo tirò dentro la stanza.

«Sei sicura che è questo che vuoi?».

«Non ho mai desiderato altro, voglio essere tua, Ale, voglio essere solo tua, qui, adesso...» gli sussurrò, stendendosi sul letto e facendolo sdraiare sopra di sé. «Voglio fare l'amore con te, Ale, è questo il mio unico desiderio, puoi esaudirlo?».

Aveva gli occhi chiusi e assaporava piano il gusto della sua pelle, mentre lui le tirava giù delicatamente la lampo del vestito e le dava piccoli baci sul collo.

Ale non disse nulla. Iniziò a esplorare con la bocca ogni centimetro del suo corpo, mentre il reggiseno si sganciava, le mutandine si sfilavano e il vestito finiva sul pavimento. La sua lingua scivolava sempre più giù, sul collo, poi sui seni e sui capezzoli, sulla pancia già leggermente abbronzata, e poi ancora giù, più giù, per sentirla gemere, felice e passionale. Le passò le mani lungo tutto il corpo, mentre lei, con le dita tremanti, gli occhi socchiusi e un'espressione indefinibile sul viso, gli sbottonava la camicia e trafficava con i bottoni dei suoi pantaloni, baciandogli il collo, in attesa del momento in cui finalmente i loro corpi sarebbero diventati una cosa sola.

E quando quel momento arrivò, mentre lo sentiva muoversi dentro di sé e mentre anche lei muoveva il bacino per accompagnarlo nella stessa danza, le parole uscirono da sole dalle loro bocche proprio nell'attimo più bello, quasi a sigillare la magia: «Ti amo».

Più tardi, chissà quanto più tardi, erano entrambi nudi, uno accanto all'altra, felici, stanchi e sazi d'amore. Mentre la musica suonava e le stelle facevano da spettatrici, lo fecero di nuovo. Ylenia avrebbe desiderato continuare senza sosta, ma si rendeva conto di non poter andare oltre per non affaticare troppo il suo cuore malato. Rimase estatica nello stordimento, sgomenta per l'inatteso realizzarsi dell'amore con Ale.

«È stato bellissimo...».

Ylenia era rossa in viso, aveva il trucco un po' sbavato e la camicia di Ale indosso.

Con la testa poggiata sui suoi seni, lui disegnava con il dito piccoli cerchietti sulla pelle delicata che profumava ancora di passione.

«Lo so, anche per me è stato fantastico!».

Ylenia gli diede un bacio sulla fronte. Lui si mise a sedere accanto a lei.

«Dimmi la verità. È vero quello che mi hai sussurrato?».

«A cosa ti riferisci?».

«Parlo di poco fa, mentre lo stavamo facendo...».

Ylenia scoppiò a ridere: «E quando, scusa? L'abbiamo fatto due volte!».

«Lo sai a cosa mi riferisco... È vero che mi ami?».

«Sì».

«Anch'io ti amo, ma devi darmi delle spiegazioni. Cerca di capirmi, io non ce la faccio a vivere così, ho bisogno di sapere...».

Ci fu un attimo di silenzio che sembrò durare un'eternità. Poi Ylenia si decise. "Devo dirglielo. Devo. Non posso più tirarmi indietro. Non dopo stasera. Non dopo quello che è successo. Devo dirglielo qui, adesso. Devo trovare la forza. Respiro. Vado".

«Io sto morendo, Ale...».

"Silenzio. Lo guardo. Non mi guarda. Ha gli occhi persi nel vuoto. Di' qualcosa, cazzo, non startene lì imbambolato. Parla. Ti supplico".

«Scusa?».

«Ti ho detto la verità. Io sto morendo».

«Ma non può essere, che significa?».

«Sono malata, Ale, e non mi resta molto tempo da vivere. Io... Forse non riuscirò nemmeno a vedere l'estate. Mi dispiace, amore, ma è la verità».

«No. Non è vero. Non è vero. Ti prego, dimmi che non è vero. Non può essere vero, non ha senso...».

Ale era sconvolto. Tutto avrebbe immaginato tranne una cosa del genere. Mai. E come avrebbe potuto?

«Purtroppo è vero, amore mio, e nessuno può farci nulla. Nessuno può salvarmi. Devi fartene una ragione. Ti prego, non fare così, devi essere forte. Ti prego! Io... Io non ho paura...».

«Ma non è possibile! Tu non puoi morire! Non ora che finalmente ti ho trovata! Come farò senza di te? Non può essere vero! Ci sarà qualcosa da fare, qualche speranza...».

Ylenia si era ripromessa di essere forte, per lui, per loro, ma l'espressione disperata sul volto di Ale era straziante.

«Amore ti prego, non rendere tutto più difficile...».

«Da quanto tempo lo sai?».

Ylenia non aveva il coraggio di confessarglielo.

«Rispondimi. Da quanto tempo lo sai?».

«Da qualche mese».

«E perché non me l'hai detto prima? Perché?».

«Ale, non potevo dirtelo. Avresti sofferto troppo. L'unica scelta non egoistica era sperare che mi dimenticassi e soffrire io sola in silenzio, ma poi non ce l'ho fatta, perché avevo bisogno di te, perché io ti amo Ale, ti ho amato dal primo momento e ho bisogno di te...».

Nemmeno Ale riuscì più a trattenere le lacrime. Senza farle terminare la frase, la tirò a sé e la strinse forte, fin quasi a soffocarla, pronto a difenderla da tutto e da tutti, anche dalla morte, se solo ci fosse stato il modo. Ma l'unica cosa che poteva fare in quel momento era abbracciarla, e piangere.

«Va tutto bene, non preoccuparti, va tutto bene! Ci sono io adesso qui con te e non ti lascerò più, mai più, te lo giuro! Non piangere amore mio, non piangere, ci sono io. Ce la faremo, te lo giuro, non permetterò mai a nessuno di portarti via da me».

Quelle parole, dettate dalla disperazione e dallo sconforto, più che a lei servivano a lui. Aveva bisogno di crederci, di illudersi. Lui contro il mondo. Perché no? Per quanto assurdo suonasse, era sicuro di riuscire. Per amore si può fare tutto. Lui contro la morte. D'accordo. Anche la sua vita, per lei.

41.

Chissà cosa voleva Virginia. Virginia... Dopo tutto quello che era successo, si era già dimenticato di lei. Di certo era arrabbiata perché non l'aveva richiamata.

Ale non riusciva proprio a capire il motivo di quella telefonata di prima mattina, con quella voce così agitata. Sembrava davvero che fosse successo qualcosa di grave.

Gli aveva chiesto di raggiungerla subito sul lungomare e adesso lui stava correndo come un pazzo per cercare di far prima.

Non aveva dormito affatto ed era ancora sconvolto per la notizia che gli aveva dato Ylenia.

Non riusciva a crederci. Quando erano tornati a casa, Ambra e Giorgio erano stati molto gentili con lui, come sempre del resto, e lo avevano fatto entrare per spiegargli bene la situazione. Gli avevano raccontato del trapianto, del cuore che non si trovava, dei pochi giorni che le restavano, dell'evolversi della malattia e delle numerose crisi.

Ora sì che tutto aveva una spiegazione. Adesso ogni piccolo tassello di quel rompicapo stava andando a posto. Le numerose assenze a scuola, il suo strano comportamento, quei continui rifiuti, il non farsi sentire, i professori che avevano sempre un occhio di riguardo nei suoi confronti...

Ma perché era stata così testarda? Testarda e coraggiosa! Come pensava di poter affrontare tutto questo da sola, senza il suo aiuto, senza nessuno che le stesse vicino? Come?

La cosa più triste era che se lei non fosse stata colpita da quella malattia del cazzo, loro due non si sarebbero mai conosciuti. Lei sarebbe tornata in Italia al massimo per una vacanza. Ma il destino era davvero così crudele? Davvero li aveva fatti incontrare solo per poi dividerli? Li aveva uniti, aveva donato loro l'amore, quello raro, quello che dura per sempre e solo pochi nella vita hanno la fortuna di conoscere, e adesso li puniva con una sofferenza atroce?

Quando lei se ne fosse andata, lui cosa avrebbe fatto? Come avrebbe continuato a vivere senza di lei, aggrappandosi solo al suo ricordo?

Non voleva pensarci. Non poteva pensarci. Era una pena troppo grande. Un dolore lento, straziante. Ogni rimorso, ogni rimpianto, era come se qualcuno gli infilasse una mano nel petto e gli strappasse via il cuore. Si sentiva già sanguinare. Anzi, no, si sentiva bruciare.

Ma non era quello che gli faceva male adesso. No. Era la guancia. Virginia era in piedi davanti a lui, ma evitava di guardarlo. Aveva gli occhi velati di lacrime e tremava. Gli aveva dato uno schiaffo. Lui si era avvicinato per salutarla e lei lo aveva colpito sulla guancia sinistra, con forza, con violenza, con rabbia.

«Virginia...».

«Sta' zitto! Devi stare zitto! Mi fai schifo! Sei solo un verme, un bastardo...».

Virginia stava urlando. Era fuori di sé. Gridava e piangeva, sembrava una furia.

Eppure Ale non riusciva a essere dispiaciuto. Gli aveva tolto l'ingrato compito di doverle dire che era innamorato di un'altra. Stava facendo tutto lei: decideva lei, urlava lei, piangeva lei, per entrambi.

«Adesso mi dici cosa sono queste. Eh? Me lo dici cosa sono queste?».

Virginia gli lanciò addosso qualcosa che gli sfiorò il petto e cadde a terra.

Ale si chinò per raccogliere le foto e rimase di stucco: com'era possibile? Mannaggia a Claudio. Il solito imbecille. E adesso? Come giustificarsi? Che dirle? Virginia non avrebbe mai creduto alla vicenda rocambolesca in cui si erano infilati in buona fede.

«Ascolta, è tutto un equivoco. Non è come sembra. Lasciami spiegare, ti sbagli...» farfugliò, ma lei era furibonda e il suo tentativo cadde nel vuoto.

«Sta' zitto, fammi il favore! Non voglio sentire le tue pietose bugie! Sei uguale a tutti gli altri! Ti odio! Sei solo un porco schifoso! Con le prostitute non ci sei mai andato, mi hai giurato! E la sai una cosa? Mi dispiace solo di averti salvato il culo, perché queste foto avrei dovuto lasciarle a mio fratello per farti denunciare! Vaffanculo!».

Ale era rimasto da solo, lì sul molo. Lei era scappata via, in lacrime.

"Che caratterino! E le foto se l'è portate via. Magari le ridà anche a suo fratello per far scattare la denuncia. Sarebbe la ciliegina sulla torta!".

Nel pomeriggio l'avrebbe fatta chiamare da Claudio: forse a lui avrebbe creduto, l'avrebbe lasciato parlare. Ma che importava? In quel momento aveva ben altro per la testa.

Di nuovo per strada, per non pensare, per fare qualcosa che anche se non avesse aiutato Ylenia, magari sarebbe servita a qualcun altro, perché quello che aveva in mente è un gesto che tutti dovrebbero compiere, ma la gente è troppo impegnata, va sempre di corsa e dice che poi lo farà, ma "poi" diventa troppo tardi e non serve più a nulla.

Eccolo, il pullman per la città! Eccolo lì, come se lo aspettasse, come se Dio avesse deciso di dargli una mano, almeno per una volta.

Be', allora grazie tante!

Ale salì al volo e andò a sedersi accanto a una vecchietta che dormiva. Non si accorse della distanza percorsa perché si assopì quasi subito. Aveva fatto l'alba dai Luciani e poi era tornato a piedi. Claudio gli aveva dato uno strappo fin lì ed era scappato subito a casa, e lui non se l'era sentita di accettare un passaggio da Giorgio. Poi c'era stata la scenata di Virginia, che l'aveva messo a dura prova. La testa gli faceva ancora male e supplicava riposo, ma non poteva dormire, non c'era tempo, aveva una missione da compiere.

Si svegliò di botto, facendo spaventare la vecchietta accanto a lui. Le sorrise per tranquillizzarla. Sì, Dio aveva proprio deciso di aiutarlo, visto che lo aveva svegliato a un metro dalla sua fermata. Dopo essersi scusato di nuovo con l'anziana signora, scese dal pullman e si fermò un attimo a guardare l'edificio maestoso. Chissà perché gli ospedali sono tutti uguali. Tutti grigi, tristi, con le finestre rettangolari, piccole, le serrande azzurre, qualche volta grigie. E poi i posteggi, le ambulanze, i camici bianchi dei dottori e quelli verdi degli infermieri, tutti uguali. E l'odore pungente di alcol e di medicinali, ma anche di morte, paura, sofferenza, lacrime.

"Perché, Dio? Perché proprio lei? Perché proprio lei, tra tanti? Sai dare una risposta a questo, Dio? Perché la gente muore, Dio? Perché non fai scegliere a loro, se e quando vogliono morire? Perché decidi tu per tutti? Eh? Perché?".

«Mi scusi, desidera?».

Un'infermiera molto carina, con qualche ciuffo biondo che sfuggiva ribelle alla cuffietta bianca, lo stava guardando dal vetro dell'accettazione.

Interrompendo il flusso dei propri pensieri, Ale si avvicinò e chiese: «Cosa devo fare per diventare donatore di organi?».

«È molto semplice. Deve recarsi all'ufficio donatori, vede, lì in fondo al corridoio, la terza porta a destra».

«La ringrazio».

«Si figuri. Saranno altre persone a ringraziare lei, un domani, per questo gesto. E la benediranno di cuore, perché avrà salvato loro la vita».

Ale non rispose, limitandosi a sorridere. Lui non voleva i ringraziamenti di nessuno, voleva solo vivere felice con Ylenia, sposarla, creare una famiglia con lei e invecchiare insieme. Era chiedere troppo?

Ufficio donatori. Doveva essere quello. La porta era semiaperta, ma Ale bussò comunque.

«In cosa posso esserle utile?» chiese un'altra infermiera graziosa e sorridente, con le unghie smaltate di rosso.

«Vorrei diventare un donatore di organi. Mi hanno detto di venire qui».

«Prego, si accomodi. Le basterà darmi un documento e compilare questo modulo. Poi mi mette una firma qui. Dopodiché le consegnerò un cartellino che dovrà portare sempre con sé, insieme a un documento di riconoscimento e al suo gruppo sanguigno, in modo che un domani i dottori possano sapere subito che lei è un donatore e decidere a chi destinare i suoi organi ancora funzionanti».

«La ringrazio».

Ale si sedette alla scrivania e iniziò a compilare il modulo. Quando ebbe finito, lo porse alla donna insieme alla carta d'identità e alla penna che lei gli aveva gentilmente prestato.

«È molto bello che un ragazzo così giovane come lei abbia fatto questa scelta. Non capita spesso. Alla sua età non si è molto sensibili all'argomento, non ci si pensa. Eppure basta così poco e ogni giorno si salverebbero molte più vite!».

Ale rifletté sul motivo della sua scelta. Non fosse stato per Ylenia, non avrebbe mai pensato di diventare un donatore, doveva ammetterlo. Non gli sarebbe mai passato per il cervello. Chissà quanti altri, persi nel proprio mondo di videogiochi e fantascienza, forse nemmeno sapevano di questa opportunità. Non è che se ne parli molto in giro. Se la gente non sa le cose, non le fa. Tutti dicono che la gente è sorda, chissà se è vero.

Mentre aspettava il pullman per tornare a Cecina, era solo con i propri pensieri e chiedeva disperatamente aiuto al mondo. Fu allora che ad Ale venne in mente un'idea folle. Folle, sì, perché chissà poi quanti lo avrebbero ascoltato. Però lui doveva almeno provarci. Doveva farlo non solo per Ylenia, ma per tutti coloro la cui vita era appesa a un filo, per tutti coloro che avevano la speranza di rinascere, che potevano essere salvati.

Passò l'intero viaggio di ritorno a studiare i dettagli. Quando finalmente arrivò in paese, si fermò in un negozio di ferramenta e comprò un bel po' di vernice, bombolette di colore, bastoni e cartelloni. Iniziò a girare per le strade, per quelle vie che ora gli sembravano diverse, nuove, estranee, quelle vie a cui era tanto legato, che l'avevano visto crescere e che adesso erano testimoni della sua follia. Incurante della pioggia e degli sguardi curiosi e sprezzanti dei passanti, delle risa dei ragazzini, con un unico obiettivo: salvare Ylenia.

Dopo qualche ora, l'intero paese era tempestato di scritte sui muri: Diventate donatori di organi! A voi non costa nulla, ma per tanti può significare molto! Oppure: Potreste salvare le vite di molte persone, se deciderete di diventare donatori di organi! O ancora: Se tutti donassimo i nostri organi, molta gente sopravvivrebbe! E ancora: Fate come me, scegliete di donare i vostri organi! Un giorno qualcuno ve ne sarà riconoscente! E ancora, e ancora: Una volta morti non ve ne fate niente dei vostri organi! Decidete di donarli a chi invece ne ha bisogno per vivere. E infine: Scegli anche tu la vita dopo la morte! Diventa un donatore di organi.

Bagnato fradicio e con gli occhi pieni di lacrime, Ale guardava i suoi cartelloni sciogliersi nella pioggia. I passanti, sotto gli ombrelli, tiravano dritto per la propria strada senza degnarlo di uno sguardo. Pensavano fosse suonato, e nessuno si fermava a leggere.

"Perché Dio? Perché? Perché non mi aiuti? Perché nessuno mi aiuta? Perché ci lasciate tutti da soli? Perché avete deciso di condannare a morte la mia Ylenia? Che vi ha fatto di male? È davvero così difficile compilare un modulo? Ci vuole troppo tempo? Costa qualcosa? Perché la gente è così? Perché, Dio, me lo spieghi il perché?".

«Ale!». Era Claudio.

«Che vuoi?».

«Ale, vieni via di lì! Sei bagnato fradicio. Dai, sali in macchina, ti porto a casa!».

«No! La gente deve capire, la gente deve sapere!».

«Ale, la gente non vuole capire. Alla gente non importa degli altri, è egoista. Non ha il tempo di starti a sentire. È inutile, vieni via di lì, dai. Sali in macchina, adesso».

Ale si guardò intorno, indeciso sul da farsi, incapace di credere a tanta indifferenza, ma forse aveva ragione Claudio: a nessuno interessava ascoltarlo, tutti pensano solo al presente, non alla malattia e alla morte, finché non se la ritrovano davanti. Nessuno l'avrebbe aiutato e lui sarebbe morto dentro, giorno dopo giorno, affogando nel terribile vuoto lasciato da Ylenia.

«Tieni! Devi compilarlo e poi portarlo in ospedale, all'ufficio donatori. E prendi anche questi, falli compilare alla tua famiglia e a tutti quelli che conosci. Forse loro ti ascolteranno».

Ale si decise finalmente a salire in macchina.

«Va bene, sta' tranquillo» disse Claudio, che provava un senso di smarrimento e pietà di fronte al dolore dell'amico.

«Accompagnami da lei, ti prego. Ho bisogno di vederla».

42.

«Virginia, che succede?».

Ylenia era davvero preoccupata. Era andata a casa dell'amica per raccontarle la magnifica serata trascorsa insieme ad Ale e l'aveva trovata in lacrime sulla poltrona del salotto.

«Tesoro, mi dispiace, non dovresti essere tu a consolare me, in questo momento, ma il contrario».

«Vuoi dirmi cos'hai? Perché piangi?».

«Ecco vedi, qualche giorno fa ho conosciuto un ragazzo. Non mi pare di avertelo detto, no?». Virginia tirava su col naso.

«No! È da una settimana che non ci vediamo, quando avresti potuto raccontarmelo? Da quando hai iniziato a lavorare è impossibile riuscire a trovarti...».

«Hai ragione, ma che ci posso fare?».

«Non preoccuparti di questo, raccontami piuttosto quello che è successo. È andata male con questo ragazzo?».

«Come una stupida ci sono cascata la sera stessa in cui l'ho conosciuto, e...».

«Virginia, non è da te: ma come ti è saltato in mente di andare con uno sconosciuto?».

«Lo so che ho sbagliato, e sono già stata punita per questo, credimi».

«Non sarai incinta?».

«Ma che dici? No, è solo che mio fratello l'ha beccato mentre abbordava delle prostitute...».

«Oh, tesoro, mi dispiace tanto, ma tutti tu li trovi questi stronzi? E tuo fratello come ha fatto a riconoscerlo? L'aveva già visto?».

«No, Ivan non ne sa nulla. Lui ha fotografato i clienti delle prostitute quando era in servizio e poi ha dimenticato di lasciare le foto in caserma e le ha portate a casa. Io le ho trovate per caso e tra le altre c'erano anche le sue. Le ho rubate e quel che è peggio è che grazie a me ora lui ha evitato la denuncia che si merita».

«E scusa, perché non gliele restituisci a tuo fratello, le foto, così le porta in caserma?».

«Non posso. Se scoprisse che le ho rubate si arrabbierebbe moltissimo! E se saltasse fuori che esco con tipi del genere, poi... Fortuna che non le ha contate: si sarebbe accorto subito che gliene mancavano tre».

«E tu sei sicura che sia proprio lui?».

«Sì, nelle foto si vede chiaramente il suo viso. Guarda, te le faccio vedere».

Virginia si alzò e prese le foto dall'interno di una zuppiera della credenza. Le aveva nascoste lì perché il fratello non le trovasse.

«Ecco, è lui».

Ylenia si sentì improvvisamente mancare. Non se lo sarebbe mai aspettata. Non poteva crederci.

«Ma questo è Ale!» disse impallidendo.

«Sì, lo so che è Ale, ti avevo già detto che si chiamava così?».

«No, questo è il mio Ale...». Adesso Ylenia stava tremando.

«Come il tuo Ale, che significa? Questo è l'Ale con cui sono uscita io...».

«No, questo è Ale, il mio compagno di classe, quello di cui ti ho sempre parlato, quello di cui mi sono innamorata, quello con cui ho fatto l'amore l'altra sera...».

Ylenia fu colta da un pianto convulso. Per un secondo, che durò un secolo, la stanza fu avvolta da un gelido silenzio. Entrambe avevano bisogno di riflettere, di realizzare, di capire. Entrambe avevano fatto l'amore con lo stesso ragazzo senza saperlo. E neanche lui poteva essere al corrente.

«Dio mio!» esclamò Virginia tra sé.

«Sei stata a letto con lui!». Ylenia puntò l'indice contro Virginia e iniziò a urlare tra le lacrime: «Non ci credo, pure tu! Tu sei la mia migliore amica, come hai potuto farmi questo? Come hai potuto? Anche tu, dopo Ashley, lo hai fatto anche tu!».

«Aspetta un attimo, Ylenia, ragiona. Io non lo sapevo, non potevo saperlo, non l'avevo mai visto, tu non me l'hai mai presentato. L'ho conosciuto per caso, io... Mi dispiace, se solo avessi immaginato, non avrei mai fatto una cosa del genere, te lo giuro. Ti prego, devi credermi, mi dispiace tanto...».

Adesso erano tutte e due in piedi, in lacrime, in silenzio, senza trovare il coraggio di guardarsi in faccia. Ylenia aveva in mano le fotografie e più le guardava più si sentiva male.

«Ti odio! Sei una puttana, ti odio!». E se ne scappò via, singhiozzando.

«Aspetta, dove vai? Fermati, ti prego!».

Virginia le corse dietro implorandola e quando arrivarono davanti al cancello di villa Luciani trovarono Ale e Claudio che stavano per suonare il citofono.

Ale vide Ylenia rossa in viso, sconvolta, con le lacrime agli occhi, che correva con delle fotografie in mano. E dietro di lei Virginia.

«Ah, sei qui?» gli urlò Ylenia fermandosi di botto. «Come hai potuto? Come hai potuto? Ti sei scopato la mia migliore amica. E per giunta, tu e quel depravato siete andati a puttane.

Ci sono le prove, non negare! Ma che cazzo di persona sei? Hai ferito lei, hai ferito me! Come fai a guardarti allo specchio? Non ti fai schifo?».

«Ylenia, aspetta un secondo, fammi spiegare...».

Lei non lasciava a nessuno il tempo di parlare, non voleva essere toccata né avvicinata. Non c'era modo di calmarla.

Claudio non sapeva come comportarsi. Erano tutti e quattro bagnati fradici di pioggia, Ylenia era fuori di sé, Virginia tremava, Ale era sbalordito. E lui? Lui che c'entrava in tutta quella storia?

«Tu mi avevi sempre rifiutato e io ho pensato che fosse giusto pensare a me stesso, per questo sono stato con Virginia. Ma ti giuro che le avrei detto oggi stesso che tra noi era tutto finito. Ylenia, credimi, io amo solo te, ho sempre amato solo te, è stato uno sbaglio, io...». Ale cercava di giustificarsi, ma era difficile in quella situazione.

«E queste? Che mi dici di queste? Parlano chiaro, non hai scuse! Avevano ragione le nostre compagne a dire di non fidarmi di te, avevano ragione: sei uno che va con le donnacce! E io, come una stupida, ti ho creduto. Sei soddisfatto adesso? Ora ne hai una in più da aggiungere alla lista! Anzi, no, due, perché c'è anche Virginia...» gli disse buttandogli in faccia le fotografie.

«È tutto un equivoco, davvero. Le abbiamo solo dato un passaggio. Chiedilo a Claudio, te lo confermerà! Ylenia, ti prego, io...».

Ale si mosse verso di lei per abbracciarla, ma la ragazza si scansò, sfuggendogli. Aveva il battito accelerato, il respiro affannato, il viso in fiamme e il cuore a pezzi. In quel momento, qualsiasi cosa le avessero detto, se anche Dio fosse sceso in terra, lei non avrebbe creduto a nulla. Si sentiva solo terribilmente ferita, tanto ferita che pensava che il cuore le stesse esplodendo. E forse era proprio così. Sentì una fitta lancinante al petto, che si estese poi a tutto il braccio sinistro. Tremava senza riuscire a fermarsi, ma non era proprio un tremore, era come se qualcuno la obbligasse a fare strani movimenti, come una marionetta legata ai fili. Stava cadendo, stava cadendo a terra e non riusciva a impedirlo. Era come se la scena si svolgesse al rallentatore, come se lei si guardasse dall'esterno. Si vedeva tra le braccia di Ale, mentre chiudeva gli occhi e perdeva conoscenza. Sentiva le urla di Claudio e di Virginia e la pioggia che l'accarezzava dappertutto, come un amante, ma a lei sembrava di essere sul fondo di una piscina, i rumori attutiti da quell'enorme massa d'acqua che l'avvolgeva senza farle male, la cullava, la portava con sé, la trascinava verso la morte. Sentiva Romolo e Remo abbaiare, ma erano lontani anni luce. E poi avvertiva dei pizzichi sulle guance, come se un serpente dispettoso la stesse mordendo. Ed era stanca, terribilmente stanca, senza forze. Troppo stanca per tornare dagli altri. Voleva rimanere da sola, al buio.

43.

Giorgio e Ambra erano nel corridoio dell'ospedale e camminavano nervosamente avanti e indietro, come si fa sempre in questi casi. Caffè, facce tirate, sguardi increduli, disperati. Claudio, Ale e Virginia aspettavano sui sedili inchiodati al muro, in fila. E l'odore, quell'odore pesante che ti fa star male e ti costringe a scappare fuori per una boccata d'aria fresca.

Com'è brutta l'attesa, dover stare lì senza poter fare nulla, mentre nella stanza accanto tua figlia, la tua ragazza, la tua migliore amica lotta tra la vita e la morte.

Il tempo che passa. Le notizie che non arrivano. L'orologio che perfidamente se ne frega del mondo intero e va avanti per la sua strada. Sempre e comunque.

Non puoi che sperare e pregare che vada tutto bene, e pensare che vorresti esserci tu al suo posto. È impossibile premere stop e tornare indietro. Si può solo andare avanti, con o senza di lei. Che strazio non avere scelta, doversi guardare alle spalle e dire: "Ormai ciò che è fatto è fatto!". Che brutta la parola "ormai". Chissà se la gente ci fa caso. È una parola spaventosa almeno quanto la parola "morte". Chissà se ci sarà il tempo per un altro bacio, un altro abbraccio, un altro saluto.

Chissà. Troppi chissà nella vita. Se solo si potesse scegliere. Ma non si può. Si può solo aspettare. Aspettare e sperare, aspettare e pregare.

«Finalmente...».

A quella parola tutti si voltarono nella direzione indicata da Ambra e videro il chirurgo, con il solito camice bianco e l'espressione impenetrabile, avanzare verso di loro.

Ale, Claudio e Virginia si alzarono in piedi, mentre Giorgio e Ambra andarono incontro al medico.

«Dottore, cosa può dirci?».

«Per il momento è fuori pericolo. Ha ripreso conoscenza e i valori si sono nuovamente stabilizzati».

Ci fu un sospiro di sollievo generale.

«Possiamo vederla?» chiese Ale.

«Mi dispiace, ma per il momento solo i familiari. Nel reparto di rianimazione le regole sono molto severe».

Poi, rivolgendosi ai genitori di Ylenia, continuò: «Potrà entrare solo uno di voi, per il momento, e dovrà indossare il camice e la mascherina. Purtroppo la ragazza è molto debole, ed è necessario che non venga in contatto con possibili fonti di infezione».

«Allora entrerà lui!» intervenne Ambra, indicando Ale. «È il fratello, sono molto legati. Sono certa che mia figlia vorrà vedere lui per primo».

«Come preferisce!».

Ale non poteva credere alle sue orecchie. Quella donna infinitamente buona e generosa gli stava permettendo di entrare al posto suo e del marito. Anche a costo di mentire al dottore. E Giorgio Luciani non aveva fatto una piega...

«Un'ultima cosa. Da adesso in poi, vostra figlia dovrà essere ricoverata, non è più possibile che la teniate a casa. È troppo pericoloso. A dire la verità dovevamo agire qualche settimana fa. Per il resto, che Dio l'aiuti...».

Poi si rivolse ad Ale.

«Forza, andiamo noi due».

Il ragazzo annuì e scomparve insieme al medico dietro una porta dai vetri opachi. Gli chiesero di lasciare ogni oggetto personale su un tavolino, poi l'infermiera lo aiutò a mettersi il camice e a indossare cuffia, mascherina e copriscarpe. Gli fecero lavare accuratamente le mani e lo condussero davanti alla porta. Prima di farlo entrare il dottore gli sussurrò: «Mi raccomando, niente baci. Nemmeno sulla mano o in fronte. E niente lacrime, Ylenia ha bisogno di sorridere adesso. Le farà piacere vedere il suo fidanzato...».

Ale lo guardò sorpreso, mentre il dottore gli faceva segno di non dire nulla a nessuno, altrimenti l'avrebbero fatto uscire. Che belle persone esistono al mondo.

«Ale!». Il volto di Ylenia si illuminò non appena lo vide.

«Amore mio!» esclamò lui sforzandosi di non piangere.

Era piccola e fragile in quel letto d'ospedale, piena di tubi e tubicini, indifesa e impaurita. La sua Ylenia.

«Te lo giuro sulla mia vita che non sono andato con una prostituta, le abbiamo solo dato un passaggio in macchina, devi credermi!».

Ylenia annuì. C'era una luce particolare negli occhi di Ale che la rassicurava sulla sua sincerità. La luce dell'amore.

«E per quanto riguarda Virginia, mi dispiace da morire. È stato solo un errore, un terribile errore, ma ero ubriaco e avevo il cuore a pezzi, e...».

Ylenia lo interruppe: «Dispiace anche a me per quello che ti ho detto prima, lo sai come sono, quando mi arrabbio non ragiono più, però ho capito che in fondo è stata tutta colpa mia e del mio comportamento».

Ale rimase senza parole per la sorpresa. Allora lei lo aveva perdonato!

«Sai, quando affronti la morte inizi a vedere tutto in modo diverso. E ho pensato che ho rischiato di morire odiandoti, mentre io voglio morire amandoti».

Gli occhi di Ylenia si inumidirono.

«Ssh!» le sussurrò dolcemente lui, stringendole una mano tra le sue. «Non ti preoccupare, è tutto passato, non rimuginarci su. Devi solo pensare a guarire e uscire di qui al più presto, d'accordo? Io rimarrò ad aspettarti ogni giorno, finché non sarai di nuovo a casa».

«Amore, io non uscirò più da qui, io sto morendo...».

«Non è vero! Tu devi farti forza e reagire, tu non stai morendo, tu vivrai insieme a me, noi...».

«Non ti preoccupare, amore, io sono felice. Non ho paura, non ho più paura, perché adesso so che ci sei tu con me. Io non volevo altro dalla vita, Ale, volevo solo te e adesso che ti ho avuto posso morire, perché so che tu conserverai sempre il mio ricordo nel tuo cuore. E quando non ci sarò più, voglio che tu ti rifaccia una vita, voglio che trovi una bella ragazza, che ti sposi con lei, e poi, se vorrai, magari la vostra prima bambina potrete chiamarla Ylenia... così rivivrò in lei, e ti starò sempre accanto, con un legame ancora più forte. Non piangere amore mio, io sono serena, non ti basta?».

Incapace di aprire bocca, Ale scuoteva il capo e intanto abbassava il mento, per nascondere le lacrime che gli rigavano il volto.

In quel momento un'infermiera entrò nella stanza per chiedergli di uscire, eroina inconsapevole, arrivata lì per salvarlo da quell'atroce dolcezza, dal terremoto che aveva nel petto.

Ale la salutò con la mano e si allontanò, asciugandosi le lacrime e promettendo di tornare l'indomani.

«Amore!».

«Sì?»

«Ti amo!».

«Anch'io ti amo».

«Per sempre?».

«Sì, per sempre...».

Ylenia gli mandò un bacio con la mano e lo guardò andare via. Poi chiuse gli occhi e si addormentò.

44.

Ale andava due volte al giorno a Livorno per stare un poco con la sua Ylenia, per confortarla, per ridere insieme, per sognare quel futuro che gli era stato proibito, per scrivere le ultime pagine della loro storia e disegnare nuovi ricordi da custodire gelosamente.

Ogni giorno all'ora di pranzo, e poi di nuovo all'ora di cena Ylenia aspettava Ale che, puntuale come un orologio, le faceva dimenticare ogni cosa.

Le portava sempre un regalo nuovo: un mazzo di fiori, un peluche, un CD, una foto. Ogni giorno inventava un gioco per farla ridere, ogni giorno le scriveva una poesia, ogni giorno le cantava una canzone, anche se era stonato come una campana. Ogni giorno insieme, salutandosi ogni volta come se fosse l'ultima, stringendosi forte e scambiandosi piccoli baci, leggeri, sulle labbra, quando i dottori non potevano vederli.

Ylenia era serena, attendeva senza paura Colui che doveva venire a prenderla per portarla via. Non aveva paura, non più, perché Ale le aveva insegnato a essere forte e coraggiosa, e poi Virginia, le altre compagne di classe, i suoi genitori, tutti le stavano vicini, per non farla sentire sola.

Anche le infermiere erano molto dolci con lei. Si trattenevano per chiacchierare, per farle compagnia, e certe volte permettevano ad Ale di rimanere un po' oltre l'orario di visita. Pure i medici la viziavano e coccolavano come fosse una figlia.

E benché fosse tanto debole da non riuscire più ad alzarsi dal letto, dentro di sé si sentiva forte, viva, ma soprattutto amata, piena di un sentimento così grande che non pensava si potesse provare.

«Domani ho deciso che non ci sarò!». Ale andava su e giù per la stanza, sbuffando: «Voglio venire qui da te, non mi va di lasciarti sola!».

«Ma che dici, amore, tu devi esserci! Sono gli orali! Non puoi non presentarti proprio ora che sei a un passo dalla maturità. Va' e da' l'esame anche per me...».

Ylenia sorrise dolcemente, come solo lei sapeva fare.

«Il mondo si illumina quando ridi, lo sai?». Ale le si avvicinò, accarezzandole il viso.

Ylenia sorrise di nuovo, lusingata ma, rendendosi conto che Ale in realtà voleva solo cambiare discorso, riprese a rimproverarlo: «Promettimi che ci andrai. È importante per te, lo sai».

«Ma che ci vado a fare se so già che non lo supero? Gli scritti sono andati male, non ho speranza di recuperare con l'orale. E poi io voglio stare qui con te. Già ti vedo poco, se per giunta domani non vengo...».

«Promettimelo!».

«No, non voglio!».

«Ti ho detto di promettere! E non farmi arrabbiare, altrimenti lo dico ai dottori e non ti fanno più entrare, lo sai».

«E va bene, te lo prometto...».

In quel momento fece capolino la capo-infermiera a controllare le flebo alla ragazza. Dopo aver scambiato due chiacchiere con entrambi, chiese ad Ale di lasciare la stanza: «L'orario di visita è già finito da un bel pezzo, se ti becca il primario mi fai passare dei guai».

Ale annuì e la ringraziò degli strappi alla regola che lei e le sue colleghe, come sempre, gli concedevano per farlo stare un po' di più con Ylenia. Poi si chinò su di lei e le posò le labbra sulla fronte.

«Ci vediamo domani...».

«... sera!» lo corresse lei.

«Eh?».

«Ci vediamo domani sera, così mi racconterai come è andato l'esame. D'accordo?».

«Uff... d'accordo!». Ale sbuffò di nuovo, le sorrise e uscì dalla stanza.

Nel corridoio incontrò i genitori di Ylenia che stavano parlando con il primario. Si avvicinò per salutarli e notò che il medico si era interrotto appena l'aveva visto arrivare.

«Che succede?» chiese ansioso.

«Nulla, sta' tranquillo! È tutto a posto! Il dottor Mancini ci stava proprio dicendo che non c'è motivo di preoccuparci...». Ambra gli posò una mano sulla spalla.

«Sta' tranquillo, davvero, adesso va' a casa che è tardi. Ti serve un passaggio?».

«No, non è necessario, sono venuto con la mia macchina. Grazie comunque, arrivederci».

«Figurati, ciao».

«Arrivederci...».

Ale girò l'angolo e anziché scendere le scale per andare al piano terra si fermò accanto alla porta ad ascoltare. Aveva capito che gli stavano tenendo nascosto qualcosa, ma per quanto si sforzasse era troppo lontano per udire distintamente le parole.

Sentiva il dottor Mancini parlare lentamente, come se stesse spiegando qualcosa, e Giorgio che lo interrompeva spessissimo con delle domande.

Era davvero impossibile capire cosa si stessero dicendo, anche perché le voci erano coperte dai singhiozzi di Ambra. L'unica cosa che riusciva a distinguere perfettamente era il pianto di quella donna che, benché soffocato, riecheggiava nel corridoio come il presagio di un evento terribile. Sentì un brivido lungo la schiena e quasi si pentì di aver promesso a Ylenia di fare l'esame l'indomani invece di stare con lei.

45.

«Scusi...».

La professoressa di matematica si voltò.

«Claudio, che ci fai qui così presto?».

Il ragazzo non rispose. Non la guardò nemmeno.

«Guarda che oggi non tocca a te. I candidati sono...» la docente raccolse alcuni fogli dal tavolo e iniziò a esaminarli: «Allora, ecco qui... Alessi, Anzelmo, Bernardi, Bonza, Cardile e Cutrò. Tu sei dopodomani».

«Guardi che lo so benissimo! E infatti non sono qui per questo, sono qui per lui» le rispose Claudio un po' seccato, indicando un piccoletto che stava sistemando delle cartellette sul tavolo, in piedi, accanto alla collega.

«Claudio! Ma dico, che modi sono... Un po' di rispetto! Dai, va' fuori e non importunare il presidente».

«Tranquilla Carlotta, non ti preoccupare. Sentiamo cosa ha da dire questo giovanotto...» intervenne gentilmente l'uomo, rivolto alla collega.

Claudio, che era rimasto sulla porta, si fece avanti.

«Lei è il presidente della commissione, giusto?».

L'uomo annuì.

«Sono venuto a parlarle dell'ultimo candidato di oggi, Alessandro Cutrò».

Fece una piccola pausa, poi riprese: «Vede, si trova in una situazione difficile in questo momento. Ha scoperto da poco tempo che la sua ragazza ha una grave malattia al cuore e sta passando gli ultimi giorni che le rimangono da vivere in ospedale. Per questo motivo sarà molto in difficoltà oggi, e quindi chiedo a lei e a tutta la commissione di avere pietà quando lo esaminerete. Cercate di capire, presto dovrà dire addio alla sua ragazza e il solo pensiero gli strazia il cuore...».

Il presidente sorrise a quel tentativo maldestro di prendersi cura di un amico.

«Il tuo gesto è molto nobile, ragazzo mio, ma purtroppo noi non possiamo usare trattamenti di riguardo nei confronti di nessuno. Capirai bene che gli esami sono statali e dunque hanno un'importanza legale tale da non permettere eccezioni».

Il volto di Claudio si oscurò.

«Tuttavia ti prometto che chiederò al resto della commissione di tener conto della difficile situazione e della sua fragilità emotiva, e quindi di chiudere un occhio davanti a errori dovuti allo sconforto. D'accordo?».

Claudio sorrise e strinse la mano al presidente.

«La ringrazio davvero tanto. Per sdebitarmi vi do il permesso di rifarvi su di me, quando sarà il mio turno».

Questa battuta strappò un sorriso anche alla glaciale professoressa, che si avvicinò a Claudio e gli posò una mano sulla spalla.

«Nonostante tutto c'è qualcosa di buono in te, vero Claudio? Peccato averlo scoperto solo adesso, d'altronde meglio tardi che mai... Ora va', che tra un po' arriveranno i ragazzi e cominceremo con gli esami. Pensa a studiare, se posso darti un consiglio».

Claudio annuì e si voltò per uscire dalla stanza. In realtà preferiva rimanere per assistere agli esami dei compagni e farsi un'idea di ciò che lo aspettava, ma non c'era motivo di informare la prof della sua scelta.

«Comunque Ale è proprio fortunato ad avere un amico come te. Non è da tutti un simile gesto».

A queste parole Claudio si fermò un secondo senza voltarsi.

Ale fortunato? Nessuno avrebbe potuto dirlo, in quel momento. Ci voleva un miracolo per lui, altro che fortuna! Sospirò, salutò e uscì dalla stanza.

46.

Ale era in piedi, in corridoio, con il cuore in gola.

Che ci faceva lì? Perché aveva dato retta a Ylenia? Perché era a scuola e non in ospedale con lei?

Dentro l'aula i professori stavano esaminando il primo candidato della giornata. Lo sentiva parlare mentre gli altri compagni, seduti alle sue spalle, ascoltavano bisbigliandosi frasi all'orecchio.

Altri avevano i libri in mano. Appollaiati sulla scala antincendio, fumavano una sigaretta e ripetevano per l'ennesima volta la loro tesina. L'aria era pesante, la tensione alle stelle, l'atmosfera quasi irreale.

L'unica preoccupazione dei presenti sembrava essere quel maledetto esame. Nulla pareva esistere all'infuori di quell'interrogazione. Tutti i problemi del mondo erano rinchiusi lì, in quelle stanze.

Solo a lui non importava nulla di andare a sedersi su quella sedia, del giudizio finale, della valutazione dei professori. Aveva ben altro per la testa. Ripensava al pianto di Ambra, e di nuovo sentiva i brividi scendergli giù per la schiena.

Guardò l'orologio. Il primo era "sotto" già da venti minuti. Chissà quanto ancora lo avrebbero tenuto. Lui era l'ultimo della giornata, il che significava che prima di lui ne avrebbero esaminati altri quattro. Non avrebbe mai trovato il tempo per andare da Ylenia. Eppure doveva farlo, doveva correre da lei, perché il cuore gli diceva che quella sarebbe stata l'ultima volta. Non sapeva spiegare il motivo di quella sensazione, però se lo sentiva, sentiva che se non si fosse sbrigato non avrebbe fatto in tempo.

Perché Ylenia era così testarda? Perché le aveva promesso che si sarebbe presentato all'esame?

Era quasi deciso, solo una cosa lo tratteneva. Se la sua sensazione si fosse rivelata sbagliata, se si fosse precipitato in ospedale per nulla, Ylenia non gliel'avrebbe mai perdonato.

E i dottori l'avevano ammonito più volte: qualsiasi stress, anche una semplice arrabbiatura per un motivo insignificante, poteva essere letale per lei. Il cuore non avrebbe retto.

Il rammarico più grande di Ylenia era di non aver potuto sostenere gli esami di maturità, figurarsi se lui le avesse confessato di non essersi presentato. Si sarebbe arrabbiata sicuramente e magari avrebbe avuto una crisi. Non poteva permetterlo assolutamente. Che fare? Che fare? Che fare?

Proprio in quel momento, mentre era seduto sulle scale da solo, con la testa tra le mani, suonò il cellulare. Lo tirò fuori dalla tasca e vide il numero di Ylenia. Ecco, sicuramente aveva chiesto alle infermiere di potergli telefonare per augurargli "in bocca al lupo" per l'esame.

Era sempre così dolce e premurosa, la sua Ylenia. Almeno questo voleva dire che stava bene, e che le sue sensazioni erano infondate. Meno male.

«Pronto?».

Rispose una voce disperata, rotta dai singhiozzi, incapace di esprimersi correttamente, di scandire le parole, la voce di una madre a cui hanno appena detto che la figlia sta morendo. La voce di una donna che lo implorava di sbrigarsi, di correre, di andare a dare un ultimo bacio a Ylenia, prima che fosse troppo tardi. Perché sì, la vita la stava abbandonando, e voleva vederlo per un ultimo saluto prima di andare via per sempre. E non tornare mai più.

Di corsa, pallido e disperato, col cuore a pezzi, le lacrime che gli inondavano gli occhi impedendogli la vista, i compagni che lo guardavano sgomenti e Claudio che lo implorava di fermarsi, di spiegargli, Ale pregava di fare in tempo, di riuscire a dirle addio, incapace di crederci, incapace di accettare, incapace di capire.

I dottori potevano tenerla in vita ancora soltanto poche ore e lui doveva sbrigarsi, doveva correre più veloce del vento, doveva andare da lei. Di volata per il corridoio e poi a precipizio fuori dal portone, rimproverandosi di averle dato ascolto, rimproverandosi di averla lasciata sola, cercando di ignorare quella fitta lancinante al petto, chiedendo a Dio un ultimo miracolo.

"Falla vivere, Dio, ti prego, falla vivere! La mia vita non ha senso senza di lei, ti prego Dio, non portarmela via, ti prego!".

Giù per i gradini, fuori dal cancello.

"Ti prego Dio, salvala, ti prego, salvala! Non portarmela via, ti prego. Non adesso, non ancora. Non sono pronto, non ce la faccio. Fammi arrivare in tempo, Dio, ti prego. Ascolta le mie preghiere".

Era dilaniato dall'angoscia, il sudore gli colava dalla fronte, il cuore batteva forte, l'ansia aumentava.

Di corsa, per la strada, con lo sguardo offuscato dalle lacrime, il cuore che esplodeva dentro il petto, solo con il suo dolore.

E poi, all'improvviso. Un'immagine. Un attimo, quell'attimo in cui si dice che la tua intera esistenza ti passa davanti agli occhi, come in un film. Rivide Ylenia il suo primo giorno di scuola, il loro primo bacio, la loro indimenticabile serata. Un flash. "Grazie Dio. Hai capito benissimo".

E poi, all'improvviso. Incurante di tutto ciò che lo circonda, incurante dell'auto che corre veloce sull'asfalto verso di lui, incurante di quel rumore sordo di freni, come di un ramo che si spezza, incurante del dolore, del sangue, delle lacrime di Claudio, delle urla dei compagni attorno. Incurante della morte, ma con un unico rammarico: non poterle dire addio. Incurante del male terribile al petto, mentre pronuncia le sue ultime parole con quel filo di voce che gli rimane: «Il mio diario, Claudio, è scritto nel mio diario!».

47.

Claudio era ancora frastornato. D'istinto era salito sull'ambulanza insieme all'amico, ma adesso stava iniziando a pentirsene. Stringeva la mano di Ale, ma le sue dita non ricambiavano la stretta. Sembravano di plastica.

L'odore pungente del sangue impregnava l'aria. Gli veniva da vomitare, si sentiva debole e la testa girava vorticosamente. Aveva bisogno di un po' d'aria, ma avrebbe dovuto aspettare.

Il rumore assordante della sirena dell'ambulanza lanciata a tutta velocità nel traffico non lo faceva stare meglio. Le parole dell'amico gli rimbombavano nella mente: "Il mio diario...".

Cosa aveva voluto dire Ale? Cosa c'era di così importante in quel diario?

Lo sguardo gli cadde sullo zaino gettato per terra, in un angolo, da qualcuno che aveva pensato fosse meglio metterlo dentro. Chissà chi era stato. Comunque aveva fatto bene.

Claudio si chinò e iniziò a frugare dentro. Se non altro, tenersi occupato lo avrebbe aiutato a rimanere lucido. Tirò fuori la piccola agenda gialla, sporcandola di terra e del sangue che gli si era rappreso nelle mani. Il sangue del suo migliore amico. Iniziò a sfogliarlo, senza sapere bene cosa cercare. Poi, per caso, aprì una pagina e immediatamente capì.

"Perché, Ale? Perché? Ma ci pensi a me? Che ne sarà di me?".

Ale aveva gli occhi chiusi e perdeva ancora sangue dalla testa. Lottava tra la vita e la morte, dicevano. Ma Claudio lo sapeva bene: Ale non voleva più lottare. Il suo obiettivo lo aveva già raggiunto. Il suo traguardo l'aveva già tagliato.

Gli si avvicinò.

«Riposa in pace, amico mio! Ci penso io, non preoccuparti! Adesso ho capito cosa volevi dirmi...».

Una lacrima silenziosa gli scivolò sulla guancia.

«Scusi, ha detto qualcosa?».

Claudio si voltò verso l'uomo che si trovava sull'ambulanza insieme a lui e senza parlare gli porse il diario.

«È scritto qui».

Il medico lo prese e lesse la frase indicatagli. Poi, annuendo, lo richiuse.

Con quel movimento scivolò fuori da un'altra pagina una piccola margherita, che si posò ai piedi di Claudio. Il ragazzo la raccolse e la risistemò nel diario.

«Vedrò quello che si può fare, non si preoccupi. Ovviamente dovrà spiegarmi meglio, perché...».

In quel momento i portelloni si spalancarono e in pochi istanti Ale scomparve, trasportato su una barella.

48.

«Signor Cutrò?».

«Sì».

Pietro Cutrò, asciugandosi le lacrime, si alzò dalla sedia.

Le ultime ore erano state devastanti. Non era del tutto lucido, sperava ancora che si trattasse di uno scherzo crudele o di un terribile incubo.

Sì, doveva trattarsi proprio di un incubo, ma nessuno sarebbe venuto a svegliarlo. Aveva sempre davanti agli occhi l'immagine di Ale. Si guardò la camicia, ancora sporca di sangue. Il suo sangue. Gli venne voglia di urlare.

Vide qualcosa di bianco avanzare verso di lui, camminando lentamente e squarciando, con il rumore dei passi, il silenzio del suo cuore. Il dottore si avvicinò a lui e gli mise una mano sulla spalla. Si tolse la mascherina e iniziò a grattarsi il gomito destro.

«Devo parlarle di una cosa. Mi rendo conto che non è il momento più adatto, ma è davvero importante».

Pietro Cutrò annuì senza avere la forza di dire nulla.

«Il ragazzo che era con suo figlio al momento dell'incidente, quello che è salito sull'ambulanza insieme ad Ale...».

«Claudio...».

«Sì, esatto, Claudio. Ecco, mi ha consegnato questo».

Il dottore tirò fuori qualcosa dalla tasca e la porse all'uomo che aveva di fronte.

Pietro sollevò per un attimo lo sguardo da terra e posò gli occhi sul diario del figlio. Ma non ebbe il coraggio di toccarlo.

«Suo figlio aveva scelto di diventare un donatore di organi, lo sapeva?».

Pietro annuì.

«Ecco, è di questo che vorrei parlarle. Purtroppo Claudio non è in grado, è sotto shock, e noi abbiamo bisogno di delucidazioni riguardo a una certa situazione. Capirà bene che...».

«Mi dia solo un secondo».

«Certo, non si preoccupi. Mi raggiunga nella mia stanza, quando si sente pronto».

49.

Di nuovo in corridoio. Di nuovo avanti e indietro, avanti e indietro. Di nuovo l'ennesimo caffè, l'ennesima sigaretta. Di nuovo Virginia e Claudio seduti sulle sedie scure, tutte uguali.

Con un'unica differenza. Il posto occupato prima da Ale adesso era vuoto. Vuoto come l'anima di Claudio, tormentata dal dolore, dai sensi di colpa, dalle domande a cui nessuno avrebbe dato mai risposta.

In ospedale Ale era vissuto giusto il tempo di un ultimo addio e di compiere un miracolo. Un miracolo di quelli che solo l'amore può fare.

Quell'amore che aveva permesso al suo cuore, alimentato dalle macchine, di continuare a battere, anche dopo che la sua anima era volata via, lontano, verso il cielo, dove qualche metro più sopra, come qualcuno ha detto, gli innamorati s'incontrano per davvero.

Stringersi forte per sopportare il dolore di una perdita, per festeggiare la gioia di una rinascita.

Stringersi le mani, un po' più vicini, piangendo l'uno sulla spalla dell'altra di rabbia, malinconia, gioia e speranza.

Un pensiero, più di ogni altro, li tormentava: come avrebbe reagito Ylenia a quel dolore devastante, a quell'inaccettabile ingiustizia.

Solo Dio poteva saperlo.

Quella canzone. Midge Ure. La canzone che gli piaceva tanto. Qualcuno l'ascoltava in macchina. Le note, trasportate dal vento, arrivarono alle orecchie di Claudio.

Qualche lacrima gli rotolò furtiva lungo le guance, una corsa del dolore su una pista breve.

Una mano sul cuore, mentre canticchiava la sua canzone. Il modo migliore di dire addio a un amico.

50.

Silenzio nella stanza.

Il signor Luciani si guardava intorno per cercare di allentare la tensione. Gli occhi di tutti erano puntati su di lui. Quelli di Ambra, di Virginia, di Silvia, di Claudio e tutti gli altri. Ma soprattutto, quelli di Ylenia. L'intervento era riuscito perfettamente. Ylenia aveva un cuore nuovo.

Per la prima volta, i dottori le avevano concesso di ricevere visite. C'erano tutti nella stanza insieme a lei. Tutti quelli che le volevano bene, tutti quelli che avevano pregato per lei, tutti quelli che lei amava. Tutti, tranne uno.

«Papà, dov'è Ale?» chiese di nuovo, dato che il padre non le aveva ancora risposto.

Giorgio guardò Claudio. Virginia gli strinse la mano, forte, e gli sussurrò qualcosa all'orecchio. Claudio si fece coraggio e tirò fuori dallo zaino il diario dell'amico. Quello con la copertina gialla che lei aveva visto tante volte, a scuola.

Lo porse a Ylenia senza dire nulla, senza trovare il coraggio di guardarla negli occhi.

Lei lo prese in mano e impallidì. C'erano tracce di sangue.

«Che significa?».

La domanda cadde nel vuoto.

Una margherita, piccola, spenta, un po' appassita, faceva capolino tra le pagine a mo' di segnalibro. Ylenia vi mise il dito e le aprì.

Sulla pagina del giorno di giugno in cui Ale era morto, quasi fosse uno scherzo crudele del destino, qualche mese prima lei aveva disegnato un piccolo cuore e vi aveva scritto accanto il suo nome.

Adesso c'era qualcosa di diverso. C'era una scritta color rosso sangue, una frase che Ale le aveva ripetuto tante volte. Ma nessuno, lei compresa, avrebbe mai immaginato che un giorno si sarebbe tramutata in realtà.

Con gli occhi pieni di lacrime, Ylenia guardò in faccia tutti i presenti per avere una spiegazione, per ottenere una risposta.

«L'hanno investito mentre veniva qui in ospedale» sentì dire a qualcuno, ma non riuscì a distinguere la voce, incapace di distogliere lo sguardo da quel diario.

Con la calligrafia un po' incerta che lei tanto amava, accanto al cuore disegnato da Ylenia, Ale aveva scritto:

Il mio cuore ti appartiene. Per sempre!

Postfazione

Si può parlare di donazione e trapianto in tanti modi: si possono offrire informazioni e chiarimenti – è ciò che facciamo quotidianamente con la nostra associazione – o si possono raccontare storie di attesa e di rinascita che ci fanno affacciare, come spettatori di qualcosa che non conoscevamo, a quel mondo dove il tempo è un conto alla rovescia.

Oppure, come fa Alessio Puleo, si può trascinare il lettore dentro una storia, a vivere le ansie, le paure, le emozioni dal di dentro. E questa esperienza ci fa capire molte cose.

Non è facile, soprattutto per i giovanissimi, porsi spontaneamente il problema della donazione degli organi: troppo legato a quell'evento oscuro e inconoscibile, da tenere lontano dal proprio orizzonte di pensiero. Eppure sono proprio i giovani, quando con l'AIDO organizziamo gli incontri di sensibilizzazione, a dimostrarsi i più recettivi nel comprendere il messaggio di vita che sta dietro ogni donazione.

I ragazzi di oggi, che molti giudicano – forse un po' troppo frettolosamente – superficiali e indolenti, privi di valori profondi, sanno accogliere con naturale spontaneità l'ovvietà della donazione di ciò che non ci serve più. Non hanno le diffidenze e le chiusure di molti adulti.

Per questo la scelta del tema che fa da filo conduttore alla vicenda di questo libro è significativa: si può parlare di trapianti, di attesa, di donazione anche in un romanzo rivolto ai giovani.

Alessio Puleo lo fa in modo fresco e leggero, raccontando storie di ragazzi con i quali è facile identificarsi, impegnati a trovare una scusa per saltare l'interrogazione a scuola o per uscire la sera con gli amici.

Al centro di tutta la vicenda è la storia della giovanissima Ylenia, che si affaccia alla vita e all'amore come tutti i ragazzi della sua età, ma che un giorno scopre con angoscia quanto il capolinea sia vicino: per lei il futuro non è più uno sguardo lontano, una vita che si dispiega, l'amore del suo ragazzo, ma un domani buio, senza risveglio.

Solo un trapianto potrebbe salvarla.

La vicenda di Ylenia ci invita a operare un passaggio: immaginarci dall'altra parte, non necessariamente donatori, ma possibili riceventi. Troppo spesso infatti, nel porsi questo problema, si pensa solo all'eventualità di poter donare i propri organi: eppure le probabilità di trovarsi nella situazione di Ylenia sono molto, molto più alte!

Chi si trova ad attendere in dono una nuova vita, vorrebbe che tutti sapessero, che tutti comprendessero, che tutti fossero pronti a un sì. E ripensa con rammarico a tutte le volte in cui ha lasciato cadere il discorso, perché pensava non lo riguardasse; a tutte le volte in cui ha rimandato una decisione, perché tanto c'è tempo...

«Non fosse stato per Ylenia, non avrebbe mai pensato di diventare un donatore, doveva ammetterlo. Non gli sarebbe mai passato per il cervello. Chissà quanti altri, persi nel proprio mondo di videogiochi e fantascienza, forse nemmeno sapevano di questa opportunità»: così pensa Ale, disperato nel vedere la sua Ylenia, il suo giovane amore, ogni giorno un po' più vicina alla fine: «Perché avete deciso di condannare a morte la mia Ylenia? Che vi ha fatto di male? È davvero così difficile compilare un modulo? Ci vuole troppo tempo? Costa qualcosa? Perché la gente è così?».

Forse è vero che bisogna trovarcisi dentro, per capire davvero. Alessio Puleo, nella semplicità di questa storia, vuole proprio questo: portarci dentro e farci capire, con la testa e con il cuore.

Mirella Mancuso
(Vicepresidente nazionale AIDO)

aido

Ringraziamenti

Questo libro non sarebbe stato possibile senza l'aiuto e il sostegno di molte persone. Desidero ringraziare in primo luogo Pietro Boroli e Gian Luca Pulvirenti, che hanno subito creduto nel mio progetto, e Mirella Mancuso, vicepresidente dell'AIDO, per l'entusiasmo sincero e il supporto. Un grazie speciale a Federico Moccia per la sua bellissima prefazione.

Grazie di cuore anche a Manuela Pizzo per la preziosa collaborazione e per avermi aiutato a dar voce all'universo femminile. A Giusy Piediscalzi, che mi ha da sempre incoraggiato in questa breve ma intensa avventura editoriale. A tutti i miei amici d'infanzia, grande fonte d'ispirazione, e infine ai miei lettori, senza i quali non sarei arrivato fin qui.

Il mio pensiero va anche a tutti coloro che hanno accettato come me di diventare donatori di organi. Non sempre si riconosce come tale il dono della vita e si pensa erroneamente che le cose brutte possano capitare solo agli altri. Non dimentichiamoci di aiutare quelli che ne hanno veramente bisogno, regalando la speranza.

Finito di stampare
nel mese di agosto 2012
presso L.E.G.O. S.p.A. - Lavis (TN)